古典文獻研究輯刊

四 編

曾 永 義 主編

第 **31** 冊

巴蜀神話研究

許 秀 美 著

國家圖書館出版品預行編目資料

巴蜀神話研究／許秀美 著 — 初版 — 新北市：花木蘭文化出
版社，2012〔民 101〕
目 2+190 面；19×26 公分
（古典文學研究輯刊 四編：第 31 冊）
ISBN：978-986-254-780-9（精裝）
1. 中國神話 2. 民間文學 3. 文學評論
820.8   101001754

ISBN-978-986-254-780-9

9 789862 547809

古典文學研究輯刊
四 編 第三一冊   ISBN：978-986-254-780-9

巴蜀神話研究

作　　者　許秀美
主　　編　曾永義
總 編 輯　杜潔祥
出　　版　花木蘭文化出版社
發 行 所　花木蘭文化出版社
發 行 人　高小娟
聯絡地址　新北市永和區中正路五九五號七樓
　　　　　電話：02-2923-1455／傳真：02-2923-1452
網　　址　http://www.huamulan.tw 信箱 sut81518@ms59.hinet.net
印　　刷　普羅文化出版廣告事業
初　　版　2012 年 3 月
定　　價　四編 32 冊（精裝）新台幣 52,000 元

巴蜀神話研究

許秀美　著

作者簡介

許秀美，1970 年生，澎湖人。國立臺灣師範大學中國文學學士、碩士，國立政治大學中國文學博士。曾著《歷代文學家小檔案》（與張錦婷合著），發表過〈燭之武退秦師篇旨探析〉、〈敘論法的理論及其在高中國文教材裡的運用〉、〈桃的民俗信仰及其文化意義〉、〈晏子傳一文的篇旨及章法探析〉等單篇論文。現任教國立三重商工。

提　要

　　本論文從古籍與傳世文獻、民俗記載中蒐羅巴蜀神話，就其神話主題所反映的信仰、史實、精神、社會、經濟與宗教加以分類。在對巴蜀歷史、文化、考古各方面有一基本的認識之後，分析每一神話背後所傳達的特殊訊息，分章探討巴蜀神話與自然崇拜的關係，從石神崇拜、水神崇拜、樹神崇拜、蛇、虎神崇拜順序探究。再深入民族的源頭，從神話中解譯部落圖騰的秘密，並反映出巴蜀民族的精神特色；最後則回溯巴蜀早期經濟型態，證明神話正是人類「經驗的反射」、「生活的投影」。

　　接著筆者企圖超越神話作品本身，從其內部思維進行探析。故在涉獵心理學派及結構主義理論之後，以榮格的「集體潛意識」說及鄧啟耀《中國神話的思維結構》作為本文神話思維理論的架構，深入神話內部結構，探索巴蜀神話中思維主體和思維對象的關係，分「心物合一」、「虛實相生」加以闡述。最後，從類比概念出發，試圖解譯巴蜀神話的邏輯結構。

　　最後，回歸到袁珂的神話要素之一 流傳較廣、影響較大，筆者嘗試論述巴蜀神話對後世影響，首先以其與道教的淵源為著眼點，敘及巴蜀神話與道教相生相長的關係；次以神話為文學的源頭之觀點，探究巴蜀神話在文學作品中所展現的魅力色彩。

目次

第一章　緒　論

第一節　研究動機

　　向有「天府之國」美譽的巴蜀，山岳雄奇壯麗，江水綽約多姿，幅員廣大，物產豐饒，自古即爲騷人墨客歌詠頌讚而流連忘返之地，諸葛亮〈隆中對〉:「益州沃野，天府之土。」左思〈蜀都賦〉:「水陸所湊，兼六合而交會焉；豐蔚所盛，茂八區而菴藹焉。〔註1〕」可見巴蜀美勝給予文人的靈思與衝擊自古而然。另外巴蜀之地以其特有的文化魅力，不僅孕育不少才子作家，更吸引了大批文人入蜀，「自古文人皆入蜀〔註2〕」成了巴蜀文化中最引以爲自豪的歷史事實。

　　二十世紀二、三十年代以後，隨著廣漢月亮灣文物的出土〔註3〕，掀起了巴蜀文化研究的熱潮。特別在八十年代以後，三星堆古遺址的發現〔註4〕，使

〔註1〕見蕭統編、李善注《昭明文選》，頁75，華正書局1990年初版。
〔註2〕見李怡《現代四川文學的巴蜀文化闡釋》，頁255，湖南教育出版社1995年初版。
〔註3〕川西平原廣漢縣城西約八公里處的中興鄉，有一村莊稱作「三星村」，它的北面有鴨子河，又有古馬牧河緊挨鴨子河由村西南折向東南盤旋，馬牧河北岸有一高地高出地面，兩頭尖中間灣，如一灣月牙兒，故稱「月亮灣」。1929年，月亮灣農民燕道誠發現大批古物；1934年，華西大學博物館展開挖掘工作。參見屈小強《三星堆傳奇——古蜀王國的發祥》，頁18，香港中天出版社1999年初版。
〔註4〕同上註，頁29。馬牧河南岸有三堆高出地面的黃土堆，如三顆金星一樣分布在三星村的地界內，故名「三星堆」。1980年，南興鎮二磚廠工人在取土置磚坯時，意外發現大量陶器和少數石器，四川省博物館隨即開始試掘。

人們得以觸摸到三、四千年前古蜀國的燦爛文明。這一領域的研究，在大陸學者的努力下，已卓然有成。近年來，由於兩岸學術交流頻繁，三星堆大批古文物也在台北故宮現身。悠遊於這些神異詭譎、帶有濃厚地方色彩的古物前，其間感受或迷離震懾，或新奇雀躍，不覺欲重返時光隧道，進入這神秘古國，一窺其塵封光彩。證之《蜀王本紀》及《華陽國志》的記載，自然不乏神話色彩，而李白筆下對四川亦發出「蜀道之難，難於上青天」、「爾來四萬八千歲，不與秦塞通人煙」之讚嘆，可見浪漫詩人對之興趣亦濃。或由史載，或藉古物，或憑浪漫詩作，皆令筆者欲深入蜀中曲徑，尋幽訪勝。

　　神話，它是文學的起源，匯集了先民的綺思和幻想，表達了原始初民真正的心聲和熱切的願望，可以說神話是種族共同潛意識的表現，是種族的夢；更可以說神話是與神話時代人們的生活及心理密切相關的綜合性文化符號。因此筆者試圖透過對巴蜀神話的整理研究，進而探究巴蜀先民心靈的想望與精神之追求，並觸及巴蜀文化獨有的魅力特色。

第二節　研究範圍與方法

一、前人研究概況

（一）神話方面

　　將神話視為一專門學問，是近代西方學術領域的一大發展，而中國神話學的正式形成是在二十世紀初期的二十年代至四十年代間。這段時間，經過了大批學者深入的探究，留下了頗為深遠的影響。首先是魯迅，他正式將神話列為文學史的首篇，充分肯定神話的社會效益，也不忽視神話的消極意義。他可為晚清至現代神話學的承先啟後者，已孕育出科學神話學的胚胎。再者是茅盾，他為中國神話學的奠基者，他在這方面的研究相當廣泛，既注重科學性又有系統性。他的《中國神話研究 ABC》，是我國第一本運用西方科學研究中國神話的開山專著。他一方面有意識地運用人類學派的理論，一方面又不斷突破和超越這個學派，成為二、三十年代神話學的集大成者。另一個重要人物為聞一多，他在神話的還原和重建方面做出了卓有成效的貢獻，他善於小處著手，深入每一具體神話的研究，又能從大處著眼，以宏觀中國神話系統的氣魄作論證。

　　此時期發揮影響力的，還有在史學界非常活躍的的古史辨派，他們對神

話作了廣泛的研究，重點是從古史的角度對上古帝王神話做了細緻的辨偽工作，積累了豐富的資料，提出了不同於儒家的見解。他們編著的七大卷《古史辨》，至今仍是神話研究的重要參考書。不過其代表的基本觀點始終有爭議。

三、四十年代，有一批民族學者，曾發表過一系列有關南方少數民族的研究神話論著。這批論著多數發表於當時西南邊陲的書刊，都是不可忽視的文化財產。

從五十年代到七十年代，神話研究被冷落。八十年代中期以後，進入了新階段，興起了「神話熱」，結合了「尋根熱」與「文化熱」，神話研究成了新的風潮，影響了兩岸學術走向，並引進了西方的學術理論與方法，豐富了神話研究的風貌與領域。

袁珂是在神話研究的新階段時期，著手重整他早年搜集的古神話資料的。一九七九年末，出版了他的《古神話選譯》，獲得相當的肯定。此書引用了古本與後世文本近百種，還有若干今本（聞一多、茅盾、常任俠等），同時對某些形象的舊說作了很有價值的補充。次年，又出版《山海經校註》，其中收了十六至十七世紀時繪畫的一百五十幀各式人物圖，書後並有索引，便於檢索。一九八二年，出版《神話論文集》，收錄有許多神話研究有關的論文。

譚達先所著《中國神話研究》，書中除介紹一些主要神話，還接觸到神話亡佚的原因、分類原則、異文的特點，帶有編纂的性質。且作者引用了許多印數極少的地方出版物中作資料，這是外國學者無法得到的。

當代學者，特別是中、青代學者，在介紹、運用國外學術成果上作了很大的努力，方法新穎，有明顯的突破和建樹。潛明茲的《神話學的歷程》和《中國神話學》兩書，企圖以學術史的方式概覽當代神話研究的整個風貌，其工程頗為宏偉浩大，可視為當前神話研究的全面回顧。鄭志明在〈神話研究趨勢綜論〉一文中將當代神話研究的面向依「廣義神話」、「神話哲學」、「民俗神話」三個角度作了完整的描述，茲列如下：

1. 「廣義神話」擴大了神話研究的範疇

自袁珂提出「廣義神話」後，雖一度引起學界廣泛的討論，然而此觀念的提出使得神話研究範疇不再侷限在狹義的定義上，神話的範疇於是包含了傳說、仙話、志怪小說、佛話、童話、民間風俗典故及少數民族神話傳說等。秉此觀念深入研究，卓然有成的有如下幾本（篇）著作：

作　者	書名（篇名）	出版社（期刊名）	初版年
潛明茲	〈神話與原始宗教源於一個統一體〉	北京師範大學學報社會科學版	1981 年第 2 期
白崇人	〈試論神話與原始宗教關係〉	中南民族學院學報	1981 年第 2 期
謝選駿	《神話與民族精神》	山東文藝出版社	1986
王孝廉	《中國的神話世界——各民族的創世神話及信仰》	時報文化出版公司	1987
王小盾	《原始信仰與中國古神》	上海古籍出版社	1989
陶陽、鍾秀	《中國創世神話》	上海人民出版社	1989
羅開玉	《中國科學神話宗教的協合——以李冰為中心》	巴蜀書社	1989
袁珂	《中國神話史》	時報文化出版社	1991
張振犁	《中國古典神話流變論考》	上海文藝出版社	1991
何星亮	《中國自然神與自然崇拜》	上海三聯書局	1992
何星亮	《中國圖騰文化》	中國社會科學出版社	1992
劉城淮	《中國上古神話通論》	雲南人民出版社	1992
鄭志明	〈文學與宗教之間——以台灣神明傳說為例〉，收入《中國文學與宗教》	學生書局	1992
易中天	《藝術人類學》	上海文藝出版社	1992
周凱模	《祭舞神樂——民族宗教樂舞論》	雲南人民出版社	1992
戈阿干	《東巴神系與東巴舞譜》	雲南人民出版社	1992
張文勛	《滇文化與民族審美》	雲南大學出版社	1992
師蒂	《神話與法制——西南民族法文化研究》	雲南教育出版社	1992
鄭志明	〈台灣民間信仰的神話思維〉，收入《中國社會的神話思維》	谷風出版社	1993
史作檉	《美學生命與原始中國》	書鄉文化公司	1993
武世珍	〈神話與審美〉，收入《神話學論綱》	敦煌文藝出版社	1993
蕭兵、葉舒憲	《老子的文化解讀——性與神話學之研究》	湖北人民出版社	1994

　　以上這些著作均從廣義神話的角度分別來探討神話與原始宗教、自然崇拜、圖騰崇拜、生殖崇拜、始祖崇拜、鬼靈崇拜等之間的互動關係，並輯入了少數民族神話作為研究的題材，深入了原始信仰的邊陲，並擴大了學術研究的領域。

　　經由廣義神話的延伸，發現了神話不僅與宗教同源，也與藝術同源，宗教、神話、藝術三者渾然一體，於是神話與原始音樂、舞蹈歌謠、造型藝術

等構成相互交流的密切關係，神話與美感藝術的相關研究應運而生。同樣地，神話也可以反映出各類文化型態與現象特徵，基於此觀點，學者亦嘗試用新的詮釋觀點深入研究，諸如神話與民族精神、科學、法制等，均已開發出一片值堪擴充的新天地。

2.「神話哲學」奠定了神話的精神體系

透過對廣義神話的深入研究，一些學者進而溯源人類原始的文化意識，得知神話是人類最初精神型態所凝聚而成的價值認知，雖夾雜著某些不合理的成分，然而並非荒誕無知的，是初民思維模式的反映。我們亦可以說神話是一套初民的原始哲學觀念，他們形成了共識，作為民族心靈共同的集體意識和精神表徵。以此觀念為神話開發出新的研究領域之著作如下：

作　者	書　名	出版社	初版年
劉魁立等	《神話新論》	上海文藝出版社	1987
蕭兵	《楚辭的文化破譯》	湖北人民出版社	1991
鄧啓耀	《中國神話的思維結構》	重慶出版社	1992
葉舒憲	《中國神話哲學》	中國社會出版社	1992
苗啓明	《原始思維》	上海人民出版社	1993
苗啓明、溫益群	《原始社會的精神歷史構架》	雲南人民出版社	1993
傅光宇	《三元——中國神話結構》	雲南人民出版社	1993
葉舒憲	《詩經的文化闡釋》	湖北人民出版社	1993

由於意識到神話思維是一種高層次的思維模式，神話思維引起廣泛的討論，雖在《神話新論》中仍有些論點無法跳脫馬克斯思想的藩籬，然後出轉精，研究者透過不斷的反思，加上西方理論的啓迪與刺激，原始思維與神話思維的研究論文逐漸豐富，《原始思維》、《原始社會的精神歷史構架》是較為完整的代表作。在前人研究成果基礎上，較具開創性，能將神話理論運用在上古神話的課題中，探討中國神話與民族思維模式間的互動關係，並觸及民族文化的心理背景的是鄧啓耀的《中國神話的思維結構》一書，其認為神話本身就是一個與宇宙感應的統一整體，可自成一套哲學體系，不啻為神話的研究開創了另一足堪深入探討的新領域。

《三元——中國神話結構》、《中國神話哲學》均是神話與哲學結合的研究著作，後者可說是第一部對中國古代神話進行哲學研究的專著，探討中國神話中的哲學內蘊以及中國哲學思維模式的神話基礎問題，使得神話得以透

過靈活的思維原型模式，展現人類意識活動的精神特徵，並企圖將神話研究、哲學研究、文化心理研究融為一體。這種觀點獲得蕭兵的支持，他的《楚辭的文化破譯》、《詩經的文化闡釋》等著作，先後嘗試將葉舒憲的方式運用到古籍研究上。神話研究於是又達到另一高峰，開拓出更多更新的討論空間，神話得以與哲學、文化結合，透過神話深入文化系統中，瞭解其發展的運行規律，並觸及到人類心理共同潛藏的意識及表現空間。

3.「民俗神話」發達了神話的外延研究

「民俗神話」一詞，近年來常被採用，一些民俗學者認為神話是民俗生活下的產物，與習俗禮儀互相結合，神話不只是一套詮釋系統，同時也是一套民俗的操作系統，與儀式文化相輔相成。證之少數民族與台灣民間信仰，均可發現這套理論的切合性。因此神話是民俗生活的一部分，相反的，從神話中也可探知藏在民俗背後的文化傳承的真實面貌。八十年代以來由於民俗神話研究有著顯著豐碩的成果，進一步帶動了研究風潮，茲列成果如下：

作　者	書　名	出版社	初版年
何新	《諸神的起源──中國遠古神話與歷史》	三聯書局	1985
劉堯漢	《中國文明源頭新探──道家與彝族虎宇宙觀》	雲南人民出版社	1985
蕭兵	《楚辭與神話》	江蘇古籍出版社	1987
王大有	《龍鳳文化源流》	北京工藝美術出版社	1987
蕭兵	《楚辭新探》	天津古籍出版社	1988
蕭兵	《中國文化的精英──太陽英雄神話比較研究》	上海文藝出版社	1989
何新	《龍：神話與真相》	上海人民出版社	1989
林河	《九歌與沅湘民俗》	上海三聯書店	1990
蕭兵	《黑馬──中國民俗神話學文集》	時報文化出版社	1991
蕭兵	《楚辭文化》	中國社會科學出版社	1991
李子賢	《探尋一個尚未崩潰的神話王國》	雲南人民出版社	1991
楊繼林、申甫廉	《中國彝族虎文化》	雲南人民出版社	1992
鍾仕民	《彝族母石崇拜及其神話傳說》	雲南人民出版社	1993
張軍	《楚國神話原型研究》	文津出版社	1994

蕭兵以民俗學的相關理論探討古代神話中相關的民俗儀式，探知內在的真實意涵，並從民俗的觀點發現古代文化有著相互交流與趨同的現象，因此

他在《楚辭與神話》、《楚辭新探》、《中國文化的精英——太陽英雄神話比較研究》、《楚辭文化》等書中，大量引用各類民俗材料，進行神話的相互比對，從神話的起源與傳播的規律，證明神話本身就是古代民俗文化聚合的產物。張軍存著相同的觀點寫作《楚國神話原型研究》一書，認爲楚文化位於環太平洋地區，擁有優勢的吸聚力，故保有不少民俗神話的原型意象。何新則利用考古與民俗材料，重新對神話作系統處理與分析。影響所及，試圖將傳統文獻與考古民俗材料結合，成了當前神話研究的新趨勢，《九歌與沅湘民俗》即引用沅湘等地區的民俗材料對〈九歌〉作新的考辨。王大有《龍鳳文化源流》一書，同何新引用環太平洋文化的觀念，對龍鳳文化的傳播與演進有清楚明確的考辨。

　　隨著民俗學的實地調查，發現少數民族民俗保存著最多的神話材料，堪稱活的文化化石，豐富的田野資料，相對地也豐富了民俗神話的研究。彝族的民俗神話研究是少數民族中最爲完整的，《中國文明源頭新探——道家與彝族虎宇宙觀》、《中國彝族虎文化》、《彝族母石崇拜及其神話傳說》、《探尋一個尚未崩潰的神話王國》這些書都可以發現許多新的資料可以作爲新的研究課題。〔註5〕

　　鄭志明以這三個角度來分析當代神話的研究趨勢，幾乎已對當代的神話研究著作了全面的掌握與分析，不僅凸顯了神話研究的特徵及成果，也揭示神話研究的基本走向。對於一個研究者而言，可以從其對神話研究的梳理中，得知當前神話研究的全貌，進而找出一片足堪發展的領域；透過對文學、哲學、史學、民俗學、考古學及西方各理論與神話的結合，可以發現神話研究不管在深度和廣度上，仍有許多尙待研究與發展的空間。

（二）巴蜀文化方面

　　巴蜀文化是指以先秦巴文化和蜀文化爲中心構成的文化圈，古代的研究上僅限於古史的考述與鄉土古跡的紀錄，並無新意。眞正以近代方法研究巴蜀史是在二十世紀的三十年代開始，在四十年代以後形成了高潮，並由於一系列考古的新發現，使得近年來在巴蜀文化的研究上取得了前所未有的輝煌成績。林向在〈近五十年來巴蜀文化與歷史的發現與研究〉一文中，依時間的先後將當代巴蜀文化的研究概況簡述如下：

〔註5〕以上三點均參見鄭志明〈神話研究趨勢綜論〉，頁5～15，載於《鵝湖月刊》第21卷第9期總號第249。

1. 三十年代

此段期間研究著作如下：

作　者	篇　名	期刊名	初版年
吳致華	〈古巴蜀考略〉	《史學雜誌》第二期	1930
朱逖先	〈古蜀國爲蠶國說〉	《時事新報・學燈》四十四期	1939
孫次舟	〈讀"古蜀國爲蠶國說"的獻疑〉	《齊魯學報》第一期	1941

〈古巴蜀考略〉不僅以圖騰觀念解釋巴蜀的族名，並對巴蜀的社會文化模式作了評價。由於圖騰說引起了廣泛討論，而有朱逖先和孫次舟前後的「蠶國」之爭。1929 年廣漢眞武宮農民燕道誠挖水溝時發現一批玉石器，先後引起了美籍學者葛維漢和林名均、郭沫若等人的高度關注而進行討論。故此時期的成果有三：（1）巴蜀的文化傳統與中原文化的認同；（2）將廣漢的發現與蜀相關聯；（3）蜀之國在殷周之際，而歷史可上溯到原始社會。

2. 四十年代

此時期正當抗日期間，學者雲集四川，巴蜀研究蔚然成風。一些著名的學者：徐中舒、董作賓、顧頡剛、繆鳳林、童書業、鄭德坤、衛聚賢、商承祚、陸侃如等都撰文討論，《說文月刊》在 1942 年還出了巴蜀文化專號，足見當時討論之熱烈。茲列重要著作如下：

作　者	書名（篇名）	出版社（刊名）	初版年
顧頡剛	〈古代巴蜀與中原的關係說及其批判〉，1941 年發表，今收入《論巴蜀與中原的關係》	四川人民出版社	1981
衛聚賢	〈巴蜀文化〉	《說文月刊》三卷四期及三卷七期	1941 1942
商承祚	〈成都白馬寺出土銅器辨〉	《說文月刊》三卷七期	1942
董作賓	〈殷代的羌與蜀〉	《說文月刊》三卷七期	1942
董作賓	〈古巴國辨〉	《文史雜誌》二卷九、十期	1943
鄭德坤	《四川古代文化史》	華西大學博物館	1946

這些探討中，提出了「巴蜀獨立發展說」與「巴蜀文化」一詞之詮釋，並由於川西大石的發現，還原了「石筍」、「石鏡」、「五塊石」、「五丁擔」等蜀王傳說的眞實面目。此時期巴蜀研究的成果如下：（1）巴蜀文化系統的歸屬；（2）古代巴蜀的地理位置；（3）文獻記載巴蜀古史的可靠性；（4）巴蜀遺物的辨認與斷代等。

3. 五十年代

此時期出土的地下文物更多，在著名的考古學家馮漢驥、徐中舒等的領導下，進行科學的挖掘，出土文物的價值遠非過去零星的盜掘所能比較。隨著考古的重大發現：船棺葬（1954）、羊子山土山遺址（1953）、水觀音遺址（1957）及銅器窖藏（1959），帶動了巴蜀文化更深入的探究。重要著作如下：

作　者	書名（篇名）	出版社（刊名）	初版年
潘光旦	〈湘西北土家與古代巴人〉	《中國民族問題研究叢刊》第四輯	1955
徐中舒	〈巴蜀文化初論〉，1959 年發表，今收入《論巴蜀文化》	四川人民出版社	1981
蒙文通	〈巴蜀史的問題〉，1959 年發表，今收入《巴蜀古史論述》	四川人民出版社	1981

徐中舒〈巴蜀文化初論〉是一篇里程碑式的論著，他將文獻、考古、民族三種資料與方法融合起來，全面討論了巴蜀的經濟、文化、歷史、族屬與文字。蒙文通〈巴蜀史的問題〉則從巴蜀的地理疆域、民族成分、文化傳統、經濟中心的轉移等方面著手研究，提出了一些影響很大的觀點，如巴蜀境內有上百個大小古國，巴和蜀只是其中兩個；以及蠶叢、魚鳧、杜宇、開明各為一族，先後遷至成都平原。潘光旦〈湘西北土家與古代巴人〉也是一篇影響較大的著作，其「土家族是古代巴人後裔」的論點，後來被學界接受，並開拓了這一方面的研究領域。所以此時期主要的研究成果便是以考古為基礎，結合文獻、考古、民族三方面，作了綜合性的探究。

4. 六十年代

此時期延續五十年代的研究方法，著名論著如下：

作　者	書名（篇名）	出版社（刊名）	初版年
	《四川船棺葬發掘報告》	文物出版社	1960
馮漢驥	〈關於楚公蒙戈的真偽並略論四川巴蜀時期的兵器〉	《文物》	1961 年 11 期
徐中舒	〈巴蜀文化續論〉，今收入《論巴蜀文化》	四川人民出版社	1981
蒙文通	〈略論山海經的寫作時代及其產生地域〉，今收入《巴蜀古史論述》	四川人民出版社	1981

〈關於楚公蒙戈的真偽並略論四川巴蜀時期的兵器〉與《四川船棺葬發掘報告》均為考古範疇。徐中舒〈巴蜀文化續論〉延續前著，廣徵博引闡述

了巴蜀並未完全隔絕，與中原及其外部族群仍息息相關的論點。蒙文通〈略論山海經的寫作時代及其產生地域〉一文，提出了相當新穎的論證：〈海內經〉是西周中期以前蜀國的作品；〈大荒經〉是西周晚期以前巴國的作品；〈五藏山經〉、〈海外經〉則是接受了巴蜀文化影響後的楚國作品；《山海經》可能是巴蜀地域所流傳代表巴蜀文化的古籍。蒙氏之假設可謂大膽，其中不無武斷處，也引起研究巴蜀學界不小的爭議，然而也提供了研究者不同的靈感與啓發。就研究成果而言，六十年代是較爲沈寂的。

5. 七十年代

此時期考古工作不斷地進行，1972 年在涪陵小田溪發掘清理了三座巴族墓葬，隨後陸續在成都、郫縣、簡陽、犍爲、峨邊等地也發掘一批巴蜀墓葬與窖藏，收集不少巴蜀銅器，相關的研究報告不斷出爐。1977 以後學術研究環境更佳，田野考古更大範圍地展開。榮經「嚴道古城」出土的墓群及青川郝家坪的戰國墓群等，都是此時的考古成績。

影響所及，巴蜀研究著作陸續發表，較爲重要的如下：

作　者	書名（篇名）	出版社（刊名）	初版年
童恩正	〈我國西南地區青銅劍的研究〉	《考古學報》	1977 年 2 期
童恩正	《古代的巴蜀》	四川人民出版社	1979
童恩正	〈我國地區西南青銅戈的研究〉	《考古學報》	1979 年 4 期
	〈西南古奴隸王國〉	《歷史知識》	1980 年 4 期

其中童恩正的《古代的巴蜀》是第一本較全面地綜述巴蜀歷史、民族與文化的著作。如此看來，七十年代的成果仍在考古材料的積累與整理，爲八十年代巴蜀研究的新局面準備好了最佳條件。

6. 八十年代

此時期可謂巴蜀研究的輝煌時期：考古有突破的發現，研究工作有良好表現，重要著作紛紛刊布，並召開全國性巴蜀學術研討會，引起國內外強烈的回響。

考古新發現以廣漢三星堆與成都十二橋最爲重要。三星堆遺址不僅有助早蜀文化的深入探討，並爲中國古代文明研究開了新的寶庫大門。十二橋遺址則對蜀國中心都邑的轉移，社會歷史的復原及中國古代建築研究有相當的助益。

此時重要的出版物如下：

作　者	書　名（篇名）	出版社（刊名）	初版年
顧頡剛	《論巴蜀與中原的關係》	四川人民出版社	1981
徐中舒	《論巴蜀文化》	四川人民出版社	1981
蒙文通	《巴蜀古史論述》	四川人民出版社	1981
鄧少琴	《巴蜀史跡探索》	四川人民出版社	1983
董其祥	《巴史新探》	重慶出版社	1983
劉琳	《華陽國志校注》	巴蜀書社	1984
任乃強	《四川上古史新探》	四川人民出版社	1986
四川簡史編寫組	《四川簡史》	四川省社會科學院出版社	1986
徐中舒	《巴蜀考古論文集》	文物出版社	1987
任乃強	《華陽國志校補圖注》	上海古籍出版社	1987
蒙默等	《四川古代史稿》	四川人民出版社	1988
	〈廣漢三星堆研究專輯〉	《四川文物》	1989 年 10 月

　　這些著作均是現在研究巴蜀文化者必備的參考資料。除此之外，據統計1985 年以前各刊物發表的相關論文著作近 200 篇，1986 至 1989 又發表了近百篇。並於 1986 在廣漢召開全國性的巴蜀文化與歷史學術研討會，1987 年舉行三星堆十二橋遺址座談會，足見其討論之熱烈。

　　以上這些論著與研討會比較集中研究的問題如下：（1）「巴蜀文化」的命名與區系類型問題；（2）三星堆兩個埋藏坑的性質問題；（3）船棺葬的族屬問題；（4）新都馬家大墓的墓主問題；（5）巴蜀地區的文化融合問題。由於各家說法不一，引起廣泛討論，有的問題獲得了高度認同，有的則需再深入探討與求證。總言之，巴蜀文化的研究此時蔚為風尚。〔註6〕

7. 九十年代

　　在前期可觀的成果上，九十年代的研究向更深入、更有廣度的研究方向發展。除了縮小範圍，深入研究「三星堆文化」外，也擴及「巴楚文化」及鄰近少數民族文化的相關研究。筆者所知見的重要著作如下：

作　者	書　名	出版社	初版年
袁庭棟	《巴蜀文化》	遼寧教育出版社	1991
	《四川神話選》	四川民族出版社	1992

〔註6〕以上三十年代至八十年代均參見林向等著《巴蜀歷史、民族、考古、文化》，頁 3～18，巴蜀書社 1991 年初版。

屈小強等	《三星堆文化》	四川人民出版社	1993
李怡	《現代四川文學的巴蜀文化闡釋》	湖南教育出版社	1995
彭萬廷等	《巴楚文化研究》	中國三峽出版社	1997
陳立基	《日落三星堆》	三星堆博物館	1997
宋治民	《巴文化與蜀文化》	四川大學出版社	1998
劉少匆	《霧中的王國——三星堆文化雜談》	三星堆博物館	1998
樊一	《三星堆尋夢》	四川民族出版社	1998
林永仁等	《巴楚文化》	華文出版社	1999
屈小強	《三星堆傳奇》	香港中天出版社	1999
段渝	《政治結構與文化模式——巴蜀古代文明研究》	學林出版社	1999

　　從以上這些著作，可以發現九十年代的研究由於前期考古資料的奠基，加上過去討論的豐富，使得巴蜀文化的研究更趨向專門性，政治、文學、民間文學等均有深入探討。

二、研究範圍與方法

　　筆者既對神話有著濃厚的興趣，又深受巴蜀古國的神秘氣質所吸引，站在前人神話與巴蜀文化的研究成果上，有感於巴蜀文物所顯露的神秘氛圍必有其神話傳說為背景，作為潛藏民族內心共同的夢，巴蜀的神話必有其特殊性，能彰顯其地域與文化特色。前人撰述巴蜀神話者，除《華陽國志》、《蜀王本紀》中有較多的記載外，在四川地方志及傳奇小品中有零星的記載，當代學者著作《日落三星堆》、《三星堆傳奇》收錄了較為詳細的蜀地神話傳說數則，而《四川神話選》一書中所選錄的包含許多中原傳入，至今仍在四川民間流傳的神話故事，對於探究當地神話特色的價值並不大；再者，以上這些著作均為直接記述，並未深入探究神話內在意蘊及其背後精神。筆者擬將巴蜀神話的獨特性彰顯出來，旁論及受文化融合影響處，並配合當代神話的研究趨勢，以「廣義神話」為神話的定義，兼與宗教信仰、哲學思維、民俗生活及文學等方面相扣，深入巴蜀神話進行相關研究。故擬定本文於研究巴蜀神話的範疇及方法如下：

（一）研究範疇

1. 空間上

　　在劃定此論文的研究空間之前，需對「巴蜀」之名有一確切瞭解。「巴蜀」

之稱首見先秦典籍，《尚書》首先提到蜀〔註7〕，《山海經》首先提到巴〔註8〕，由此可知，至少在殷末周初，巴和蜀已經以族名或國名活動於當時的政治舞台了。

在今日，「巴蜀」已成爲四川地區的古稱。然而在此之前，我國最早的的一部地理著作〈禹貢〉，稱之爲「梁州」〔註9〕。秦代設爲巴郡、蜀郡，漢初又增廣漢郡，武帝時，合犍爲、越嶲、牂柯、沈黎、汶山、漢中九郡爲益州〔註10〕，故漢時四川屬益州。三國時屬蜀。晉時，分梁、益二州。唐代改益州爲劍南道，梁州爲山南道。〔註11〕「四川」之名，始於宋代〔註12〕。此後，名稱幾無更易。元稱四川行省，明稱四川布政使司，清代則稱四川省了。自先秦流傳下來，至今「巴蜀」與「四川」已視爲同義語。

故本論文的「巴蜀」亦同於一般定義爲四川，空間上自然訂定爲今日的四川。然或因民族的融合與交流，在論述的過程中無可避免地會跨越地域的界線，引用一些鄰近地區（如鄰近少數民族）的資料以爲佐證。

2. 時間上

本論文在時間上並無明確的限定，主要依據傳世典籍上所載錄的神話爲研究底本，旁及現代巴蜀研究論著中所散見的神話故事。故在時間上大體以中古以前載錄較多，因受限於田野調查之不便，近代以後較少提及。

3. 材料上

傳世典籍中較完整記載巴蜀神話以《華陽國志》中〈巴志〉、〈蜀志〉兩

〔註7〕 見《尚書‧牧誓》載助周武王伐商的西土八國有：「庸、蜀、羌、髳、微、盧、彭、濮」，頁158，輯入《十三經注疏》，藍燈文化事業公司。

〔註8〕 見袁珂《山海經校注》中〈海內南經〉：「夏后啓之臣曰孟涂，是司神于巴」，頁277；「巴蛇吞象，三歲而出其骨」，頁281。〈海內經〉：「西南有巴國。太皞生咸鳥，咸鳥生乘釐，乘釐生後照，後照是始爲巴人」，頁453。里仁書局1982年初版，1995年三刷。

〔註9〕 見《尚書‧禹貢》：「禹別九州……華陽、黑水唯梁州」，頁77～85。劉琳《華陽國志校注》認爲梁州大致包括今四川、雲南、貴州三省及甘南、陝南以至湖北部分地區，頁16，新文豐出版公司1988年台一版。

〔註10〕 見《水經注‧江水》：「漢武帝元朔二年，改梁曰益州，以新啓犍爲、牂柯、越嶲，州之疆壤益廣，故稱益云。」陳橋驛《水經注校釋》，頁578，杭州大學出版社1999年初版。

〔註11〕 參見童恩正《古代的巴蜀》，頁6，重慶出版社1998初版。

〔註12〕 見顧炎武《日知錄》卷31「四川」條：「唐時劍南一道，只分東西兩川而已，至宋時則爲益州路、梓州路、利州路、夔州路，謂之川陝四路。後遂省文，名爲四川。」

篇及《蜀王本紀》爲最，故材料上以之爲主。另外零星記載的如《山海經》、《水經注》、《搜神記》、《博物志》、《太平廣記》、《蜀檮杌》、《蜀中名勝記》、《輿地紀勝》、《四川通志》等及一些道教經典、現代學者之巴蜀研究著作和《四川神話選》、《四川民俗大典》、《成都史話》等均有材料可取。

　　本論文所取神話以「廣義神話」爲探錄標準，一般所謂「狹義神話」是將神話與傳說、仙話、鬼話、夢話等區分開來，然而「廣義神話」並不如此細分，只要符合袁珂所謂的神話七要素即可：（1）以前萬物有靈、萬物有靈等信仰觀念作爲主導思想；（2）以變化、神力與法術作爲表現形式；（3）以人神同臺演出作爲中心主題；（4）有意義深遠的解釋作用；（5）對現實採取革命的態度；（6）時間與空間的視野廣闊；（7）流傳較廣、影響較大。〔註13〕

（二）研究方法

　　本論文於神話的研究上，欲破除神話爲荒誕無稽、怪力亂神之說，證實神話的內涵與古代社會文化環環相扣，它所蘊藏的不只是社會與歷史的眞實片段，更豐富的是民族潛意識中的深切渴望；於巴蜀文化的研究上，欲將巴蜀神話獨立出來探討，站在巴蜀研究者宏觀的成果上，進行更微觀的細部探討。是以將巴蜀神話與文化作出廣泛的聯繫，深入研究巴蜀神話中所凸顯的文化色彩，採用的研究方法如下：

1. 社會學方法

　　社會學派認爲神話並非個人的創造，而是一種社會精神的產物。恩斯特·卡希勒（Ernst Cassirer）認爲：「在神話的思維和想像中，我們不可能與個人的自述相遇，神話是人類社會經驗的反射。〔註14〕」此派最具代表的人物列維·布留爾（L·Levy-Bruhl）亦提出了神話是一種集體表象。所以此派學者認爲神話的基本主題都是人的社會生活的投影，一個神話也就是一種社會性的集體再現，它爲整個社會群體所擁有，也在整個社會群體中流傳。秉持此派的觀點，在神話的研究上，則需從神話功能的角度，來闡述神話的特徵，如側重神話同原始宗教信仰的關係，以及神話在原始社會的價值和地位的探討。

2. 人類學方法

　　人類學派神話學者以羅培克（Lobeck）、泰勒（Tylor）、安得烈·藍（Andrew

〔註13〕見袁珂《中國神話史》，頁17，時報文化出版社，1991年初版。
〔註14〕轉引自朱狄《原始文化研究》，頁675，三聯書店1988年初版。

Lang）等較爲著名。他們認爲神話是原始人思想的產物：他們分不清什麼是人類的，什麼是自然的，而所有的自然物都被賦予生命和人的特徵，於是他們把所有自然物都進行擬人化，這種擬人化把日常生活經驗的事實進行變形和神化，於是變成了神話。〔註15〕因此人類學派主張用「取今以證古」方法，即從現代野蠻人的生活、思想與信仰中，去考察原始人的神話。其後，弗雷澤（Frazer）在《金枝》（Golden Bough）一書中，比較研究魔術、儀式與神話中可見宗教的原始淵源，對於神話研究有莫大貢獻。

3. 心理學方法

自從弗洛伊德（Freud）的心理分析學說發明以後，心理深處之探索對於神話研究的方法添增了新層次。弗氏從罪惡心理觀念解釋神話，引起不少人的批評，不過他卻啓迪心理學派大師榮格（Jung）的「集體潛意識」、「原型」理論，對神話研究有很大的影響。榮格表示神話是內在心靈現象的投射，而且是一種集體潛意識。於是這派學者專門研究神話創造的心理機制，他們把生活在原始社會人民群眾的思維方式和心理活動，作爲神話研究的最根本的問題。

4. 結構主義方法

結構主義學派的領導人物爲法國人類學家李維斯陀（L'evi–Strauss），他以類似語言學研究的某種邏輯連貫性來探討神話彼此共通之處，試圖藉神話研究尋找關於人性的普遍看法。李氏認爲神話實爲冥思人類生命情況的方式，作爲一種思想方式，它自有其法則。〔註16〕是以這一學派以神話作品作爲研究的中心對象，力圖超越神話創造的主體和對象，探求其內部結構，並對內部結構進行分析。

第三節　研究進路與本文論述結構

一、研究進路

筆者首先從古籍中蒐羅巴蜀神話，就其神話主題所反映的信仰、史實、精神、社會、經濟與宗教加以分類；在對巴蜀歷史、文化、考古各方面有一

〔註15〕轉引自朱狄《原始文化研究》，頁682。
〔註16〕轉引自古添洪、陳慧樺《從比較神話到文學》，頁293，東大圖書有限公司1977年初版。

基本的認識之後，分析每一神話背後所傳達的特殊訊息，包括巴蜀特有的崇拜、民族精神、經濟型態、宗教等特徵。

接著筆者企圖超越神話作品本身，從其內部思維進行探析。故在涉獵心理學派及結構主義理論之後，以榮格的「集體潛意識」說及鄧啓耀《中國神話的思維結構》作爲本文神話思維理論的架構，深入神話內部結構，探尋巴蜀神話中所反映的「原型」與思維結構。

最後，回歸到袁珂的神話要素之一——流傳較廣、影響較大，筆者嘗試論述巴蜀神話對後世影響，首先以其與道教源於巴蜀爲著眼點，敘及巴蜀神話與道教相生相長的關係；次以神話爲文學的源頭之觀點，探究巴蜀神話在文學作品中所展現的魅力色彩。

二、本文論述結構

本文各章節的論述內容大要如下：

（一）第一章緒論，說明本文之研究動機，並在瞭解前人於神話與巴蜀文化之研究成果後，訂定本文之研究範圍與研究方法，並對論文章節結構作一前導式的說明。

（二）第二章巴蜀神話與自然崇拜，對神話中所反映的自然崇拜進行析論，分別從石神崇拜、水神崇拜、樹神崇拜、蛇、虎神崇拜順序探究。各節中，除了羅列神話故事外，並與當地民俗及出土文物結合作出印證；必要時，兼敘及少數民族神話與中原神話，以說明民族融合雜居過程中，自然崇拜融合的痕跡。

（三）第三章巴蜀神話與文化特徵，將蒐羅的巴蜀神話與當地文化特色結合，自然找出許多相當契合的共通點。本章先探析民族的源頭，故從神話中探尋部落圖騰的秘密；再從神話中，進一步找尋巴蜀民族的精神特色；最後則進入巴蜀早期經濟型態，證明神話正是人類「經驗的反射」、「生活的投影」。

（四）第四章巴蜀神話的思維結構，本章著重於神話的哲學思維，首先以「原型」的理論深入巴蜀神話，找出其同於世界神話之處，作爲「集體潛意識」，巴蜀神話亦在其列。再者，以結構主義的觀點，探索巴蜀神話中思維主體和思維對象的關係，分「心物合一」、「虛實相生」兩點加以闡述。最後，從類比概念出發，試圖解譯巴蜀神話的邏輯結構。

（五）第五章巴蜀神話對後世的影響，此章從道教與文學兩方面來探討，首
　　　先找出道教深受巴蜀神話影響之處，分神仙思想、自然崇拜、尚五觀
　　　念三點詳加論述。然後談到文學與神話密不可分的關係，巴蜀神話在
　　　相當程度上也影響了後代巴蜀文人的創作，筆者從神話的應用上分「營
　　　造氣氛」、「利用典故」、「進行改造」、「民俗折射」四點舉例說明。

（六）第六章結語，對第二至五章所敘作一綜論，從本文的研究價值及研究
　　　成果兩方面著手，提出檢討、省視與未來展望。

第二章　巴蜀神話與自然崇拜

　　「蜀中山水，一枝獨秀」，對四川而言，是實至名歸的寫照。四川的自然環境和地理位置十分優越，地處中國西南邊陲與內陸的結合地帶，南接雲南、貴州，西靠西藏，北鄰青海、甘肅、陝西，東近湖南、湖北。因此成為連接西南、西北和華中的天然樞紐。

　　東部的四川盆地為四川的主要部分，盆地周圍高山環繞，西為邛崍山，北為大巴山，南為大婁山，東為巫山。盆地內為連綿起伏的淺丘以及我國西南最大的平原——成都平原。土地肥沃，氣候溫暖，雨量豐沛，適宜農耕。長江及其支流嘉陵江、涪江、岷江、沱江、烏江穿流其間，給人民帶來了舟楫之利及灌溉之便。西部屬於高原地區，位於青康藏高原的東緣，平均海拔在 3000 米以上。沙魯里山、大雪山、邛崍山等山脈逶迤南下，為金沙江、雅礱江、大度河等急流割裂而成深邃的峽谷，構成高聳壯麗的山河景色〔註1〕。故川西分為川西北高原和川西南高山峽谷區。（見附圖一）

　　綜觀四川全境，既有巍峨壯闊的高山，又多深陷險峻的峽谷，有起伏的丘陵，也有富饒的平原，地形的複雜多貌，構成了四川多樣的氣候條件、土地資源，蘊藏了豐富的礦產資源、水資源和生物資源。水資源方面，全境就有 1300 多條河流，流域面積在 500 平方公里以上的就有 300 多條。且河流多流經峽谷地區，洶湧湍急，形成優質能量。然而「水能載舟，亦能覆舟」，川流不息的江水亦是自古以來水患的主要原因，治水工作遂成了歷代的重大治績。

〔註1〕參見童恩正《古代的巴蜀》，頁7，重慶出版社1998年初版。

就神話起源的角度看來，奇山異水正是神話得以孕育的眠床。雄偉壯闊的高山群，加上終年覆蓋白皚的雪，恍若神秘難窺的仙界，「崑崙仙鄉」便是這樣的產物。浩湯江水，迷離恍惚，瀲灩波光，蜃樓水月，亦是幻想力得以馳騁的園地。原始先民透過尋求對萬物的瞭解，對自身能力難以掌控的大自然產生畏懼和依賴之感，當依賴多於畏懼時，便形成了自然崇拜，經過自然崇拜，大地的山水被賦予靈性，大批的神話材料於是應運而生。巴蜀天然的地理環境，正佔有了此種優勢，所以產生了大量的神話。

反映在山的自然崇拜中，於是產生了眾多關於石崇拜的神話；反映在水的自然崇拜中，則產生了水神神話；反映在天然物產的崇拜中，則發展出植物神和動物神的神話。

第一節　巴蜀的石神崇拜

石崇拜是遍及全球的文化現象。它萌生於遠古，是原始宗教自然崇拜的一個組成部分，和其他原始崇拜一樣，對石的恐懼感和依賴感是它得以形成的基本原因〔註2〕。有的地區，石神是有神格的；有的至今仍是自然神，沒有神格；有的則與祖先崇拜結合，成為祖先神。幅員廣闊的中國，更是不乏石神崇拜的信仰，童恩正先生曾指出：從我國東北到西南，存在著一個半月形的石文化傳播帶，這個文化傳播帶的生成與生態環境的相近有著一定的關係〔註3〕。由此看來，石伴隨著中國文明的成長，一路走來，人民對它的依賴與恐懼雖已減輕，然而它的地位卻以信仰崇拜的儀式，深植於民族的思想中。至今民間信仰的「石敢當」自是最好的明證。

四川多山，人與石相伴，石與人關係密不可分，這一特點，使巴蜀地區的石崇拜遺跡特別豐富。章海榮在《西南石崇拜》中，將西南諸民族石崇拜的類型歸為四類：石神型、石祖型、石墓型、石人型四大類（頁29）。他說：

> 石作為史蹟，作為生命的本原，其完整的意思是：除了「最初從其中產生」的石神、石祖兩類型崇拜外，還有「最後又復歸於它」的石墓、石人兩類型的石崇拜。作為生命本原的石，在觀念中，石的

〔註2〕 參見章海榮著《西南石崇拜——生命本原的追思》，頁 13，雲南教育出版社 1995 年初版。

〔註3〕 參見童恩正〈試論我國從東北到西南的邊地半月形文化帶〉，《文物與考古論集》文物出版社 1986 年。

原始實體是常住不變的，所變換的只是它的型態……生命來之於
石，又化歸於石，這正如生命本原體常住不變而亡命的個體則世代
承繼著一樣。（頁 21）

章氏是以生命的角度作為分類的依據，其中「石神」是以石是創生、再造人
類的大神為內容，「石祖」則是石崇拜與祖先崇拜的結合，石是生殖長養的祖
靈。「石墓」源於死後靈魂回歸於石的觀念，著重於各種石墓葬的分析；「石
人」則指拯世救族的英雄死後化身為石。綜觀巴蜀的石崇拜神話，實難以此
四類囊括石崇拜神話，「石神」類幾無例子，又多靈石的傳說，故不採此種分
類方式，直接就神話故事本身詳加論敘。

一、禹生石紐

揚雄《蜀王本紀》：「禹本汶山郡廣柔縣人，生於石紐〔註4〕。」《水經注・
沫水注》於廣柔縣云：「縣有石紐鄉，禹所生也。〔註5〕」《華陽國志》言：「上
聖大禹生其鄉〔註6〕」，劉琳校注引《蜀志・秦宓傳》秦宓言：「禹生石紐，今
之汶山郡是也。」又引譙周《蜀本紀》：「禹本汶山廣柔縣人也，生於石紐，
其地名刳兒坪。」（《華陽國志校注》，頁 222）如此看來，大禹出生於石紐的
神話傳說不斷在四川流傳著，包括現今汶川、北川和鄰近的什邡諸縣均有以
石紐命名的地方〔註7〕。

為何以石紐命名？民國《汶川縣志》云：

汶邑之南十里許飛沙關，俗稱鳳嶺，嶺端平衍，方可十餘畝，土人
稱為刳兒坪。坪南懸岩峭壁，下臨岷江，前有巨石百丈，前人摩岩
書「大禹王故里」五字。〔註8〕

其中「巨石百丈」即石紐命名的緣由，此即是大石崇拜下，賦予此大石禹王
的神蹟所致。又如《四川通志・山川》於龍安府石泉縣（今北川縣）云：

石紐山在縣南一里，有二石結紐，每冬月霜晨有白毫出射雲霄。山

〔註4〕見嚴可均《全上古三代秦漢三國六朝文》卷五十三，頁 415，北京中華書局
　　　1958 初版。
〔註5〕見陳橋驛《水經注校釋・沫水注》，頁 623，杭州大學出版社 1999 年初版。
〔註6〕見晉常璩著、劉琳校注《華陽國志校注》，頁 134，新文豐出版公司 1988 年初
　　　版。
〔註7〕見李紹明〈從石崇拜看禹羌關係〉，頁 3，《四川文物》1998 年第 6 期。
〔註8〕見祝世修等纂《汶川縣志》，頁 585，輯入《中國地方志集成》，巴蜀書社 1992
　　　年初版。

麓有大禹廟。〔註9〕

此將石紐解釋為二石結成紐狀，在冬月霜晨會射出白光的一塊靈石，亦是石崇拜下產生的神話。民國《北川縣志・古跡》：「血石，在禹穴附近，溪石上具有殷紅血點，像生禹時所遺之濺血也。〔註10〕」這有紅色斑點石頭的傳說，亦是石崇拜心理下的一種解釋。《四川通志》中更說明了此石能催生、治心病，賦予了更大的神力。

除了以上兩種解釋，石紐亦被解釋為靈異的地質現象。《什邡縣志》云：

> 禹王廟，治北一百四十里三江口山內。後有禹母祠。其地怪石嵯岈，
> 層岩左右交插。洛流曲屈環繞，中有九聯坪，坪境之末，廟基在焉。
> 基址鴻闊，年代無稽，古碑屹立，字跡不可辨，疑秦漢間物。相傳
> 禹母居此。〔註11〕

此亦在石崇拜的心理下，將大禹的降生與石聯繫在一起。此等傳說與遺跡的核心內容還說明大禹和石有更深的內在關連，亦即禹為石的後代，禹乃石所衍生，這實是典型石崇拜的最高形式〔註12〕。《華陽國志》：「夷人營其地，方百里不敢居牧。有過，逃其野中，不敢追，云畏禹神，能藏三年；為人所得，則共原之，云禹神靈佑之。（頁222）」則禹的神格性更明顯。

禹之子啟亦產於石，正是此種崇拜的再延續，《淮南子》中「啟生於石」的記載及河南嵩山的「啟母石」遺跡，正說明夏民族亦有強烈的石崇拜信仰。

二、石筍、石鏡、武擔石和五丁塚

《華陽國志・蜀志》記有：

> 九世有開明帝，始立宗廟，以酒曰醴，樂曰荊，人尚赤，帝稱王。
> 時蜀有五丁力士，能移山，舉萬鈞。每王薨，輒立大石，長三丈，
> 重千鈞，為墓志，今石筍是也，號曰筍里。（頁115）

蜀王開明九世以後，凡帝王駕崩，則令力能移山的五丁力士，立大石為墓志，此即今之石筍。此乃大石崇拜的另一種形式，亦如章海榮所言人死後靈魂回

〔註 9〕 見《四川通志》卷24，頁389，輯入《文淵閣四庫全書》總560，台灣商務印書館1986年初版。

〔註10〕 見黃尚毅纂《北川縣志・古跡》，頁244，學生書局1968年初版。

〔註11〕 見王文昭修、曾慶遠等纂《重修什邡縣志》（一），頁157，學生書局1967年初版。

〔註12〕 見李紹明〈從石崇拜看禹羌關係〉，頁4。

歸於石的「石墓」類型，彰顯了石既爲創生之源，也是回歸之源的高度崇拜。
無獨有偶，〈蜀志〉中另有一則記載：

> 武都有一丈夫化爲女子，美而豔，蓋山精也。蜀王納爲妃。不習水
> 土，欲去。王必留之，乃爲《東平之歌》以樂之。無幾，物故。蜀
> 王哀念之，乃遣五丁爲妃作冢，蓋地數畝，高七丈，上有石鏡，今
> 成都北角武擔是也。（頁116）

五丁力士爲蜀王妃所作之冢，高七丈，上有石鏡，即今成都西北角的武擔山。
《蜀王本紀》謂石鏡「徑一尺，高五尺（頁414）」，且此女子爲「山之精」，
蓋生於山，歸於山之理明矣。此石鏡同石笋，皆爲墓冢用途。另有「武擔石」，
亦見〈蜀志〉：

> 成都縣內有一方折石，圍可六尺，長三丈許。去城北六十里曰毗橋，
> 亦有一折石，亦如之。長老傳言，五丁擔土擔也。公孫述時，武擔
> 石折，故治中從事任文公歎曰：「噫！西方智士死，吾其應之！」歲
> 中卒。（頁116）

此不同前兩則。武擔二石本異地異物，人見其相似，有若扁擔之兩端，故相
傳爲五丁力士擔土所用之石擔也。純爲自然崇拜下，賦予異物靈性所致。又
加上五丁力士之神話故事盛傳於此，於是傳爲五神所用，甚爲合理。文末又
以漢末公孫述之言，加深此石之靈性，石破則智士死，是在原始石崇拜的影
響下，將智士生命與石之生命作更密切的內在聯結。

五丁力士的神話故事不斷環繞著石崇拜的話題，再加上其「能移山，舉
萬鈞」的神力，更加確定他們的生命亦離不開石的本原意蘊。他們的神性正
是石所創生，所以能異於常人，操縱大石的來去。然而創生於石，亦將回歸
於石，則是五丁故事的必然結局。〈蜀志〉言：

> 周顯王（二）〔三〕十二年，蜀（侯）〔使〕朝秦，——秦惠王數以
> 美女進，蜀王感之，故朝焉。惠王知蜀王好色，許嫁五女於蜀，蜀
> 遣五丁迎之。還到梓潼，見一大蛇入穴中。一人攬其尾掣之，不禁，
> 至五人相助，大呼拱蛇，山崩。時壓殺五人，及秦五女并將從，而
> 山分五嶺，直頂上有平石。蜀王痛傷，乃登之，因命曰「五婦冢山」；
> （川）〔於〕平石上爲望婦堠，做思妻台。今其山或名五丁冢。（頁
> 116）

五丁力士的殉職，化爲五嶺，是其人間生命的結束，亦是其永恆生命的開始。

常璩時人呼「五丁冢」或「五子山〔註13〕」，而不言「五婦冢山」，人民對五丁英雄的精神感念可見一斑。

　　至於五丁的死亡何以與秦女相提，此中既反映了秦惠王覬覦蜀地的一段史實，又牽涉到蜀王開明九世的一段政治諷刺，諷刺好色而昏庸的蜀王，終因自己的愚昧，而雙手將蜀地奉於秦。至於「望婦堠」、「思妻台」的命名，靈感應來自中原「望夫石」傳說的啟發，此人死化為石的想法亦源於古代巨石崇拜的信仰，此信仰逐漸消失後，流入人文思想中，作為某些觀念的象徵意義〔註14〕。「望夫石」作為愛情的象徵，那麼此神話中「思妻台」，將前者的象徵意義倒用，自然存在某種程度的反諷。就蜀王而言，對秦女既無愛情可言，又是其出賣國家安危以逞其色心的的昏昧舉動；再者，蜀王不悼念一心為蜀國效力的五丁力士，反而追思秦女，其中諷刺的意義甚大。

三、石犀、石人、石柱

　　〈蜀志〉中記載李冰的故事，言：

> 冰乃壅江作堋，穿郫江、檢江，別支流雙過郡下，以行舟船。岷山多梓、柏、大竹，頹隨水流，坐致材木，功省用饒；又灌漑三郡，開稻田。於是蜀沃野千里，號為「陸海」。旱則引水浸潤，雨則杜塞水門，故記曰：水旱從人，不知飢饉，時無荒年，天下謂之「天府」也。外作石犀五頭以厭水精；穿石犀溪於江南，命曰犀牛里。後轉置犀牛二頭；一在府市市橋門，今所謂石牛門市也；一在淵中。乃自湔堰上分穿羊摩江，灌江西。於玉女房下（自涉）〔白沙〕由作三石人，立三水中。與江神要：水竭不至足，盛不沒肩。（頁118）

其中關於石崇拜的表現有兩處：一是「作石犀五頭以厭水精」，一則「作三石人，立三水中」。兩者皆為四川灌縣聞名中外的鎮水之石，時人以為只有萬古不移的石頭，方能鎮壓狂怒的水怪。隨著李冰神話故事的流傳，家喻戶曉，至今人民還相信這些石人具有神性。1974 年三月三日出土了傳說中的李冰石像和另一個沒刻字的石人像〔註15〕，受到相當的矚目，然而第三個石人像至今仍未找到。

〔註13〕見王象之《輿地紀勝》卷186，頁890，文海出版社1961年初版。
〔註14〕參見王孝廉《中國的神話與傳說》，頁81～82，聯經出版事業1977年初版。
〔註15〕轉引自〈石神與神石的民俗文化學研究〉，頁68，《民俗研究》1993年第3期。

另在灌縣寶瓶口離堆下，有一石露出，其曲垂如大象之鼻，俗稱「象鼻石」〔註16〕。相傳爲李冰鎮龍之用的石柱，《增修灌縣志》云：

> 離堆當灌城西隅，峽廣約百丈，山形屹鼻卷然，沒波中，中一孔……
>
> 父老相傳，爲鎮孽龍處。〔註17〕

故可知石柱的同石犀、石人，作用皆在避邪和鎮壓不祥，久之，便成了人民心中的神祇或神物。

四、支機石

《蜀中名勝記》引《道教靈驗記》曰：

> 成都卜肆支機石，即海客攜來，自天河所得，織女令問嚴君平者也。大尉敦煌公好奇尚異，命工人鑴取支機一片，欲爲器用，椎琢之際，忽如風霜墜於石側，如此者三，公知其靈物，乃已之。至今所刻之跡在焉，復令穿掘其下，則風雷震驚，咫尺昏瞳，遂不敢犯。〔註18〕

海客如何自天河攜回支機石，雖不見記載，然晉張華《博物志》中提到海客至天河的故事：

> 舊說云天河與海通。晉世有人居海渚者，年年八月有浮槎去來，不失期，人有奇志，立飛閣於查上，多齎糧，乘槎而去。十餘日中猶觀星月日辰，自後茫茫忽忽亦不覺晝夜。去十餘日，奄至一處，有城郭狀，屋舍甚嚴。遙望宮中多織婦，見一丈夫牽牛渚次飲之。牽牛人乃驚問曰：「何由至此？」此人具說來意，並問此是何處，答曰：「君還至蜀郡訪嚴君平則知之。」竟不上岸，因還如期。後至蜀，問君平，曰：「某年月日有客星犯牽牛宿。」計年月，正是此人到天河時。〔註19〕

不管如張華所言海客遇牽牛人，或如《道教靈驗記》所載海客遇織女，總之這兩則故事已成了今成都支機石民間傳說的底本，今傳說如下：

> 張騫通西域時，走到河源盡頭，看到河邊有一婦女在那裡浣紗，便向前問道：「這是何處？」織女沒有答覆，順手給張一塊小石頭，叫他拿到成都去問嚴君平。後來張回長安，特地來成都問嚴君平，雙

〔註16〕同上注。
〔註17〕見鄭珵山總纂《增修灌縣志》，頁198，學生書局1968年初版。
〔註18〕見明曹學佺《蜀中名勝記》卷一，頁28，學海出版社1969年初版。
〔註19〕見晉張華撰、范寧校證《博物志校證》，頁111，明文書局1981年初版。

> 方在交接石頭時，不慎把石頭掉到地上，一下子就便成今天的大石
> 頭。這時張騫才知道，他已走到了天河邊，並遇到了織女星，那塊
> 石頭則是織女用來墊織機用的，所以叫它作支機石。〔註20〕

故事的主角變成了張騫，帶回人間的石頭是織女用來墊織機用的，所以叫支
機石。織女之所以令人帶走支機石，是希望藉嚴君平的神卜，算算她與牛郎
何時能相會。可是交接石頭的人不小心掉落，驚怒了天地，便罰織女與牛郎
兩人長期隔離。支機石便成了牛郎織女在人間的遺跡。成都西門有條支機石
街，街側有塊高約六、七尺，上小下大，呈黑褐色的方形石頭，即傳說中的
支機石。成都人對它非常尊敬，看成是神仙所留，對它磕頭膜拜，焚香頂禮，
祈求保佑。凡病痛、祈子、求婚姻美滿的，其應如響。然此石今已移在公園，
僅供欣賞用。〔註21〕

牛郎織女是中原的神話故事，經文化傳播到了蜀地。然而同樣的故事在
蜀地流傳，與石崇拜的觀念相結合，而發展出支機石的故事。民間傳說中強
調了石頭的神仙特質，《道教靈驗記》更說明了其靈性之不可侵犯。

五、石乳水

《太平寰宇記》卷七十六載：

> 石乳水在縣（四川簡州）北二十一里玉女靈山，東北有泉，各有懸
> 崖，腹有石乳房一十七眼，狀如人乳流下，土人呼爲玉華池。每三
> 月上巳，有乞子者，漉得石即是男，瓦即是女。自古有驗。〔註22〕

從文獻看來，祈子習俗在四川十分普遍。此則典故中，乞子於石乳水，漉得
石方生男，從中國人重男輕女的觀念看來，對石則有較高的推崇，此無疑又
是石崇拜觀念的影響。《蜀中名勝記》卷二亦有相關記載：

> 成都風俗，歲以三月二十一日遊城東海雲寺，摸石於池中，以爲求
> 子之祥。（頁90）

明顯看出石崇拜與民間信仰相結合，成爲民俗的一部分。

六、白石神

羌族是四川境內一支分布頗廣的少數民族，主要分布在四川省阿壩藏族

〔註20〕見四川文聯組織編寫《四川民俗大典》，頁172，四川人民出版社1999年初版。
〔註21〕同上注，頁173。
〔註22〕見樂史撰《太平寰宇記》卷76，頁586，文海出版社1963年初版。

羌族自治區所屬茂縣、汶川縣、理縣、黑水縣、松潘縣，甘孜藏族自治州的
丹巴縣，綿陽市的北川縣。羌族人民大多聚居於高山或半山地帶，少數分布
在河谷地帶、公路沿線及城鎮附近，與漢、藏、回等族人民雜居〔註23〕。

　　白石神是羌族極為崇拜的神靈，汶川雁門鄉釋比袁禎琪老先生唱述的羌
族史詩《羌戈大戰》，敘述一個古老的神話故事：

> 木比塔的長子尼羅甲格放牧在花果山上的牛被偷了，木比塔和他的
> 長子在戈基人的牙縫裡查出牛筋和肉屑。木比塔便問羌人和戈基人
> 愛不愛神？羌人說：「我愛神，愛羌，不愛戈基人。」戈基人說：「我
> 不愛神，不愛羌，只愛戈基人。」木比塔氣的沒法，就叫羌、戈擺
> 陣比武。先比劈柴，羌人用斧把柴劈開裂縫，戈基人怕羌人比贏，
> 就趕忙把雙手插入柴縫中，想把柴劈開，羌人連忙取出斧頭，把戈
> 基人的手夾在了柴縫中。首次比賽，戈基人就宣告失敗。接著，木
> 比塔交三塊白石給羌人，交三坨雪給戈基人，號令雙方交戰，結果
> 是羌人把戈基人打死無數，二次交鋒，戈基人又遭慘敗。木比塔又
> 把柴棍給羌人，把麻稈給戈基人，又號令他們拼打，結果戈基人又
> 傷亡遍野，三次交戰，戈基人又以慘敗告終。接著，木比塔又用巧
> 計，叫羌人先躲在岩腳，把羌人預先扎好的草人立在岩上，而後木
> 比塔就說：「紅岩腳下地方很好，誰先佔領就歸誰所有。」羌人聽後，
> 就趕忙往岩下摔草人，戈基人就爭先恐後地往岩下跳，結果，「萬丈
> 懸岩如深淵，從此戈基絕了跡」。「白石相助勝敵人，從此敬奉白石
> 神」；「為謝木比相助恩，十月初一敬天神」。為了感謝神恩，羌人派
> 人到成都買豬，十月初一就殺豬宰羊，敬天神謝天恩。〔註24〕

流傳在茂縣民間的神話《羌戈大戰的傳說》則說：

> 在遠古時候，羌人剛從西北高原遷來岷江上游時，常被早已定居這
> 裡的戈基人侵擾，連年打仗，每次都打不贏戈基人。有一天晚上，
> 羌人都做了一個同樣的夢，夢見依個穿白袍的白髮白鬍老人，踏著
> 一朵白雲，飄到他們面前說：「你們若想打敗戈基人，天亮後，你們
> 把白雞、白狗的血淋在白石上，用它去打戈基人，就能取勝。」臨

〔註23〕參見四川文聯組織編寫《四川民俗大典》，頁525。
〔註24〕轉引自林忠亮、王康編著《羌族文學史》所引手抄本《羌族釋比經詞》（3），
　　　　頁83，四川民族出版社1994年初版。

走時，還叫羌人每人準備一根木棍。就在同一個晚上。所有的戈基人也做了同樣一個夢，夢見一個穿白袍的白髮白鬚老人，踏著一朵白雲，飄到他們面前說：「想要打敗羌人，只有用雪團和麻稈作武器。」第二天，為了便於區分敵我，羌人每人還編了一根羊毛繩子繫在頸項上。激戰開始後，羌人用白石猛打戈人，打的戈人頭破血流，傷亡慘重。戈人以雪團還擊，點點都傷不到羌人，正待逃跑，羌人又用木棍打來，戈基人用麻稈還擊，抵擋不住，只得狼狽逃竄。因為這次戰爭的勝利是以白石為武器取得的，從此，羌人奉白石為神。

〔註25〕

此兩則故事，同為羌人趕走戈基人的神話傳說，情節雖略有不同，然同樣說明羌人用白石擊退敵人的過程，並奉白石為神的典故。可見錯居四川的羌人，因為一開始對石的依賴，所處環境多石，並以之作為生產、生活的用具，又作捕獸、御敵的武器，後逐漸以石為靈物，作為依賴祈求和崇拜的對象，於是石的宗教信仰流傳已久。至今羌民仍置白石於屋頂，每年用豬狗雞等血塗於其上，而目之為神，並以此神為最靈〔註26〕。居住在四川汶川、松番一帶的羌民並有向白石求雨的習俗。遇久旱不雨時，羌民必定搜山，禁止上山打柴、狩獵和挖藥材等活動。若仍不雨，則舉行大規模的祈雨儀式，參加者均為已婚女子，在白石神前哭訴，唱祈雨歌，以感應天神降雨〔註27〕。

　　白石崇拜同樣盛行於藏族。藏族主要居住在四川西部甘孜藏族自治州、西北部阿壩藏族羌族自治區和西南部的涼山彝族自治州木里藏族自治縣境內。藏人白石崇拜源流更長，早在原始本教——苯教在青康藏高原盛行時期，即崇尚萬物有靈，且非常崇拜白色，視高原上的雪山為神，認為它是土地的守護者〔註28〕。他們在地中央放上潔白的石頭，代表大地之神，稱為「阿媽色朵」，意即「金石頭媽媽」。秋收時節，往往要舉辦隆重的儀式來祭祀大地之神，感謝「金石頭媽媽」的恩賜〔註29〕。他們並在屋頂、門頂、窗台以及拜神的地方供奉白石，將之視為神祇，奉為聖物。

〔註25〕轉引自林忠亮、王康編著《羌族文學史》所引（茂縣）《羌族民間故事》第二集，頁85。

〔註26〕見叢聚賢〈泰山石敢當〉，頁557，《說文月刊》第二卷，1941年。

〔註27〕見馬昌儀〈石神與神石的民俗文化學研究〉，頁66，《民俗研究》1993年卷3。

〔註28〕參見〈彝藏民族走廊的石文化〉，頁8，《歷史月刊》1995年10月號。

〔註29〕參見《四川民俗大典》，頁471。

藏族的崇拜白石，起源於對神山的崇拜，相信白石是雪山的菁華。白石既具岩石的堅硬，又有雪山的潔白，因此相信白石不但有神奇魔力的功能，同時亦是美好和善良的象徵。藏族民間傳說，閻王爲世間人記功過，做一件好事就放一粒白石，作一件壞事件放一粒黑石。由此可見，藏族白石崇拜的普遍。

納西族亦相當信奉白石神。四川納西族主要分布在木里、鹽源和巴塘等縣的部分鄉村。他們大多是在明代由雲南麗江地區「麼些」部落遷徙入境，後漸與藏、彝民族雜居，有相當一部分已融入藏民族之中。

在納西族白石信仰的後面，隱藏一個有關三多神的神話。白石神「阿普三多」是納西族民間所信奉的眾多神之中，最受尊敬者。納西族民間流傳這樣一個神話：

> 很古的時候，從北方的加寬來了個自稱三多的人，他對一個大王說：「你每天貢獻我三隻獸，你就會享大福。」大王照辦了，卻不見什麼大福。於是大王的妻子便埋怨起來：「家畜都貢獻盡了，可福在哪裡？」三多出現了，他對大王說：「我原打算讓出一半的天下給你，尊你爲王，你爲什麼私下埋怨我？如今我要回到雪山上去，你貢獻的東西我會加倍還給你的。」說完後一陣風似的走了。儘管三多把貢獻加倍還給國王，可這個國王卻一天天衰弱下去。這時，三多又托夢給宋末麗江納西首長麥琮：「我從北方來幫你作戰，願你的王國受福，你可別三心二意啊！」說完，變成一隻白獐消失了。從此，麥琮每上戰場，總有一個身穿白甲、戴白盔、執白矛、騎白馬的驍將助陣。麥琮打獵時，也常見一隻白獐在玉龍山裡出沒，但是一追到一塊白石背後，就無影無蹤了。一天他的獵犬圍著白石叫，人們把白石舉起，其輕如紙，下到半山，又重如千金。獵者用米飯供它，它又變得輕如樹葉。來到山麓，復又重達千斤，搬也搬不動。於是就地建廟，奉它爲「阿普三多」。三多變成了白石神的化身。〔註30〕

在雲南麗江納西族自治縣境內的玉龍山山麓，有一座北岳廟，其中供奉的就是雪山（白石）神「三多」。納西族人民每年二月都要來廟裡聚會，祭拜白石神〔註31〕。由此看來，具有白石神神格的三多神，是納西民族的保護神。而

〔註30〕見馬昌儀〈石神與神石的民俗文化學研究〉，頁61。
〔註31〕同上註。

白石神就是玉龍雪山之神，玉龍雪山本身就是一座高大的白石。納西族的白石崇拜，顯然已將神話、宗教、民俗融爲一體。

在四川境內羌、藏、納西等少數民族白石崇拜的影響下，四川敘府（今宜賓）亦有白石崇拜的習俗存在。美國漢學家葛維漢在〈四川的宗教信仰〉一文提到在長江邊上的敘府附近，有一座統稱爲白石寺的小廟。起初只是一塊巨大的白色石頭，比其它的石頭高而白。人們開始崇拜它，認爲它有治癒疾病的力量，後來圍繞這塊白石建立一座廟〔註32〕。這過程也許是因由石頭的體積和潔白引起自然感官的敬畏而起，也許是在民族雜居的過程中，受到他民族信仰崇拜的影響，因而認爲這巨石本身即爲一個具體超凡行善力量的神。

七、陰陽石

據《水經注》記載，巴人起源和陰陽石有著密切的關係：

> 東逕難留城南，城即山也。獨立峻絕，西面上里餘，得石穴。把火行百許步，得二大石磧，並立穴中，相去一丈，俗名陰陽石。陰石常濕，陽石常燥。每水旱不調，居民作威儀服飾，往入水中。旱則鞭陰石，應時雨多。雨則鞭陽石，俄而天晴。相承所說，往往有效。但提鞭者不壽，人頗惡之，故不爲也。東北面又有石室，可容數百人。每亂，民入室避賊，無可攻理，因名難留城也。……鹽水，即夷水也。又有鹽石，即陽石也。盛弘之以是推之，疑即廩君射鹽神處也。將知陰石，是對陽石立名矣。事即鴻古，難以明徵。〔註33〕

此則神話中，可見陰陽石是巴族首領廩君發跡之處。陰陽石本身具調和陰晴的神性，其地之靈自是一民族發跡的吉祥地。足見川東的巴人亦存有石崇拜的觀念，且在其民族起源神話中扮演相當重要的角色。

巴族後裔的土家族所在地，和巴人一樣也有「陰陽石」的神石，長陽縣都鎮灣旁的佷山，有所謂赤、黑二穴，其岩崩處有大石，也稱爲陰陽石，至今仍有土家人前往焚香祭祀。〔註34〕

〔註32〕參見葛維漢〈四川的宗教信仰〉，《民間文學論壇》1989年第6期。

〔註33〕見《水經注校釋》卷三十七，頁644。

〔註34〕見李紹明、林向、徐南洲編《巴蜀歷史、民族、考古、文化》頁145，巴蜀書社1991年初版。

八、壇神墩墩

　　葛維漢在〈四川的宗教信仰〉一文中提到，四川崇拜一種叫「壇神墩墩」的神。此神其實只是一塊像用於房子和寺廟木柱下面那樣的基石。四川在夏天氣候特別潮濕，木頭容易腐朽，所以把基石放在木柱之下，使其免於腐朽，並可保護木柱不遭蟲蟻蛀蝕。在某些偶然的機會下，人們認為基石有一種特殊的力量，故將其視為靈物，並當作神來崇拜，安置於尊敬的地方。在民間，富人認為壇神將使崇拜者的家庭昌盛，於是花大筆的錢供奉壇神；窮人則認為壇神性情不好，假如崇奉太儉約，壇神會懷恨在心，在家裡搞破壞，於是一些窮人負擔不起繁複儀式的供奉，便簡單的將其拋棄。但大多數的人會把壇神送到廟裡，讓和尚和香客供奉。〔註35〕

　　這種叫做「壇神墩墩」的石神，其實就是一種人們認為能避邪招吉的石頭。如此看來，此亦是石崇拜的一種體現方式。

　　綜上諸點所述，明顯可見巴蜀石崇拜神話導源於其所處地理環境的啟發，並受中原石文化和西南少數民族石神話的影響，其特色在結合了兩者的不同，並締造出獨具巴蜀文化特色的石崇拜神話。反映在以下幾點：

1. 英雄崇拜與石崇拜結合的居多：如禹生石紐、五丁力士、李冰治水等。

2. 少數民族石崇拜神話多表現在民族起源神話中，扮演著保護神的角色，並強調「白色」的聖潔靈性，獨鍾白石，較少反映在他色的石頭上，如羌族、藏族、納西族的白石神均是。漢族石崇拜則不分顏色。

3. 就整個西南石崇拜圈而言，四川缺乏以石為創生、再造人類的「石神」型。「石祖」有之，如白石神；「石人」有之，如五丁力士；「石墓」亦多，石筍、石鏡、五丁冢均是，四川境內有名的石棺葬文化，亦是此型的反應。其中又多「靈石」類，如武擔石、支機石、陰陽石、壇神墩墩等。可見四川石崇拜神話其原始性不似少數民族神話強烈。

4. 反映在民間信仰中，大多認為這些靈石具有避邪招吉的保護神功用。從禹神的使夷人不敢居牧，石犀、石人、石柱的鎮水鎖龍，支機石的除病、求子，白石神的祈雨、豐年，到壇神墩墩的賜福招吉，在在都表現了同樣的內容，其實這些正反映了巴蜀先民心中深切的渴望。

〔註35〕參見參見葛維漢〈四川的宗教信仰〉，《民間文學論壇》1989年第6期。

第二節　巴蜀的水神崇拜

有關水的神話，尤其是洪水神話，是世界各民族共有的。地球的表面，百分之七十以上均爲水，人們的生活經驗離不開水，是以成爲水神話產生的最大因素。1872 年，英國學者喬治・史密斯（George Smith）從古巴比倫泥板文書上，找到了《聖經》中諾亞方舟洪水故事的來源，引起了全世界的注意，從此，洪水神話不斷成爲國際學術界關注的焦點。〔註 36〕一百多年來，在中外學者的努力下，世界各地已蒐集了無以數計的洪水神話，並對它的起源、傳播與文化內涵進行了深入的研究。

我國古代文獻上的女媧補天、大禹治水，都應屬於洪水神話。1898 年，法國人保羅・維爾（Paul Vial）記述了一篇彝族的洪水神話，成爲外界對中國少數民族洪水神話的最早紀錄〔註 37〕。接著芮逸夫發表〈苗族的洪水故事與伏羲女媧的傳說〉〔註 38〕、聞一多〈伏羲考〉〔註 39〕都是研究中國洪水神話的重要著作，亦是國人研究洪水神話的開始。今人楊知勇在〈洪水神話淺探〉一文中，指出洪水神話的三大特點：一爲廣布全球，基本結構大同小異。二爲粘合性強，即在原始意識的支配下產生不自覺的粘合，或有意識的把具有宗教觀念和道德觀念的故事與洪水神話相粘合。三則是中心母題多，有人和神的鬥爭、祖先的追源、繁衍人類的鬥爭及對祖先英雄的贊頌等。〔註 40〕洪水神話之所以被稱爲「原始社會的寶藏，原始生活經驗的結晶」〔註 41〕，就是因爲它具有以上這些特點。

是以關於水神的研究，是從洪水神話作爲出發點，它的原始性較爲強烈，囊括的中心母題亦較多樣。然而隨著神話與歷史地理、民俗信仰多方面的結合後，水的神話已呈現多種樣貌。水的神話多半伴隨著歷史人物、英雄神祇的出現，並在文學浪漫綺思的推波助瀾下，清揚婉約的女神形象亦在水的神

〔註 36〕轉引自陳建憲〈中國洪水神話的類型分類〉一文，頁 2，《民間文學論壇》1996 年第 3 期。

〔註 37〕同上註，頁 3。

〔註 38〕見芮逸夫〈苗族的洪水故事與伏羲女媧的傳說〉，頁 174，中央研究院《人類學集刊》第一集，1937 年初版。

〔註 39〕見聞一多《神話與詩》，頁 3-69，華東師範大學出版社 1997 年初版。

〔註 40〕見楊知勇〈洪水神話淺探〉，頁 59，《民間文學論壇》總第 13 期，1985 年 2 月。

〔註 41〕見聞一多〈伏羲考〉，《聞一多全集》第一卷，頁 5，上海開明書店 1948 年初版。

話中佔有一席之地。

　　全境擁有 1300 多條河流的四川，自然提供了水的神話素材不斷茁壯的有利背景。況且歷代長江江患頻仍，史書可考，從漢朝至今二千三百餘年中，統計大小災害約有兩百餘次。〔註 42〕流經四川的長江及其支流亦在其列。神話內容本身就是人類的生活經驗的反射，人民正由於多次遭受過洪水毀滅性的災難，在集體心理中，留下不可磨滅的痕跡，形諸文字，化爲神話。是以巴蜀的洪水神話特別豐富。茲就典籍所蒐集到的巴蜀水神神話，詳敘如下：

一、大禹治水

　　據說帝堯時代的茫茫洪水，是由四川的岷江氾濫所釀成的。宋蘇德祥〈新修江瀆廟碑記〉：「二儀之判也，岷之山騰爲東井之精，江實出之；惟堯之世，斯水未治，遂有昏墊之虞，以嗟方割。〔註 43〕」又王象之《輿地紀勝》：「浮山，在巴縣，本名方山。又云：『堯時洪水不沒，故曰浮山。』〔註 44〕」可見堯時的洪水之患，四川尤最。堯派鯀治水失敗後，重責大任則落在鯀的兒子禹的身上。關於禹出生的傳說相當多，除了前面所敘之外，《遁甲開山圖》尙提及：

> 古有大禹，女媧十九代孫，壽三百六十歲，入九疑山飛仙去。後三千六百歲，堯理天下，洪水既甚，人民墊溺。大禹念之，乃化生於石紐山泉。女狄暮汲水，得石子如珠，愛而吞之，有娠。十四月生子。及長，能知泉源，代父鯀理洪水，堯帝知其功如古大禹知水源，乃賜號禹。〔註 45〕

《遁甲開山圖》是一部道教經典，其中不無有宣揚教義的作用中，然而禹正是因爲治水有功，才被崇奉爲神仙，並與開天闢地的母神女媧並提，附會爲一脈相承。不論眞假爲何，此中可見人民對大禹治水功勞的感念之深。四川汶川一帶，傳說禹母懷胎十月生下禹，出生時天神降下三天三夜金雨，禹生下三天會說話，三個月會走路，三年便長大成人。〔註 46〕這種早慧速長的神

〔註 42〕參見宋西尚《長江通考》，頁 49，中華叢書編審委員會 1963 年出版。

〔註 43〕見周復俊《全蜀藝文志》卷三十七上，頁 453，輯入《文淵閣四庫全書》總1381。

〔註 44〕見王象之《輿地紀勝》卷一七五，頁 843。

〔註 45〕轉引自馬驌《繹史》卷十一，頁 109，台灣商務印書館 1968 年初版。

〔註 46〕參見鹿憶鹿〈有關禹的傳說信仰〉，頁 192，《東吳中文學報》第六期，2000年 5 月。

話模式，是人民對這位治水英雄最高的推崇。禹在四川治水的神話紀錄不勝枚舉，典籍所載如下：

> 夏禹欲造獨木船，知梓潼縣尼陳山有梓，徑一丈二寸。令匠者伐之。樹神爲童子，不服。禹責而伐之。——《蜀記》〔註47〕

大禹想用梓樹造獨木舟，乃因梓樹寬大又輕巧，宜於水上行走之用。不料梓樹神起而反對，禹曉以大義，梓樹神方才允諾。這算是禹在四川治水的一段小插曲。爲了國計民生，不但梓樹神讓步，連黃龍也來幫忙了：

> （禹）導川夷嶽，黃龍曳尾於前。——《拾遺記》〔註48〕

> 禹導江乘舟至茂舟，黃龍負舟。……龍遂爲前導。——諸葛亮撰《黃陵廟碑》〔註49〕

黃龍的出現，似爲唐突，然而《山海經・海內經》：「鯀死三歲不腐，剖之以吳刀，化爲黃龍。」（頁473）其實黃龍便是禹的父親鯀所化，所以他會幫助禹治水，一點也不令人訝異了。當地人民爲了紀念黃龍，岷江上游建了一座黃龍寺，每年六月十六日，附近的藏、漢、氐、羌各族人民，都紛紛到此祭拜黃龍，向他祈福。〔註50〕除了黃龍幫忙外，當地的神靈豈有袖手旁觀之理？汶川神便是一見義勇爲的例子：

> 浮祐廟，即汶川神也。……舊記所載：「神，馬首龍身，佐禹治水有功。」（《輿地紀勝》，頁753）

由於汶川神的協助，汶川一帶的妖魔鬼怪得以降服，洪波巨濤才能平息下來。岷江上游的水治好後，禹隨即往其他區域出動，所經過的地方，後人都取有紀念性的山名，禹跡山、停船山、覆舟山、多功山……等皆是。〔註51〕青城山亦是，聽說洪荒時代，禹受邀到石城山治理山洪，禹於是教人民種植青竹，果然保住了泥土，鎖住了泥龍，泥龍方不再作怪。於是「石城山」便改爲「青城山」了，青城山民在山上修了座「川主宮」，塑了巍峨的大禹神像，每年「川主節」前後，人民都要栽竹護樹，以感念大禹。（《四川神話選》，頁331）

〔註47〕 轉引自〈四川治水神話中的大禹〉，頁5，《四川大學學報》1959年第4期。

〔註48〕 見王嘉《拾遺記》，頁320，輯入《文淵閣四庫全書》子部348，總第1042冊，台灣商務印書館1986年初版。

〔註49〕 見周復俊《全蜀藝文志》卷三十七上，頁447。

〔註50〕 見《四川神話選》，頁327，四川民族出版社1992年初版。

〔註51〕 參見楊明照〈四川治水神話中的夏禹〉，頁7，《四川大學學報》1959年第4期。

　　據說禹治水到瞿塘峽時，碰到十二孽龍在水中發威作惡，雲華夫人用雲帚一掃，將十二孽龍斬落地上，化為十二座大山，此即巫山十二峰的來源。《神女廟記》云：

> 夔子之國山曰巫，考驗異事聞古初：有龍十二騰太虛，仙宮適見嚴訶吁，霹靂聲反下徂，化為奇峰相與俱。至今逸氣不盡除，天嬌尚欲升天衢。〔註52〕

然而這十二具龍屍化為的大山，擋住了江水，江水被壅塞住，成了汪洋大海。禹趕忙至巫山治理，搖身一變，化為穿山甲，跳進水中，費盡力氣，卻才鑽通一小洞。禹仍不灰心，爬到山頂上請來黃牛神幫忙，黃牛神用雙角拼命牴山，好不容易牴出一缺口，卻又被垮下來的山岩堵住了。此即是後來有名的「黃牛峽」。正當禹苦思無計之時，幸有華陽夫人拔刀相助，授禹三冊天書，令之照書行事。繼又派六位大神協助，夫人自己則去天宮借劈山神斧，交給大禹，劈開了十二座龍骨峰，開闢了長江三峽。經由華陽夫人的相助，大禹才能順利將洪水引向東海。

　　此段故事除了今在四川流傳的《四川神話選》（頁335～338）有輯錄外，尚有古籍底本可循。《吳船錄》卷下：

> （黃牛峽）上有洺川廟，黃牛之神也，亦云助禹疏川者。廟皆大峰，峻壁之上有黃跡如牛，一黑跡如人牽之，此其神也。〔註53〕

《太平廣記》：

> 雲華夫人，王母第二十三女。……即敕侍女，授禹策召鬼神之書：因命其神狂章、虞余、黃魔、大翳、庚辰、童律等，助禹斷石疏波。〔註54〕

《神女廟記》亦載：

> 俄有神人，狀類天女。授禹太上先天呼召萬靈玉篆之書；且使其臣狂章、虞余、黃魔、大翳、庚辰、童律為禹之助。〔註55〕

底本所傳，加上後代文人潤飾、鄉野民間的添油加醋，於是有如此豐富，又能反應當地地理特色的神話流傳下來。

〔註52〕見周復俊《全蜀藝文志》卷三十七引馬永卿〈神女廟記〉，頁462。
〔註53〕見范成大《吳船錄》，頁867，輯入《文淵閣四庫全書》史部218，總第460
　　　　冊，台灣商務印書館1986年初版。
〔註54〕見《太平廣記》卷56，頁347。
〔註55〕見周復俊《全蜀藝文志》卷三十七引馬永卿〈神女廟記〉，頁463。

　　大禹治水工程的周詳擘畫，不僅解除了無數先民的水患之苦，更留下不朽的讚頌史跡。然而「智者千慮，必有一失」，偶因失察造成的「錯開峽」，亦有神話記錄：

　　　　斬龍台，治（巫山縣）西南八十里；錯開峽，一石特立。相傳禹王導
　　　　水至此，龍錯行水道，斬之。故峽名「錯開」，臺名「斬龍」。〔註56〕

今人輯錄的《四川民間故事集》中有一則〈大禹斬玉龍〉的故事，與此頗雷同。大意是說東海龍王的小兒子小玉龍在巫山附近錯開峽興風作浪，洪水淹沒良田，對於長久苦於水患的百姓而言，更加苦不堪言。大禹於是大怒，將小玉龍拴在鎖龍柱上。但小玉龍仍不知悔改，就被大禹斬死了。〔註57〕兩則故事情節相同，流傳的地方亦同。依時間先後看來，《吳船錄》所載在先，今之民間故事在後，應是後人以前者為本，然又認為若開峽之龍有功，禹何忍因偶一失誤，而將玉龍斬死？為了不讓禹的完美形象在後人心中遭受質疑，於是後來的故事中只有把小玉龍塑造成執迷不悟的角色。如此神話方能更加反應人民心中對禹神的推崇備至。

　　大禹的神話傳說，不僅流傳四川、浙江、河南、河北、山東、山西、安徽、江蘇等地均有流傳，幾乎遍及了半個中國，是以禹神話充分反映了中原文化的特色。巴蜀文化最晚至商末周初已與中原文化有所交流，日後的融合與交互影響已是學術界公認的事實，所以巴蜀禹神話是在中原禹神話的母題下，不斷蔓延而出的。然而就地理環境的特色上，亦可看到巴蜀禹神話的不同：

（1）反應地名，作為山名、地名的起源說者特多。如：禹跡山、停船山、覆舟山、多功山、青城山、黃牛峽、錯開峽等，充分反應巴蜀多山多川、多峽谷的地理特色。

（2）與當地神祈故事結合，亦成為地方神的一份子。如：梓樹神、汶川神、黃牛神等，在當地神靈的協助下，禹方能順利完成治水的工作。反映人民在推崇禹神之時，亦不忘感念這些土生土長的神祇，充分表現英雄崇拜與自然崇拜的原始思維。

〔註56〕見巫山縣志編寫委員會《巫山縣志》卷三十二，頁644，四川人民出版社1991年初版。

〔註57〕參見《四川民間故事集》（一），頁11～16，輯入陳慶浩、王秋桂主編《中國民間故事全集》，遠流出版社1989年初版。此則故事由張建書、晨笛蒐集整理。

（3）三峽是巴楚交界，是以與禹有關的神話表現了巴楚文化剛柔兩面的調和。楚地向以綺麗浪漫的文學著稱，神話中充滿楚文化陰柔的分子；巴地則因民族性的關係，多展現陽剛的一面。大禹的英雄神性與巫山神女雲華夫人的相逢，便是神話中剛柔互濟的思想再現。大禹治水到了三峽，儘管化為穿山甲，請來黃牛神，一樣無計可施，還是得靠這位溫柔旖旎的神女幫助，才能成功。

（4）巴蜀的禹更能反映「山川之神」的信仰。前面石崇拜神話中，已探討過人民對禹的神化中，反映了石崇拜的思維，此處的禹則以水神的角度來探討。然而兩者並不衝突，《尚書・呂刑》：「禹平水土，主名山川。」（頁298）在西周，禹正是山川之神。出生蜀地的禹，他的出生反映了山神的身份，治水成功的他正是不折不扣的水神。

二、鱉靈治水

關於鱉靈其人其事，《華陽國志》云：

> （望帝）會有水災，其相開明決玉壘山以除水害。帝遂委以政事，法堯、舜禪授之義，遂禪位於開明，帝生西山隱焉。（頁115）

杜宇王之相開明即是鱉靈，《蜀王本紀》所載更為詳細：

> 望帝積百餘歲，荊有一人名鱉靈，其尸亡去，荊人求之不得。鱉靈尸隨江水上至郫，遂活。與望帝相見，望帝以鱉靈為相。時玉山出水，若堯之洪水，望帝不能治，使鱉靈決玉山，民得安處。鱉靈治水去後，望帝與其妻通，慚媿，自以德薄不如鱉靈，乃委國授之而去，如堯之禪舜。鱉靈即位，號曰開明帝，生盧保，亦號開明。〔註58〕

鱉靈尸隨水上、死而復生的部分，是其人最具神話性質的部分，馮廣宏在〈洪水傳說與鱉靈治水〉一文中，認為這是象徵他受挫之嚴重及東山再起之難。〔註59〕此中政治意味濃厚，馮氏以為此荊人應指巴人（時巴已為楚所滅），暗寓巴為楚滅後，急欲東山再起，於是鱉靈向西北流亡，因治水之功，受到望帝的禪讓，在政權和平轉移之下，鱉靈得以在成都平原再現王國雄風。

關於鱉靈治水的政績，至今金堂峽一帶還流傳著鱉靈開峽的神話故事。據說，當時他左腳蹬住峽口左岸的砲台山，右腳蹬住峽口右岸的雲頂山，猛一使勁，峽口就被他蹬開了，狂濤捲著土石沿著沱江向下奔騰，平原上的洪

〔註58〕見嚴可均《全上古三代秦漢三國六朝文》卷五十三所輯《蜀王本紀》，頁414。
〔註59〕見李紹明、林向、徐南洲主編《巴蜀歷史、民族、考古、文化》，頁286。

潦之魔便給嚇跑了。因此雲頂山和砲台山的半腰岩石上，就留下鱉靈的巨大
腳印，一邊是左腳，一邊是右腳。雖然山上的砂岩容易風化，但歷代都有人
將腳印重刻，至今仍可在山上看到。〔註60〕王象之《輿地紀勝》引《華陽國
志》佚文：「會巫山壅江，蜀地瀦水；鱉靈遂鑿巫山峽，開廣漢金堂江，民得
安居。」又言：「鱉靈跡，在金堂峽南岸。」「石門有巨跡長三尺，旁刻『鱉
靈跡』三字。」〔註61〕此中透露金堂峽也有巫山之名，據馮廣宏的考證，古
代凡有神巫居住之山，皆可稱巫山，是以此處巫山並非三峽的巫山。（頁290）
然而考據真偽並非神話流傳的決定性因素，隨著代代間不斷的口耳相傳，至
今三峽仍盛傳鱉靈治水的傳說，現存《禽經》引李膺《蜀志》云：「巫山龍
門，壅江不流，蜀民墊溺。鱉靈乃鑿巫山，開三峽，降丘宅土，人得陸居。」
〔註62〕是以開金堂峽當是鱉靈洪水傳說的原貌，鑿三峽則是後人的染飾。現
在金堂峽中，還有一座三皇廟的遺址，據說祭的是唐代所封的金水神，元代
稱為赫德神，老百姓稱為「水三王」。一共三尊神像，其中面目最猙獰的，
便是鱉靈。〔註63〕《金堂縣續志》：「三皇廟在三皇灘上……此蓋蜀相鱉令，
因鑿峽有功，故建廟祀之。〔註64〕」鱉令，即鱉靈也。

　　鱉靈除了開金堂峽、決玉山（即玉壘山）的成就外，《水經注》卷三十
三尚云：「江水又東別為沱，開明所鑿也。郭景純所謂玉壘作東別之標也。」
〔註65〕如此看來決玉山，正所以東別沱江。

　　鱉靈在神話中扮演著治水英雄的角色，金堂峽的傳說中更見其英雄神的
性格。其中亦展現了歷史神話的內容，反映了「神話原是化妝的歷史」〔註66〕
這一論點。透過鱉靈神話故事，不僅延伸了洪水神話這一母題，並可透視到
巴蜀一段政治上的承繼關係，洞察到神話與歷史密不可分的一面。

〔註60〕參見馮羽、譚繼和、馮廣宏主編《成都府南兩河史話》，頁33，四川民族出版
　　　社1998年初版。
〔註61〕轉引自李紹明、林向、徐南洲主編《巴蜀歷史、民族、考古、文化》，頁290。
〔註62〕見師曠著、張華注《禽經》，頁683，輯入《文淵閣四庫全書》總847。
〔註63〕參見《巴蜀歷史、民族、考古、文化》，頁290。
〔註64〕見王暨英修、曾茂林等纂《金堂縣續志》（一），頁209，學生書局1967年初
　　　版。
〔註65〕見陳橋驛《水經注校釋》，頁577，杭州大學出版社1999年初版。
〔註66〕林惠祥《神話論》所引友赫麥魯氏（Euhemerus，316B.C.）所主張「歷史說」
　　　的神話論。頁7，台灣商務印書館1968年初版。

三、李冰治水

　　李冰治水神話，是家喻戶曉的故事。《華陽國志》提到：

　　周滅後，秦孝文王以李冰爲蜀守。冰能知天文地理，謂汶山爲天彭
　　門；乃至湔氐縣，見兩山對如闕，因號天彭闕。彷彿若有神，遂從
　　水上立祠三所，祭用三牲，珪璧沈濆。漢興，數使使者祭之。

　　冰乃壅江作堋，穿郫江、檢江，別支流雙過郡下，以行舟船。岷山
　　多梓、柏、大竹，頹隨水流，坐致材木，功省用饒；又灌溉三郡，
　　開稻田。於是蜀沃野千里，號爲「陸海」。旱則引水浸潤，雨則杜塞
　　水門，故記曰：水旱從人，不知飢饉，時無荒年，天下謂之「天府」
　　也。外作石犀五頭以厭水精；穿石犀溪於江南，命曰犀牛里。後轉
　　置犀牛二頭；一在府市市橋門，今所謂石牛門市也；一在淵中。乃
　　自湔堰上分穿羊摩江，灌江西。於玉女房下（自涉）〔白沙〕由作三
　　石人，立三水中。與江神要：水竭不致足，盛不沒肩。

　　時青衣有沫水出蒙山下，伏行地中，會江南安，觸出脅膚崖，水脈
　　漂疾，破害舟船，歷代患之。冰發卒鑿平膚崖，通正水道。或曰：
　　冰鑿崖時，水神怒，冰乃操刀入水中與神鬥，迄今蒙福。（頁118～
　　119）

李冰所祭的江神究竟爲誰？《史記‧封禪書》：「自華以西，名山七，名川四。……
江水，祀蜀。」（頁503）《廣雅》：「江神謂之奇相。〔註67〕」則李冰於彭門關
所立的江神祠，當是祭江神奇相。〔註68〕宋張唐英《蜀檮杌》中說奇相是震
蒙氏之女，因偷了黃帝的玄珠，沈江而死，化爲江神。〔註69〕此與李冰後來
入江中所斬的江神則非同一人，《水經注》引應劭《風俗通》云：

　　江神歲取童女二人爲婦，冰以其女與神爲婚，徑至神祠，勸神酒。
　　酒杯恒澹澹。冰屬聲以責之，因忽不見。良久，有兩牛鬥於江岸旁。
　　有間，冰還，流汗謂官屬曰：「吾鬥大亟（疲），當相助也。南向腰
　　中正白者，我綬也。」主簿刺殺北面者，江神遂死。蜀人慕其氣決，
　　凡壯健者，因名「冰兒」也。（頁578）

這則神話明顯發揮了治水神話中「英雄戰水怪」的母題。在原始思維中，人

〔註67〕見徐復主編《廣雅詁林》，頁721，江蘇古籍出版社1992年初版。
〔註68〕見王孝廉《水與水神》，頁147，漢忠文化1998年初版。
〔註69〕見張唐英《蜀檮杌》，頁7，上海商務印書館1936年初版。

民將對之有益的，奉爲神靈；對之有害的，則視若妖怪猛獸。是以只有戰勝妖怪猛獸，才能化除民害。王孝廉在《水與水神》中提到：

> 這些神仙或英雄斬水怪的故事，其共同的主題是隱喻著人類對水的支配和勝利，是透過水神水怪的被殺死亡而取得再生的契機。（頁151）

王氏之說甚是，長期苦於水患的先民，把征服江水的願望投射在這些斬妖的神話和被神聖化的人物身上了。

李冰神話中也反映了另一母題，即以人爲祭的習俗，同黃河一帶「河伯娶親」的故事一樣。事實上，以人獻祭的習俗，在中國歷史上沿延了很久，最早在龍山文化的遺址中，就發現殺祭坑，坑中埋有五到十歲兒童的頭骨及骨架。甲骨文中，有關以兒童做人祭犧牲的記載屢見不鮮。〔註70〕是以透過李冰神話，瞭解到此種風俗經由文化的交流，已從中原流傳到蜀地。

當然李冰神話的重點在凸顯人民對李冰這位英雄形象的神話，正因他的治水有功，讓人民得以遠離洪水的恐懼，才能化身爲神話中的主角。至今四川人民仍尊之爲「川主」，各地還修建有「川主廟」，每年陰曆六月二十四日爲川主會會期，以都江堰二王廟（李冰父子）最爲盛大。（《四川民俗大典》，頁143）如此來表達人民對他的懷念。

四、文翁治水

《水經注·卷三十三·江水》

> 蜀有迴復水，江神嘗溺殺人，文翁爲守祠之，勸酒不盡，拔劍擊之，遂不爲害。

文翁在歷史上的成就，貢獻最大的是在四川興學。漢景帝時，文翁任蜀郡太守，仁民愛物，且重視教育，欲使巴蜀之民可比齊魯。果然自此之後，蜀地人才輩出，實歸文翁之功。由此可知，人民對他的感念自不在話下。除此之外，文翁亦致力於農耕和水利方面。水利方面，他開鑿今天的蒲陽河，分岷江水東北流，再與青白江會合，以灌溉繁縣一帶。正由於人民對他的愛戴，加上他在水利方面的貢獻，所以在治水神話中亦占一席之地。然而此則神話則多類李冰治水神話中「英雄戰水怪」的母題，較無新意。

〔註70〕參見陳建憲《神祇與英雄—中國古代神話的母題》，頁183，生活·讀書·新知三聯書店1994年初版。

五、雲華夫人

　　前面在大禹神話中，扮演相當重要角色的「雲華夫人」，不僅其身份相當複雜，亦是長江水神中最富浪漫氣息、迴盪千古文人心中的一位女神，因此不得不深入探討。《太平廣記》說：

> 雲華夫人，王母第二十三女，太眞王夫人之妹也，名瑤姬，受徊風、
> 混合、萬景、煉神、飛化之道。嘗東海遊還，過江上，有巫山焉，
> 峰岩挺拔，林壑幽麗，巨石如壇，流連久之。（卷56，頁347）

經此一說，華陽夫人的神秘面紗便可揭開，原來她就宋玉筆下風姿綽約的高唐神女。高唐神女最初的形象，據《山海經・中次七經》的記載：

> 又東二百里，曰姑媱之山。帝女死焉，其名曰女尸，化爲瑤草，其
> 葉胥成，其華黃，其實如菟丘，服之媚于人。（頁172）

《文選・高唐賦》注引《襄陽耆舊傳》：

> 赤帝女曰瑤姬，未行而卒，葬於巫山之陽，故曰巫山之女。〔註71〕

〈高唐賦〉讓未婚而卒的瑤姬復活了，化爲巫山神女，經與楚懷王夢中一遇，迴盪千古文人的心中，成爲他們臨空揮灑的素材。《八朝窮怪錄》亦有一則有關巫山神女的傳說：

> 蕭總字彥先，南齊太祖族兄之子，……因遊明月峽，愛其風景，遂
> 盤旋累歲，常于峽中枕石漱洗。時春向晚，忽聞林下有人呼蕭卿者
> 數聲，驚顧，去坐石四十餘步，有一女把花招總，總異之，又常知
> 此有神女，從之。視其容色，當可笄年，所衣之服，非世所有；所
> 佩之香，非世所聞。謂總曰：「蕭郎寓此，未曾見邀，今幸良晨，有
> 同宿契。」

> 總恍惚行十餘里，乃見溪上有宮闕，臺殿甚嚴，……天漸明，總乃
> 拜辭，掩涕而別，攜手出戶，已見路分明。總下山數步，迴顧宿處，
> 宛是巫山神女之祠也。〔註72〕

故事中蕭總與神女一遇，留下無限纏綿情意。與此頗類似，《太平廣記》卷四六九：

> 明月峽中，有二溪，東西流。宋順帝昇平二年，溪人微生亮，釣得

〔註71〕見《文選・高唐賦》，頁270，藝文印書館，1991年12版。
〔註72〕見陳夢雷等編輯《古今圖書集成・神異典》頁334引《八朝窮怪錄》，學生書
　　　局，1989年初版。

一白魚，長三尺，招置船中，以草覆之，爲歸取烹。見一美女在草下，潔白端麗，自言高唐之女，偶化魚游，爲君所得。亮問曰：「既爲人，能爲妻否？」女曰：「冥契何爲不得？」遂爲亮妻。後三年，忽曰：「數已足矣，請歸高唐。」亮曰：「何時復來？」答曰：「情不可忘者，有思後至。」其後，一歲三四往來，不知所終。（頁 3863～3864）

三峽中巫山神女的傳說於是以不同的面貌不斷的流傳著。然而以上這些故事大多收錄在楚地神話中，眞正在巴地提到的只有雲華夫人助禹治水一段。大禹工作結束後，至巫山找神女致謝時，夫人又展現了〈高唐〉〈神女〉中「旦爲朝雲，暮爲行雨」、「忽兮改容，婉若遊龍」的神仙氣質：

顧盼之際，化而爲石；或倏然飛騰，散爲輕雲；油然而止，聚爲夕雨；或化遊龍；或爲翔鶴。千態萬狀，不可親也。〔註73〕

巴楚比鄰而居，神話故事交相流傳自然不令人訝異，更何況巴爲楚所滅，楚文化自然影響著巴文化。是以巫山神女雖非巴地原產，然而旖旎多媚的神女，仍爲巴地神話增添了不少風采。至今三峽地區流傳的神女故事豐富多樣，依楊天桓在〈巫山神女傳說與三峽文化〉一文的整理，將之分爲四類：

（1）助禹開峽說。如《神女峰》（田海燕整理）、《神女的傳說》（朱天奉講述，唐探峰蒐集）等。

（2）女媧女兒開峽說。故事大意是說神女是女媧的女兒，她下界來到巫山，令鑽山駒鑽通了三峽。她見巫山山峰好看，便依每座山峰的形狀，分別取了名。巫山十二峰便是由此得名的。《神女娘娘的傳說》（譚成玉講述，佘興國、楊亨榮採集）即屬此類。

（3）望夫說。神女原是漁人的妻子，丈夫打漁時，不幸遇狂風暴雨，舟毀人亡。妻子企盼丈夫歸來，日復一日，年復一年，終無音訊，最後化爲人形巨石。劉白羽《長江三日》即此類。

（4）仙鶴說。瑤姬自小喜與仙鶴爲伴，一次瑤姬遠遊東海，遲遲未歸，王母準備好好處置瑤姬一頓，幸虧仙鶴聽到，告知瑤姬，瑤姬才巧妙應付過去。從此仙鶴常將王母的話告訴瑤姬。一天，王母發現後，爲了處罰牠，便餵了啞穀給仙鶴吃，仙鶴從此說不出話來。瑤姬爲此非常難過。後來瑤姬十二姊妹下凡到巫山，便將仙鶴也帶到巫

〔註73〕見《太平廣記》卷56，頁347。

峽。從此，巫峽有了白鶴。〔註74〕

關於她的傳說還有很多，有的說她站在三峽岸邊，指引過往船隻的航向；有的說她在深山採藥治病，解除民間疾苦；有的也說山中缺水時，神女便引來泉水。總之，神女成了人民心中萬能的女神，亦成了鎮峽之神。〔註75〕

楊氏的整理，已網羅了三峽一帶關於神女的傳說，足見二千多年以來，從瑤姬、高唐神女到雲華夫人、賢淑妻子，這一婉然飄逸的神女形象已烙印在三峽地區人民的腦海中，甚至成為他們生活的一部分。

六、澤水神

《華陽國志・巴志》：

> 魚復縣郡治……又有澤水神，天旱鳴鼓于傍即雨也。（頁12）

可見在巴地民間，澤水神是人民久旱祈雨的對象，凡於其旁鳴鼓，則雨必下。晉左思〈蜀都賦〉：「潛龍蟠于沮澤，應鳴鼓而興雨。」劉逵注：

> 巴東有澤水，人謂神龍，不可鳴鼓，鳴鼓其傍，即便雨矣。（《昭明文選》，頁76）

《水經注・江水》卷三十三：

> （廣溪峽）北岸山上有神淵，淵北有白鹽崖，高可千餘丈，俯臨神淵，土人見其高白，故因名之。天旱，燃木岸上，推其灰燼，下穢淵中，尋即降雨。常璩曰：縣有山澤水神，漢時鳴鼓請雨，則必應嘉澤。《蜀都賦》所謂「應鳴鼓而興雨」也。（《水經注校釋》，頁587）

此處〈巴志〉所言，與劉逵注〈蜀都賦〉、《山海經》所釋實為同一水神信仰。然〈巴志〉言「澤水神」，《山海經》引〈巴志〉言「山澤水神」，究竟是後世版本〈巴志〉脫落「山」字，或是《水經注》所引有衍文呢？至今雖無實證可考，然筆者認為「山澤水神」乃通稱，「澤水神」為專稱。就文意看來，此一當地民俗應反映在某一特定對象上，鳴鼓祈雨亦不可能在所有水神身上皆可應驗，至少文獻記載無。是以「澤水神」釋之較佳，亦較能凸顯此一信仰崇拜的特殊性，可惜至今仍無文獻可說明澤水神典故之由來。

《水經注》雖引〈巴志〉以證其說，然其中亦有相異處，〈巴志〉向澤水神祈雨的方法是鳴鼓，《水經注》所言的祈雨方法則是燃木岸上，推其灰燼于

〔註74〕以上四點見楊天桓〈巫山神女傳說與三峽文化〉，頁67，《民間文學論壇》1993年第1期。

〔註75〕同上註。

淵中。究竟何者爲是？今雖不可察，然兩者必先後曾存在巴地風俗中，而今皆不傳。不傳之因，應是巴地並非乾旱之地，是以祈雨之風不盛。

七、江瀆神

《史記‧封禪書》和《漢書‧郊祀志》都記載秦統一後，將全國祭山祭江的聖地加以規範，全國祭山川的的地方計有十八處，蜀郡佔兩處，即瀆山和江祠，均在都江堰市青城山一帶。瀆山即蜀山、岷山，《尚書‧禹貢》有「岷山導江」的記載，古人把岷江發源處直到都江堰市青城山一帶連綿不絕的高山統稱岷山，青城山有「岷山第一峰」的美稱，《華陽國志‧蜀志》中稱青城山有江祠，（頁 123）時人把岷江視爲長江正流，祭岷江神即祭長江江神之意。

而成都江瀆祠，遺址在今文廟西街，亦稱奇相廟。〔註 76〕可見此祠所祭之江神爲奇相。前面探討李冰治水神話中，曾說到奇相是李冰最初所祀之江神，並非後來與李冰相鬥的負面江神。郭璞〈江賦〉：「奇相得道而宅神，乃協爽靈於湘娥。」（《昭明文選》，頁 189）張唐英《蜀檮杌》：

> 古史震蒙氏之女，竊黃帝元珠，沈江而死，化爲此神，即今之江瀆廟是也。〔註 77〕

《輿地紀勝》卷 149「江瀆神」條引《茂州圖經》說：「神羌姓，生於汶川，大禹導江，岷山神佐之。」又引《山海經》（今本無）云：「岷山神，馬首龍身。」〔註 78〕而前面談到助禹導江的汶川神，《輿地記勝》說他「馬首龍身，佐禹治水有功」，看來汶川神的眞實身份和江瀆神應是同一人，所以江瀆神、岷山神、汶川神應都是奇相神的異稱，奇相沈江而死後，化爲馬首龍身的江神，護衛著岷江到汶川一帶。

綜上所述，可以發現巴蜀水神崇拜表現出以下幾點特色：

1. 受地理環境的影響，治水神話居大宗。神話中居治水的主導者有大禹、鱉靈、李冰、文翁等，助禹治水的有雲華夫人、江瀆神（汶川神），僅有澤水神純爲祈雨之用。治水神話的豐富，無疑爲滿足長久苦於水患的人民心中的幻想，他們期望可以戰勝大自然的災害，實現「安居」的願望。

〔註 76〕見《四川民俗大典》，頁 138。
〔註 77〕見張唐英《蜀檮杌》，頁 70。
〔註 78〕見王象之《輿地紀勝》，頁 742。

2. 同石神崇拜，符合英雄神話的母題。作為全國英雄人物的大禹因祖籍四川，自然是歌詠的對象；而鱉靈、李冰、文翁是巴蜀史上對地方貢獻至巨的人物，作為巴蜀的英雄神更是當之無愧。在這樣的條件下，英雄神話與水崇拜的結合亦是巴蜀神話的另一特色。

3. 巴蜀水神神話中，所表現的氣質陽剛多於婉約。大禹、鱉靈、李冰、澤水神、江瀆神所流露均為陽剛之美，獨有助禹治水的雲華夫人特具陰柔之美，這婉約的氣質乃受楚地浪漫陰柔的神話所影響，因雲華夫人的前身便是孕育於楚地的巫山神女。不過，雲華夫人的婉約是相對於巴蜀神話而言；若相較與楚地的巫山神女，雲華夫人的氣質又顯得陽剛許多。是以筆者認為巴蜀神話中的雲華夫人兼具陽剛與陰柔之美，融合了楚地與巴地神話的風格。

4. 水神崇拜中，可以看到巴蜀漸受中原文化薰陶的一面。孕育於巴蜀特有的神話為鱉靈、李冰、文翁、澤水神，而大禹、雲華夫人、江瀆神均明顯可見與外地神話融合的一面，雲華夫人前已敘及，大禹孕育自中原神話，江瀆神又為奇相的化身，這都說明了隨著時代的晚近，神話中所表現的巴蜀色彩會逐漸褪去。

第三節　巴蜀的樹神崇拜

　　弗雷澤（J.G.Frazer）在《金枝》一書中曾探討過樹神崇拜，他指出歐洲雅利安人、克爾特人、日耳曼人、立陶宛人……等諸多民族，在古代都普遍存在樹神崇拜，他們有的相信樹本身即有神靈，有的以為祖先的鬼魂會依附在樹身上，於是恭敬行禮，並展開祭典儀式。〔註 79〕這都是自然崇拜中的植物崇拜。歷史初期，歐洲大地仍覆蓋著廣大的原始森林，人民生於斯、長於斯，自然對高大深邃的森林懷有崇高的敬意。另一方面，植物是人們生活資料的主要來源，且其繁殖力特別強，壽命亦比人類和動物更為久長，是以受到人們的崇拜。弗雷澤更進一步提到，樹神崇拜在人民的信仰中反映在以下諸點：

1. 樹和樹的精靈能行雲致雨，亦能使陽光普照。
2. 樹神能保佑莊稼豐收。

〔註 79〕參見弗雷澤《金枝》（上），頁 167～176，九大、桂冠 1991 年聯合出版。

3. 樹神能保佑六畜興旺、婦人多子。〔註80〕

存在樹神崇拜的部落裡，都會逐漸延伸出與之有關的巫術與宗教，於是樹神除了具備人格與超自然能力外，並具有造福於人的能力。

在中國，廣漢三星堆發現的神樹，無疑是神樹崇拜最明顯的遺物，而在巴蜀以外的中國，尚很少發現樹神崇拜物，樹神崇拜不啻展現了巴蜀獨特的地域文化特質，積澱著巴蜀先民某種原始思維特徵。

一、三星堆神樹

廣漢三星堆出土的神樹，高三八四公分，由底座、樹及樹上的龍組成。底座成穹窿形，下為圓形座圈，三面呈弧邊三角形鏤空，上有幾組對稱的日暈紋。底座無疑象徵著一座神山，神山上矗立著高大挺拔的通天神樹。座上還有武士形象的銅人雕像，背朝樹幹，面向外下跪，儼然一副虔誠的神樹守衛者形象。這種情形，與《金枝》中的記載極為相像，極似人民祈福於樹神的祭典。

樹分三層，每層三枝，共九枝。每一層的三枝，靠後一枝，左右兩枝，成對稱布局。樹枝上分別有二果枝，一果枝向上，一果枝下垂，果托碩大，上套有鏤空的火焰紋狀圓環，果葉鏤空。向上果枝的果實上站立一鳥，全樹共有九鳥。九鳥造型相同，鳥嘴特別大，並叼有飾物，鳥尾上翹，尾羽鏤空。樹上嵌鑄一條龍，一頭雙身，雙身交纏，造型怪異詭譎，頭、身、爪、翅構形不可名狀，龍的前爪匍匐於樹座，身尾串連於樹幹，身上有刀狀羽翼，若翻天騰空狀。〔註81〕（見附圖四）

從這些型態看來，亦與中國神話寶庫中三棵神樹——「扶桑」、「建木」、「若木」記載極為雷同，《山海經・海外東經》：

> 下有湯谷。湯谷上有扶桑，十日所浴，在黑齒北。居水中，有大木，九日居下枝，一日居上枝。（頁 260）

〈大荒東經〉：

> 湯谷上有扶桑，一日方至，一日方出，皆載于烏。（頁 354）

〈海內南經〉：

> 有木，其狀如牛，引之有皮，若纓，黃蛇。其葉如羅，其實若欒，其木若，其名曰建木。（頁 279）

〔註80〕同上註，頁 177～179。
〔註81〕參見樊一《三星堆尋夢》，頁 92，四出民族出版社 1998 年初版。

〈海內經〉：

> 有木，青葉紫莖，玄華黃實，名曰建木，百仞無枝，上有九欘，下
> 有九枸。（頁 448）

《淮南子・墜形》：

> 建木在都廣，眾帝所自上下，日中無景，呼而無響，蓋天地之中也。
> 若木在建木西，末有十日，其華照下地。〔註 82〕

〈大荒北經〉：

> 大荒之中……上有赤樹，青葉赤華，名曰若木。（頁 437）〔註 83〕

由以上典籍所載看來，三星堆出土的神樹實與代表中國東方、中央、西方的三棵神樹——扶桑、建木、若木有些許雷同處。扶桑之上有十日，三星堆神樹上有九鳥，古代神話中載太陽者為金烏，三星堆神樹上的鳥有可能即代表「金烏」，亦即太陽，九鳥即代表「九日居下枝」，大陸學者劉少匆就此認為神樹應是「扶桑」無疑。〔註 84〕

就型態而言，則較似「建木」，神樹分三節，節節有枝，頗類建木「上有九欘，下有九枸」的外型。另一方面，就地理位置而言，建木所出的「都廣」即是成都平原中部——「廣都」，與三星堆位置相合。〈海內經〉：

> 西南黑水之間，有都廣之也，后稷葬焉。其城方三百里，蓋天地之
> 中，素女所出也，爰有膏菽、膏稻、膏黍、膏稷，百穀自生，冬夏
> 播琴。鸞鳥自歌，鳳鳥自舞，靈壽實華，草木所聚。爰有百獸，相
> 群爰處。此草也，冬夏不死。（頁 445）

據此，「都廣」之名同於《淮南子・墜形》所載，所言「建木」亦合於〈海內南經〉的記載。袁珂注：「古有二本，一作都廣，一作廣都，其實一也。」楊慎《山海經補注》：「黑水廣都，今之成都也。」曹學佺《蜀中名勝記》亦謂廣都在今成都附近雙流縣境。〔註 85〕大陸學者段渝更進一步論定三星堆神樹上有銅鈴，故能「呼而不響」；又因神樹置於高高的神壇之上，自壇下望見，即使日正當中，也能「日中無影」；且三星堆古城為古蜀國神權政治的中心所

〔註 82〕見劉安著、高誘注《淮南子》，頁 57，華聯出版社 1973 年初版。

〔註 83〕《文選・月賦》注引此經「若木」下有「日之所入處」五字。見蕭統編、李善注《昭明文選》，頁 197，華正書局 1990 初版。

〔註 84〕參見劉少匆《霧中的王國——三星堆文化染談》，頁 60，三星堆博物館 1998 年初版。

〔註 85〕袁珂注、楊慎補注、曹學佺之言均轉引自《山海經校注》，頁 445。

在，故言「天下之中」。所以三星堆神樹必是建木。〔註86〕

以神樹爲若木說，較難成立，除了鳥與十日有關聯外，青葉赤花並不是神樹的外貌特徵。然而大陸學者樊一提出了比前二位學者更爲融合的創見，他說：

> 我們傾向於三星堆神樹是扶桑、建木、若木的一種複合型產物，綜合了多種神樹的特徵與功能。〔註87〕

樊一之說較符合神話反映原始思維方式的特性。因爲古代中國人以東方扶桑、中央建木、西方若木爲三個主要座標，構成一個以神話出現的宇宙觀念。不但中國如此，古代西亞、埃及、印度和歐洲也有神樹傳說故事和圖案造型，西方學者稱這種神樹爲「宇宙樹」。〔註88〕所以中外神樹其實都具有相同的性質，反映人類早期原始的、樸素的世界觀及宇宙觀，此「宇宙樹」正代表著一種人類早期對天際宇宙的共同認識。三星堆神樹是中國宇宙樹最具典型意義和代表性的偉大實物標本。

神樹上多半有一個或多個太陽，此中亦反映了古人對太陽的崇拜。對蒙昧無知的古人而言，萬物生養靠太陽，太陽是維持生命所必須，所以生命來源於太陽，作爲「宇宙樹」的神樹又是象徵生命的「生命之樹」。是以在原始宗教意識極爲濃厚的人類早期活動中，不分中外，對諸神的崇拜幾乎都以太陽和太陽神作爲主神崇拜。三星堆神樹，正是太陽崇拜的產物。

依樊一之言，就外在形構而言，三星堆神樹是扶桑、建木、若木三者的複合型產物；然就功能來說，它的位置在廣都，正是古史傳說的「天地之中」，且三星堆神樹與大群巫師雕像在一起，並以「群巫之首」爲首，可見他們是能通靈顯怪，能經建木那登天之梯自由上下的「眾帝」。纏繞其中的龍，正是巫師們上達天庭的駕乘。神樹本身正是絕地通天、溝通神人的天梯。

三星堆神樹作爲巴蜀地區樹神崇拜的遺物，除了展現古蜀先民的宇宙觀、生命觀及宗教信仰外，若就原始思維「互滲律」〔註89〕的作用——人類

〔註86〕 參見段渝《政治結構與文化模式——巴蜀古代文明研究》，頁107，上海學林出版社1999年初版。

〔註87〕 見樊一《三星堆尋夢》，頁95。

〔註88〕 同上注，頁94。

〔註89〕 見（法）列維·布留爾著、丁由譯《原始思維》：「原始思維所特有的支配這些表象的關聯和前關聯的原則叫互滲律。」亦即在原始人思維的集體表象中，客體、存在物、現象能夠以我們不可思議的方式發出和接受那些在它們之外被感覺的、繼續留在它們裡面的神秘力量、能力、性質和作用。頁69～70，

自然把自身繁殖力的現象外化為對繁殖力強的樹崇拜，此三星堆神樹應也展現了某部分的生殖崇拜。〔註90〕在重視生命傳承、多子多孫的古代社會裡，對生殖力自然展現某種程度的崇拜。《史記·貨殖列傳》：「江南卑濕，丈夫早夭。〔註91〕」正為地處南方的巴蜀、荊楚、吳越和西南邊疆盛行生殖崇拜提供了一大原因。

由以上諸點看來，三星堆青銅神樹在古蜀人的精神世界裡，佔據著非常重要的位置。有了這棵神樹，古蜀人便擁有了一種追求和崇拜的象徵，並使其精神世界藉由這原始巫教的氛圍，得到了極高明而又巧妙的體現和張揚。對於思想非常活躍、心靈世界極為豐富的蜀人而言，這正是充滿活力、富有創造力的表現。

二、搖錢樹

今人對搖錢樹的理解，一般都以為是舊時傳說中一種會結金錢的樹，搖落時可再生。這樣的傳說故事的確在四川流傳著，陳立基在《日落三星堆》一書中輯錄了一則「搖錢樹」的故事，故事的主角是住在馬牧河邊的兩兄弟，父母死得早，他們唯一的財產是破草房和一頭老水牛。一天，弟弟救了一位孤苦無依的老婆婆，並認她為乾媽，把她留下來同住。哥哥因此不高興，便提議分家。分家後，弟弟辛勤工作來養活老婆婆，老婆婆為了報恩便領來一位貌若天仙姑娘叫潛素，嫁弟弟為妻。老婆婆就此不知去向了。他們夫妻倆幸福恩愛，加上潛素繡花繡的美極了，因此改善了家中經濟。見此狀態，哥哥心生嫉妒，利用弟弟不在時，想對潛素非禮，不料轉頭之間，潛素突然不翼而飛。哥哥因此懷疑弟媳是妖狐鬼魅，一狀告到縣衙。縣太爺見潛素美貌，想佔有她，潛素因此一頭撞死，屍首卻神奇的化為海貝。悲傷的弟弟將海貝領回，葬在山坡上，在墳邊種了七棵菩提樹，便遠走他鄉了。幾年後，他回來祭奠，樹已長高，樹上朱雀翔集，鳴聲如歌。早已頹廢喪志的弟弟，坐吃山空，他趴在墳邊告別，哀哀訴說等他賺到錢再回來相陪。此時「啪」地一聲，銅錢落在他面前，正當他疑慮之際，無意中碰到樹幹，銅錢便啪啪叭叭落了下來。善良的弟弟從此不缺錢，並將用不完的拿來周濟附近的窮人。哥嫂知道了，便聯合縣太爺，命令弟弟搖下錢來，否則將斬首示眾。弟弟悲痛

北京商務印書館1995年初版。
〔註90〕參見鍾仕倫〈論巴蜀樹神崇拜〉，頁41，《文明探索叢刊》1996年第7期。
〔註91〕見瀧川龜太郎《史記會注考證》，頁1359，洪氏出版社1986年出版。

欲絕，抱樹大搖，銅錢果然叮叮咚咚地掉下來，貪婪的哥嫂和縣太爺高興極了。突然間，落下兩個臉盆大小的銅錢，不偏不倚的套在縣太爺和哥哥的頸上，活活地將之掐死。老婆婆出現了，一頓腳，搖錢樹迅速縮進土裡，和老婆婆一同消失了。這個淒美的故事傳開後，人們便用青銅鑄造了搖錢樹，上有朱雀還掛著銅錢。人們對它頂禮膜拜，希望能保佑發財，又能避邪。〔註92〕

然而事實上在漢代，搖錢樹卻是一種墓中殉葬品，絕非如神話傳說中，真能如願落下銅錢。作為殉葬品的搖錢樹充滿當地的文化特徵，並極具複合性、多元化的性質。單從被譽為「搖錢樹之鄉」的四川所出土的搖錢樹看來，便可一窺其真實面貌。

歷年來，出土於四川已修復或尚待修復的搖錢樹約有十多株，從文物陳列展覽上和文字報導中所見，四川的彭山縣、廣漢市、綿陽市、三台縣、新津縣、西昌市和原屬於四川的忠縣均出土過搖錢樹。除忠縣為三國蜀漢墓外，餘皆於東漢墓中發現。〔註93〕其他尚有一些市縣也曾出土過殘破的搖錢樹，茲因資料不全，暫不在討論之列。現對上述各區搖錢樹簡略介紹如下：

（一）彭山搖錢樹

1972 年出土於彭山縣江口鎮石龍村的東漢崖墓。連陶座通高 1.44 米。除樹頂銅飾外，有雙向五層枝葉，每層兩葉對稱呈一字型。最上層兩葉略寬，近平直狀，其下四層八葉呈捲曲雲狀。樹頂的主題紋飾為朱雀銜丸，另有伏犧女媧等圖像。樹葉中鑄繪西王母、神話傳說人物、故事、神禽瑞獸、歌舞雜技表演和銅錢。

（二）廣漢搖錢樹

1983 年在廣漢萬福鄉出土一株，不久，又在該市三水鄉出土一株。兩樹均出現於東漢磚墓中。萬福鄉出土之樹通高 1.53 米，三水出土者略高。兩株造型、結構、紋飾圖案基本相似。樹頂亦為朱雀銅飾，下為四向六層葉片，最上一層葉形平直，其下五層皆為捲曲雲狀。

由於樹葉層樹和數量多於彭山錢樹，每層又為四向，故廣漢兩株的整體藝術造型高於彭山錢樹一籌，別具繁茂昌盛、生機勃勃之氣韻。樹頂朱雀呈孔雀開屏狀，形象更加嬌美。樹頂和樹葉中紋飾圖案為朱雀、西王母、神話

〔註92〕參見陳立基《日落三星堆》，頁 54～57，三星堆博物館編。

〔註93〕轉引自史占揚〈四川古代搖錢樹及其一般性文化內涵〉，頁 26，《四川文物》1999 年第 6 期。

傳說人物、故事、神禽瑞獸、歌舞雜技及騎馬、狩獵、力士。

（三）綿陽搖錢樹

相繼出現共四株。首三株於 1989 年 11 月至 1990 年 2 月在該市何家山的兩座東漢崖墓發現。三座樹均在一米以上，樹頂銅飾為西王母或神仙人物，樹葉間紋飾有大象、象奴、朱雀、羽人、靈芝、大龍、玉璧、騎者、狩獵等。葉上銅錢及葉片邊緣皆鑄繪略彎曲的細線，使整樹呈現光芒四射之態，藝術效果甚佳。何家山 1 號墓出土的搖錢樹幹上鑄有佛像數尊，此為其他地區搖錢樹未發現的重要圖像，當為研究四川早期佛教的重要資料。

另一錢樹，出土於綿陽市石塔鄉漢墓。樹高 1.7 米，樹葉呈四向五層，樹頂有朱雀銅飾，葉上繪製西王母、神仙羽人等圖像。

（四）三台搖錢樹

1985 年出土於三台縣靈興鄉胡家　東漢墓。樹高 1.41 米，頂端紋飾以朱雀為主，下呈四向五層葉。最下層葉略平直，上四層共四十八匹葉片，可謂枝繁葉茂，且每片葉片下緣都吊掛一隻單背伸手、手攀樹葉的猴子，猶如樹上的精巧掛飾。該搖錢樹葉上的紋飾為朱雀、青龍、玄武、飛燕、馬、鹿和仙人舞、仙人騎獸和雜技、雀戲。最下層四片葉端部為放光的太陽，此為其他樹上未曾發現。

（五）新津搖錢樹

1992 年出土於縣城南隅寶資山的東漢崖墓，出土時殘損不堪，後已經修復。樹高 1.85 米，除樹頂外，樹葉約為四向七層，紋飾圖案有朱雀銜仙草、西王母、騎鹿、騎象、馴虎、歌舞雜技表演等。其中以傘技、戲錘等節目較新穎。

（六）西昌搖錢樹

1996 年出土於該市馬道鎮東漢磚墓，部分殘損，但紋飾依然可辨。數通高約 1.3 米以上，葉片呈兩向五層式，樹上紋飾有朱雀、天馬、羽人、狩獵屠和雲狀紋等，葉片下端有青龍，龍身構成葉的主筋脈，樹幹似呈龍爬樹形，頗似三星堆神樹造型。

（七）忠縣搖錢樹

1981 年 5 月出土於忠縣塗井的三座三國蜀漢崖墓，共四株。其中一株通高近 1.3 米，樹幹由六節連接而成，樹幹尚有數座形象相同的人像，雙手執物、

高髻、盤坐，樹葉中紋飾有銅錢和玉璧等。其餘三株殘損較重，有待修整方能辨識。〔註94〕

由此可見，歷年來四川出土的古代搖錢樹中紋飾圖案極爲豐富，其文化底蘊豐富，亦呈現當地人民相當深刻的思想信仰。尤其大批神話傳說故事及人物，更能反映當地人民內心的願望，譬如西王母圖像象徵人民追求長生不老、降福賜壽、大吉大利的願望；伏犧女媧則象徵子孫昌盛、社會發達；朱雀爲四靈之首的南方之神，有避邪祛惡，求得吉瑞的意涵；朱雀與龍、虎、玄武同出現搖錢樹中，富有「天之四靈，以正四方」之意。三台搖錢樹的四十八隻猴，古時猴有八百歲之說，猴上樹又寓亡靈升天，也有封侯晉爵的寓意。神佛及羽人則反映人死後羽化成仙、變幻飛升的觀念，表達人們對虛幻神仙世界的追求欲望。

然而這些圖案內容多半取自《山海經》及漢代流行的神話，大多屬於中原神話的體系，明顯可見漢以後巴蜀人民的思想漢化程度之深。不過四川號稱搖錢樹之鄉，正說明搖錢樹代表著巴蜀樹神崇拜的文化特色，與前面探討過三星堆神樹相較，更可以發現搖錢樹和三星堆青銅神樹的相似點，不僅地域相近，形制相同，表現內容和構造方式也有相類之處。〔註95〕是以三星堆神樹爲搖錢樹提供了造型借鑒，其爲搖錢樹的前身身份無疑。據此，有學者推測搖錢樹當爲我國先秦古籍《山海經》等書中所記敘的各種神樹（扶桑、若木、建木、柜格松等〔註96〕）的綜合造型。〔註97〕更有學者進一步論定：「三星堆青銅神樹當是東漢西南地區搖錢樹的祖型。」〔註98〕在一定程度上這的確點出了搖錢樹與巴蜀文化的關係。另一方面，周克林也提出了一點：「巴蜀文化的神仙思想充實了搖錢樹的表現內容。」〔註99〕從《蜀王本紀》中可得知蜀人的神仙思想至遲在商周時便已形成：

　　蜀王之先名蠶叢，後代名柏濩，後者名魚鳧，此三代各數百歲，皆

〔註94〕 以上七點均參見史占揚《四川古代搖錢樹及其一般性文化內涵》，頁26～28。

〔註95〕 參見周克林〈搖錢樹爲早期道教遺物說質疑〉，頁18，《四川文物》1998年第4期。

〔註96〕 見《山海經‧大荒西經》：「西海之外，大荒之中，有方山者，上有青樹，名曰柜格之松，日月所出入也。」，頁394。《山海經‧海內西經》：「開明北有視肉、珠樹、文玉樹、玗琪樹、不死樹。」頁299。

〔註97〕 見邱登成〈漢代搖錢樹與漢墓仙化主題〉，《四川文物》1994年第5期。

〔註98〕 同上註。

〔註99〕 見周克林〈搖錢樹爲早期道教遺物說質疑〉，頁18。

　　神化不死，其民亦頗隨王化去。魚鳧於湔山，得仙，今廟祀於湔。
〔註100〕

神仙思想即是巴蜀文化固有的傳統之一，可見兩者在思想上有相通之處，正
如林向所言：

　　秦漢以後的巴蜀文化只是一種廣義的地方性文化，它有繼承巴蜀傳

　　統，保持固有文化的一面。〔註101〕

搖錢樹便承載了巴蜀文化中某一部分的傳統，這一部分即是樹崇拜文化和神
仙思想。

　　當然巴蜀文化和中原文化相互交流，亦相互激盪。搖錢樹繪飾內容反映
漢代中原流行的神仙故事，而搖錢樹亦相當程度影響到後來的民間風俗。《三
國志‧魏書‧邴原傳》注引〈邴原別傳〉云：

　　（邴）原嘗行而得遺錢，拾以繫樹枝，此錢既不見取，而繫錢者愈

　　多。問其故，答者謂之神樹。原惡其由己而成淫祀。乃辯之，於是

　　里中遂斂其錢以為社供。〔註102〕

由此段記載，可以發現在當時或之前繫錢於樹枝是一種普遍的風俗，而懸掛
銅錢於樹枝是搖錢樹中常見的現象，兩者有其共通處。這種習俗直到現在西
南地區都還存在，如涼山彝族在超渡祖先的送靈儀式中，牲禮用綿羊、白公
雞各一隻，並取較大的杜鵑樹枝一根，上面掛著銅錢，下縛以喚魂草，亦稱
「搖錢樹」，死者的男性直系親屬跪於搖錢樹前祈禱，待畢莫（巫師）念經後，
主人家繞搖錢樹轉三圈後，在場眾人一齊哄搖樹上銅錢，搶奪銅錢，以示財
源廣茂。〔註103〕可見搖錢樹與樹枝上掛錢的風俗息息相關。

三、其它

　　自 1945 年以來，考古學家不斷在四川的廣元、巴縣、廣漢、綿竹、雙流、
蘆山等地發現船棺葬，這種船棺型似獨木舟，一般用質地堅硬的楠木製成，
一端平齊，一端略尖。時代大約在戰國末至西漢初年之間。〔註104〕鍾仕倫認

〔註100〕見嚴可均《全上古三代秦漢三國六朝文》卷五十三中所輯《蜀王本紀》，頁
　　　　 414。北京中華書局 1958 年初版。
〔註101〕轉引自周克林〈搖錢樹為早期道教遺物說質疑〉引林向《論古蜀文化區——
　　　　 長江上游的古代文明中心》，頁 19。
〔註102〕見裴松注《三國志‧魏書‧邴原傳》，頁 177，藝文印書館 1958 年初版。
〔註103〕見《四川民俗大典‧彝族民俗》，頁 328。
〔註104〕參見鍾仕倫〈論巴蜀樹神崇拜〉，頁 42。

為此種以樹為棺，應是巴蜀樹神崇拜在戰國、秦漢巴蜀民族思想中的積澱和殘餘。這樣的看法頗有獨到的見解，樹木繁殖力的旺盛讓巴蜀先民感到以木為棺可以使結束的生命得以再生、延續。

武都及陳倉流傳的怒特祠神話進一步證實巴蜀樹神崇拜在後人思想中的遺存。《搜神記》卷十八：

> 秦時，武都故道，有怒特祠，祠上生梓樹神。秦文公二十七年，使人伐之，輒有大風雨。樹創隨合，經日不斷。文公乃益發卒，持斧者至四十人，猶不斷。士疲還息，其一人傷足，不能行，臥樹下，聞鬼語樹神曰：「勞乎攻戰？」其一人曰：「何足為勞。」又曰：「秦公將必不休，如之何？」答曰：「秦若使三百人披髮，以朱絲繞樹，赭衣灰坋伐汝，汝得不困耶？」神寂無言。明日，病人語所聞。公於是令人皆衣赭，隨斫創，坋以灰。樹斷，中有一青牛出，走入豐水中。其後青牛出豐水中，使騎擊之，不勝。有騎墮地復上，髻解披髮，牛畏之，乃入水，不敢出。故秦自是置旄頭騎。（頁 216）

《史記‧秦本紀》張守節正義引《括地志》云：「大梓樹在歧州陳倉縣南十里倉山上」〔註105〕，劉琳《華陽國志校注》註中引《蜀中名勝記》、《方輿紀要》謂武都指綿竹縣北三十里之武都山（紫岩山），並非甘肅省的武都。〔註106〕陳倉縣舊治在今陝西寶鴻市東，與四川接壤。而前面提及大禹治水神話，禹曾在梓潼縣尼陳山遇到梓樹神，可見梓樹神是巴蜀當地崇拜的神衹之一，且崇奉的地方不只一處。這個傳說充分證實了巴蜀的樹神崇拜存在。

後世川人崇奉的「王仙柯升天柏」（在都江堰市兩河鄉）、「三豐柏」（在大邑縣鶴鳴山）、黃葛將軍（在樂山市西郊）、黃葛大仙（在雙流縣黃龍溪）等，都是樹神崇拜的遺風。甚至有些地方，生了孩子，還在一棵樹上繫上紅布等標記，視為「長生樹」，祝願孩子可得其保佑。〔註107〕

綜上所述，可以歸納出巴蜀樹神崇拜所表現的特色如下：

1. 展現巴蜀自然崇拜最為獨特的一面。對於樹神的高度崇拜，可以說是相較中原及少數民族自然崇拜中，巴蜀展現最炯然相異的一面。擁有森林面積覆蓋廣大的自然資源是提供其樹神崇拜最有利的背景，另一

〔註105〕見瀧川龜太郎《史記會注考證》，頁 92。
〔註106〕見劉琳《華陽國志校注》，頁 142。
〔註107〕參見《四川民俗大典》，頁 140。

方面，神仙思想孕育很早的民族特質，也是關鍵性的因素。

2. 綜合中原神樹的造型特徵，並將地位提昇爲最高。三星堆神樹造型綜合扶桑、建木、若木的特色，不僅造型藝術呈現蜀人的獨創性與高度的審美觀，也透露出他們鍾情於「登天」的願望，所以原本在中原神話裡只扮演人神溝通角色的神樹，在蜀地是巫師跪拜祈求的對象，儼然是人民的精神領袖。

3. 反映的內容思想豐富。三星堆神樹反映蜀人的宇宙觀、生命觀及某部分的生殖崇拜，漢墓搖錢樹則反映人民對神仙世界的追求渴望。兩者前後相承的身份，共同反映出蜀人對物質生活和精神生活的願望，一方面期望人間生活富貴吉祥、子孫昌盛，另一方面則希望長生不老、幻化成仙。

4. 作爲神仙思想進入宗教階段的標誌。三星堆神樹雖反映神仙思想，然仍是模糊的宗教觀念，並未如後世有完整儀式的宗教意義；而漢墓搖錢樹則明顯有豐富而完整的道教思想，是道教在四川發展鼎盛時期的遺物。如此看來，巴蜀由神仙思想發展爲道教的過程，樹神崇拜無疑是此一階段的標誌。

第四節　巴蜀的蛇、虎神崇拜

一、蛇神崇拜

世界上許多古老的民族對蛇都存在著一種莫名的敬畏和恐懼，甚至流傳許多關於蛇崇拜的神話。印度、埃及和北歐的神話中，都有宇宙之蛇的傳說，在弗雷澤《金枝》中〈神的婚姻〉一章裡，也提到要求人民以少女祭祀的水神化身均爲水蛇，東非、日本、安南到西方蘇格蘭等都有類似的民間故事〔註108〕。中國的上古神話中，亦有不少「人首蛇身」的創世神話，伏羲、女媧便是典型的例子。《玄中記》：「伏羲龍身，女媧蛇軀。〔註109〕」龍身即便是蛇身。《山海經・大荒北經》中的燭龍亦是一典型，文載如下：

西北海之外，赤水之北，有章尾山。有神，人面蛇身而赤，身長千

〔註108〕參見弗雷澤《金枝》，頁222～223。
〔註109〕見郭璞《玄中記》，頁387，輯入史仲文主編《中國文言小說百部經典》（二），北京出版社2000年初版。

里，直目正乘，其瞑乃晦，其視乃明，不食不寢不息……是謂燭龍。
（頁 438）

又〈海外北經〉載：

> 鍾山之神，名曰燭陰，視爲晝，瞑爲夜，吹爲冬，呼爲夏……其爲
> 物，人面，蛇身，赤色，居鍾山下。（頁 230）

如此之例，中原上古蛇崇拜神話不勝枚舉。因此整個中原神話系譜，從顓頊
到鯀、禹，都是以龍蛇爲氏族祖神，並以之爲氏族圖騰。龍蛇於是和中國的
命運有著密不可分的關係。

　　人對蛇的崇拜可能源於對其神秘性和不可捉摸的畏懼，而許多神話學、
宗教學和民俗學上，皆以爲乃源於蛇是男性和性的象徵，弗洛依德的「象徵
學說」有詳盡的分析，貝克利夫‧哈特《性崇拜》一書中也持此說。〔註110〕
葉舒憲、俞建章在《符號：語言與藝術》一書亦曾歸納了幾點蛇被視爲崇拜
物的因素：

1. 蛇沒有四肢，卻往來迅速，行動自如，這一特徵易於使人聯想到一切
   有靈性的、神秘的東西，於是蛇成了普遍崇拜的對象。
2. 蛇能蛻皮自新，使人聯想到一切能死而復生的東西，如太陽、月亮、
   生命樹、生命海，於是蛇有了「生命」、「不死」的意義。
3. 蛇常出沒於陰濕之地，其狀柔軟委曲，由此可以類比聯想到女性的特
   徵。
4. 蛇來無影去無蹤，給人以精明、狡猾的印象。
5. 蛇的動作有如行雲流水，於是被聯想爲水流、水神，再經神秘化，便
   成了龍王、雨神。〔註111〕

就原始民族的心理特徵看來，這些都有可能是蛇崇拜的因素。

　　巴蜀，尤其是巴地，也可找到相當豐富的蛇崇拜神話，茲列如下：

（一）巴蛇吞象

　　「巴蛇吞象」是一家喻戶曉的成語，《山海經‧海外南經》：「巴蛇食象，
三歲而出其骨，君子服之，無心腹之疾。其爲蛇青黃赤黑。一日黑蛇青首，

〔註110〕參見王孝廉《水與水神》中〈關於蛇的民俗信仰〉，頁 166，三民書局 1992
　　　　年初版。
〔註111〕以上五點參見俞建章、葉舒憲《符號：語言與藝術》，頁 154，久大文化 1990
　　　　年初版。

在犀牛西。（頁281）」郭璞注引《江源記》：「羿屠巴蛇於洞庭，其骨若陵，曰巴陵也。」說明巴陵地名的由來源自巴蛇之骨堆積若陵。又引《岳陽風土記》：「今巴蛇塚在州院廳側，巍然而高，草木叢翳。兼有巴蛇廟，在岳陽門內。」又有所謂「象骨山」，山旁曰「象骨港」。這些都是與巴蛇有關的神話記載，有塚有廟，有山有港，可知故事流傳巴地民間之久。袁珂校注引《水經注‧葉榆河》云：

> 山多大蛇，名曰𤡔蛇，長十丈，圍七八尺，常在樹上伺鹿獸，鹿獸
> 過，便低頭繞之。有頃鹿死，先濡令濕訖，便吞，頭角骨皆鑽皮出。
> 山夷使見蛇不動時，便以大竹籤籤蛇頭至尾，殺而食之，以為珍異。
> （《山海經校注》，頁282）

巴地多蟒蛇，無疑是巴地蛇神話特別多的原因之一。又據《水經注》卷二十〈漾水〉載：

> 漾水又東合洛谷水，水有二源，同注一壑，是神蛇戍西，左右山溪
> 多五色蛇，性馴良，不為物毒。（頁364）

《蜀中名勝記》亦有記載：

> 通江縣有蛇洞，在縣北四百里南霸寺，唐建也。每歲端午前後，有
> 蛇自柱礎出，沿街滿室，大小顏色非一種，然不為害。昔人傳云三
> 萬四千尾，不可數也，應即巴蛇洞云。〔註112〕

據鄧少琴氏考證，上述這些地方都在大巴山（巴嶺山）附近，不僅蛇出現的記載多，且大都以「巴」為名，巴應即蛇之稱，大巴山即古稱之蛇山〔註113〕。是以蛇與巴地人民自古以來即較中國其他地方關係更為密切，巴人以之為圖騰、族名、國名、姓氏、地名，一點也不令人訝異。反映在民間信仰上，化身為神的蛇，於是作為吉祥的象徵，是人民膜拜的對象。除了視蛇為祖先，見之必燒香燃燭送走以外，在兩湖地區出土的商周青銅器上，蛇紋圖像更為常見〔註114〕。

（二）赤蛇吉兆

《搜神記》中一則巴郡將軍馮緄的故事，亦可看出當地人民對蛇的推崇。

〔註112〕見曹學佺《蜀中名勝記》（三），頁1064～1065。

〔註113〕參見鄧少琴《巴蜀史跡探索》，頁56。

〔註114〕參見孫華〈釋巴蛇食象〉，頁100，《四川大學學報》（哲學社會科學版）1996年第4期。

其文如下：

> 車騎將軍巴郡馮緄，字鴻卿，初爲議郎，發綬笥，有二赤蛇，可長
> 二尺，分南北走，大用憂怖。許季山孫憲，字寧方，得其先人祕要，
> 緄請使卜，云：「此吉祥也。君後三載，當爲邊降，東北四五里，官
> 以東爲名。」後五年，從大將軍南征。居無何，拜尚書郎、遼東太
> 守、南征將軍。〔註115〕

見蛇爲吉祥的象徵，正顯示出蛇崇拜在巴地人民生活中的影響。若與中原對
蛇的信仰相較下，巴蜀之民對蛇神的化身多爲正面，不似中原神話對其記載
多爲負面，如《左傳》莊公十四年「內外蛇鬥」、文公十六年「蛇自泉宮出」
和《新序》的「兩頭蛇」，此中蛇均是凶兆，實不同於巴蜀先民對蛇正面形象
的推崇。

（三）邛都大蛇

《搜神記》中載蜀地「邛都大蛇」，亦是一正面之例：

> 邛都縣下，有一老姥，家貧孤獨，每食，輒有小蛇，頭上戴角，在
> 床間，姥憐而飴之食。後稍長大，遂長丈餘。令有駿馬，蛇遂吸殺
> 之。令因大忿恨，責姥出蛇。姥云：「在床下。」令即掘地，愈深愈
> 大，而無所見。令又遷怒，殺姥。蛇乃感人以靈，言：「瞋令，何殺
> 我母？當爲母報讎。」此後每夜，輒聞若雷若風，四十許日，百姓
> 相見，咸驚語：「汝頭那忽戴魚？」是夜，方四十里，與城一時陷爲
> 湖。土人謂之爲「陷湖」。唯姥宅無恙，迄今猶存。漁人採捕，必依
> 止宿，每有風浪，輒居宅側，恬靜無他。風靜水清，猶見城郭樓櫓
> 晃然。今水淺時，彼土人沒水，取得舊木，堅貞光黑如漆。今好事
> 人以爲枕，相贈。（卷二十，頁 243）

此故事中蛇已被人格化，懂得知恩圖報，爲老姥復仇，顯示出當地人民藉由
神話表達出對蛇形象的正面肯定。

（四）郫縣小蛇

由於對蛇的尊崇，進而對其神性有著凜然不可侵犯的信仰，從一則「郫
縣小蛇」的故事中可見一斑：

> 郫縣有民於南郭渠邊得一小蛇，長尺餘，刳剔五臟，盤而串之，置

〔註115〕見《搜神記‧搜神後記》卷九，頁 115，木鐸出版社 1985 年初版。

　　於火，焙之數日。民家孩子數歲，忽遍身腫赤，皮膚炮破。因自語

　　曰：「汝家無狀殺我，刳剔腹中胃，置於火上，且令汝兒知此痛苦。」

　　民家聞知驚異，取蛇拔去剖竹，以水灑之，焚香祈謝，送於舊所。

　　良久，蜿蜒而去。兒亦平愈焉。〔註116〕

故事中小蛇人格化的塑形，反映出人民不可以之為一般動物而加以褻瀆的信仰。

　　影響所及，附近少數民族中，亦流傳蛇崇拜的民俗信仰。我國西南少數民族曾有「祭神蛇」的習俗，貴州、雲南部分少數民族中曾有「蛇節」〔註117〕。本三苗後裔的苗民，葬期以選擇屬蛇之日為佳〔註118〕，可見仍保留著遠古巴族尊崇蛇的習俗。傣族創世神話中也有一則記載：

　　英叭又做了八個人，每兩個人一起，分別去看守東西南北四個方向。

　　這八個人不知吃穿，不知羞恥，他們的身體連男女也分不出來。吊

　　蛙蝶就變成一條綠色的大蟒蛇，對八個人說：「你們不會吃嗎？我教

　　你們吃！」這條大蟒蛇便爬上樹，尾巴也收了上去，在樹上摘果子

　　吃。大蟒蛇吃了果子，便變成了一條非常漂亮的大白花蛇。這時，

　　有兩個人就學著摘果子吃，他們吃了果子，也變得漂亮起來，身體

　　也起了變化，分出男和女來了。他們就配成夫妻，也知道害羞了，

　　會吃會穿了。〔註119〕

這則故事中蟒蛇在創世神話中所佔的地位功不可沒，從其作為教導人類始祖的角色看來，一如西南部分少數民族，傣族對蛇有相當程度的崇敬。

　　龍蛇同類，龍是在蛇圖騰信仰的觀念演化而來，這一觀點早已獲得大多數學者一致的認同，是以蛇崇拜的地域多半會伴隨著龍神話的出現，龍即為神化之蛇。《水經注・漾水》：

　　（漾水）西流與馬池水合，水出上邽西南六十餘里，謂之龍淵水，

　　言神馬出水……《開山圖》曰：「隴西神馬山有淵池，龍馬所生，即

　　是水也。」（頁361）

〈沔水〉亦載：

〔註116〕見《太平廣記》（十）卷3754，頁3755，典出《錄異記》卷5。

〔註117〕參見楊華〈巴族之「巴」字涵義〉，頁14，《四川文物》1994年第2期。

〔註118〕見郎維傳《四川苗族社會與文化》，頁150，四川民族出版社1997年初版。

〔註119〕轉引自王孝廉《水與水神》，頁163。

> 漢水又東爲龍淵……下臨龍井，諸淵深數丈。（卷二十七，頁 493）
>
> 城北枕沔水，水中常苦蛟害，襄陽太守鄧遐負其氣果，拔劍入水，蛟繞其足，遐揮劍斬蛟，流血丹水，自後患除，無復蛟難矣。昔張公遇害，亦亡劍於是水。後雷氏爲建安從事，徑踐瀨溪，所留之劍，忽於其懷躍出落水。初猶是劍，後變爲龍，故吳均〈劍騎〉詩云：劍是兩蛟龍。（卷二十八，頁 501）

蛟、蛇、龍均爲同名異稱，沔水一帶正因多蛇，以龍命名之地多見；另一方面苦於蛟害，故也流傳斬蛟英雄的故事。英雄、劍與龍於是在神話扮演著互爲化身的巧妙關係。

二、虎神崇拜

虎是漢代陰陽五行中「五靈」、「五神」之一，虎崇拜在古代民族圖騰崇拜中意扮演著相當重要的角色。或因虎是叢林中最勇猛的動物，其矯健的身軀、震山撼岳的威嚴，「百獸之王」的冠冕令人一則以恐懼，一則以神往；或因其避居深山，來去無蹤，生活樣貌充滿神秘色彩，故典籍中多神奇的記載，後人多以神話來詮釋，虎崇拜於是普遍存在各民族的信仰中。以中國西南一帶爲例，彝、納西、傈僳、拉祜等族崇黑虎，以黑虎爲圖騰；土家、白、普米、藏等族崇白虎，奉白虎爲圖騰〔註 120〕。虎崇拜，在西南諸族文化，甚至整個華夏文化，都有極爲重大的影響。

巴蜀同是以虎爲圖騰和部落族徽的民族，依圖騰歷史看來，應是由巴地傳至蜀地。而虎崇拜之所以在巴地特盛的原因，實因早在上古時候，川、鄂兩省即多有華南虎分布。《山海經・中山經》：「荊山，多豹虎。（頁 151）」《華陽國志・巴志》中亦提到秦襄王時，巴地白虎爲患。這說明最晚在先秦時期，華南虎在四川重慶一帶的活動相當頻繁。大陸學者楊偉兵在〈長江三峽地區野生動物的歷史分布與變遷〉一文中提到自先秦時期至明清時期三峽地區一直都有華南虎分布，他並統計唐宋時期史料所載，虎入城及虎暴傷人的紀錄多次；明代時，三峽地區虎暴現象十分猖獗；至清代，華南虎的出沒則以川西和川東最多。〔註 121〕由此看來，川人由於當地野生動物的分布，從畏虎到敬虎，形成自然崇拜中動物崇拜，實與本身地理環境特色有利虎的生存有相

〔註 120〕參見汪玢玲《中國虎文化研究》，頁 68，東北師範大學出版社 1998 年初版。
〔註 121〕見楊偉兵〈長江三峽地區野生動物的歷史分布與變遷〉，頁 113～115，《四川師範大學學報》（社會科學版）第 26 卷第 1 期，1999 年 1 月。

當大的關係。

　　根據四川的考古資料，虎形紋飾（見附圖五）和虎圖像的青銅器在四川和鄰近省區都有發現，特別是川東和蜀地出土的虎紋飾青銅器。時間之早，種類之多，數量之大，遠非其它紋飾種類所及。〔註122〕根據吳怡先生的研究，已出土的巴蜀青銅器上較典型的虎圖像主要有：（1）虎斑紋（2）虎頭紋（3）虎形紋，其發現時間、地點及器物簡表如下：〔註123〕

圖　　像	時　　間	地　　　點	器　　　物
虎斑紋	1977 年	四川犍爲縣	扁頸無格柳葉形劍
	1984 年	四川滎陽縣同心村	扁頸無格無首柳葉形劍
	1984 年	四川大邑縣五龍機磚廠	扁頸無格柳葉形劍
虎頭紋	1973 年	四川成都青羊宮	銅戈
	1983 年	四川成都三洞橋青羊小區	無胡銅戈
虎形紋	1965 年	四川成都百花潭中學	銅戈
	1974 年	四川成都營門口鄉	矛
	1984 年	四川大邑縣五龍機磚廠	扁頸有格柳葉形劍
	1988 年	四川金堂縣文管所	銅鉞

　　據吳怡所言，這些銅器的時間約早到西周末期，盛於春秋戰國，晚至秦代。這些虎紋飾頻繁地出現在巴蜀銅兵器上並與其它圖形符號相組合，顯然是一種吉祥的表示，一種勝利的象徵。與之組合的圖形有手、花蒂紋等圖形，是古蜀人與巴人將它視爲圖騰崇拜的對象，含有神化及族徽的性質。〔註124〕由此看來，更加確定虎崇拜和巴蜀文化顯然有著密不可分的關係。現先從巴蜀民族的神話來看虎崇拜，茲列如下：

（一）廩君虎神

　　關於巴民族的起源，《後漢書・南蠻西南夷列傳》中云：

　　　巴郡南郡蠻，本有五姓：巴氏、樊氏、瞫氏、相氏、鄭氏。皆出于
　　武落鍾離山。其山有赤黑二穴，巴氏之子生于赤穴，四姓之子皆生
　　黑穴。未有君長，俱事鬼神，乃共擲劍于石穴，約能中者，奉以爲
　　君。巴氏子務相乃獨中之，眾皆嘆。又令各承土船，約能浮者，當

〔註122〕參見楊甫旺〈古代巴蜀的虎崇拜〉，頁9，《四川文物》1994 年第 1 期。
〔註123〕下表參見吳怡〈試析巴蜀青銅器上的虎圖像〉，頁 22～23，《四川文物》1991年第 1 期。
〔註124〕見吳怡〈試析巴蜀青銅器上的虎圖像〉，頁 23。

以爲君。餘姓悉沈，惟務相獨浮。因共立之，是爲廩君。乃乘土船，

從夷水至鹽陽。鹽水有神女，謂廩君曰：「此地廣大，魚鹽所出，願

留共居。」廩君不許。鹽神暮輒來取宿，旦即化爲蟲，與諸蟲群飛，

掩蔽日光，天地晦冥。積十餘日，廩君伺其便，因射殺之，天乃開

明。廩君於是君乎夷城，四姓皆臣之。廩君死，魂魄世爲白虎。巴

氏以虎飲人血，遂以人祠焉。〔註125〕

此段記載得知巴人開國始祖廩君死後魂化爲白虎，其虎崇拜的信仰在神話故事中表露無遺。《搜神記》：「江漢之域有廩人，其先廩君之苗裔也，能化爲虎。」（頁152）《博物志》亦載：「江陵有猛人，能化爲虎，俗又曰虎化爲人，好著紫葛，人足無踵。」〔註126〕巴族的人虎互爲轉化神話，是一明顯的圖騰化身神話，即祖先與圖騰物相爲轉化，均扮演著民族保護神的角色。

（二）姨虎

後代此地的神話中，虎扮演著高度人格化或勸善懲惡的仙化角色，反映出人民的信仰。《錄異記》中收錄一則「姨虎」：

劍州永歸葭萌劍門益昌界，嘉陵江側有婦人，年五十以來，自稱十

八姨，往往來民家。不飲不食，每教諭於人曰：「但做好事，莫違負

神理，居家和順，孝行爲上，若爲惡事者，我常令貓兒三五箇巡檢

汝。」語未畢遂去，或奄忽不見。每歲，約三五度有人遇之。民間

知其虎所化也，皆敬懼之。〔註127〕

化爲人形懲罰壞人，勸人民行善，獲得人民敬畏的虎神「十八姨」，其故事流傳劍州境內嘉陵江畔，正是巴地虎崇拜的遺留。

（三）開明虎神

關於蜀族的虎崇拜，則在來自巴地的開明帝後，展現鮮明色彩。出土的虎紋飾青銅器其時代約屬於春秋後期至戰國晚期〔註128〕，時代即相當於開明帝後。「開明」爲虎神，典出《山海經‧海內西經》：

海內崑崙之虛，在西北帝之下都。崑崙之虛，方八百里，高萬仞。

上有木禾，長五尋，大五圍。面有九井，以玉爲檻。面有九門，門

〔註125〕見王先謙《後漢書集解》，頁993～994，中華書局1984年初版，1991年二刷。

〔註126〕見張華撰、范寧校證《博物志校注》，頁24，明文書局1981年初版。

〔註127〕見《太平廣記》（九）卷四三三，頁3514。

〔註128〕見李明斌〈巴蜀銅兵器上虎紋與巴族〉，頁24，《四川文物》1992年第2期。

有開明獸守之。百神之所在，在八隅之巖，赤水之際，非仁羿莫能
上岡之巖。（頁 294）

崑崙南淵深三百仞。開明獸身大類虎而九首，皆人面，東嚮立崑崙
上。（頁 298）

開明正是守崑崙帝都的虎神，這個虎神在四川民間故事中曾救過蜀王鱉靈一
命，建立功勞，鱉靈於是定國號為「開明」。開明世崇拜虎圖騰，與廩君巴同，
是以巴與蜀有著同源的關係。

巴蜀的虎崇拜文化對象均為白虎，四川境內與之同一支系的少數民族，
土家、白族、藏族等均崇白虎。今土家族，即巴人後裔，土家稱「虎」為「利」，
即「廩」之音轉別譯，廩君或利君，實即虎君。〔註129〕土家族三則關於人類
繁衍的神話中，可見其與巴人同是以虎為主神。略述如下：

1. 白虎星神與琵梅姑娘傳土家

上古時代，一位老阿公帶孫女琵梅上山牧羊，老阿公自言自語地說：「那
個能幫我牧羊，我就招他作孫女婿。」天上白虎星神聽到後，變成一個英俊
的小伙子來幫著牧羊。豺狼一見這小伙子便逃跑。老阿公滿心歡喜，讓琵梅
同這個小伙子成了親。一天，琵梅送飯上山，見到山坳邊樹上掛著趕羊的鞭
子，樹下躺著一隻白虎，便嚇得暈倒了。琵梅彷彿覺得白虎繞自己轉了三圈
才離去，並見到一顆亮星飛上天去。於是琵梅生了七個兒子，被人們叫做「白
虎蒽」，是田、楊、覃、向、彭、王、冉七姓土家的祖先。

2. 「虎兒娃」與三公主傳土家

上古時代，一隻老虎同一個女子交合，這個女子生下一個孩子。這個孩
子的臉一半像人，一半像虎。他有人的聰明，又有虎的勇敢。因此人們叫他
「虎兒娃」，他一走到山上，百獸就尊他為王。一年，皇帝的三公主被魔王劫
走，皇帝張榜求賢，說誰救出三公主，誰就同三公主成親。虎兒娃揭了榜，
隻身闖進魔洞，殺死魔王，救出了三公主。皇帝如約，讓虎兒娃同三公主成
親。他們生下的孩子，就是土家人。

3. 白龍與蒙易傳土家

從前，有個叫蒙易的姑娘，從小沒有見過父母，靠喝虎奶長大。一天，
她去井旁洗衣，不慎將戒指掉進井裡，便寬衣解帶下井裡去拾撿。這時一條

〔註129〕見汪玢玲《中國虎文化研究》，頁 73。

白龍從井裡跳出，向她閃射三道白光，於是蒙易便懷孕了，一胎生下三個兒子。這三兄弟後來被尊為白帝天王。〔註130〕

從以上三則土家種族繁衍神話中，可知都與虎崇拜有相當密切的關係。一、二則中明顯可見虎即為土家的老祖宗，第三則故事雖可見與蛇圖騰部落有某部分的融合關係，然虎所扮演餵食種族之母的神聖角色，其地位不可抹滅。土家族不僅以虎為祖神，並作為圖騰供奉，相傳人死變白虎，白虎降臨乃祖靈護佑。民間因此普遍信仰白虎神，其居住的地方，有許多白虎堂和白虎廟。在湖南省著名風景區索溪峪一帶，有兩座緊挨的山峰，看似昂首翹尾向著雲端長嘯的猛虎，名為「猛虎嘯天」，人民將之奉為山神〔註131〕。附近黃龍洞有白虎堂遺跡。當地傳說，明清之際，天降白虎，使這一帶地靈人傑，出了相王天子，還保佑袁、鄧兩家先後出了舉人和狀元〔註132〕。土家人崇尚白虎之證，不勝枚舉。

從雲南來到四川白族也崇尚白虎為圖騰，認為白族世代均受白虎庇蔭，羅家祖祠畫有白虎，族人若向白虎祈禱，可保風調雨順。雲南白族自治區還有一則與之有關的傳說：一位白族美少女夢與虎交，懷孕生子。其子無父，便以虎（羅）為姓，取名羅尚才，成年後化虎，馳入山林。相傳白族世代於是受其保護，且老虎從不傷人。民間習俗祈子、祈年均祭白虎；室內掛白虎像，謂可避邪；兒童帶虎頭帽，穿虎頭鞋，謂可好養；打獵從不打虎，若被虎吃了則說是成仙。〔註133〕

活動範圍觸及早期巴地的普米人亦以「白額虎」為圖騰，嚴禁獵虎，視虎為先祖。普米人最大的祖先「巴丁拉木」，「巴」是族稱，「丁」是土地，「拉」（剌）是虎，「木」（莫）是女性，全意為「普米土地上的母虎神」〔註134〕。傳說巴丁拉木很美，穿白衣，著白裙，騎白騾。在四川木里縣屋角區剌孜山腰的岩洞裡，有一尊天然巴丁剌木石像，普米人在冬季成群結隊去朝拜，以祈求人丁畜平安興旺；遇有災害、家庭不合、婦女不育等，都要乞靈於巴丁剌木。〔註135〕其族人皆以虎為吉祥物，喜在虎年生子。

〔註130〕以上三則均轉引自董珞著《巴風土韻——土家文化源流解析》，頁121～122，武漢大學出版社1999年出版。

〔註131〕見汪玢玲《中國虎文化研究》，頁75。

〔註132〕同上注。

〔註133〕參見汪玢玲《中國虎文化研究》，頁76。

〔註134〕見《中國各民族宗教神話大辭典》，頁517，學苑出版社1990年初版。

〔註135〕見鄧廷良〈黑虎女神〉，頁37，《四川文物》1998年第1期。

　　黑虎崇拜的彝、納西、傈僳、拉祜等族，與土家、白族、普米、藏族同是虎崇拜的文化圈，楊和森在《圖騰層次論》一書中認為，黑虎、白虎是由原生圖騰分衍出來的，即所謂的「演生圖騰」。白虎、黑虎氏族再繼續分衍、遷徙到廣泛的地區，在漫長的時間內，形成遍布於中國西部今漢藏語系緬語族各族人民。〔註136〕無論黑虎、白虎，都是對遠古氐羌虎文化的繼承，若追根溯源，大陸學者鄧廷良認為在氐羌的虎圖騰各部落，均出於崑崙的西王母之族〔註137〕《山海經・大荒西經》：

> 西海之南，流沙之濱，赤水之後，黑水之前，有大山，名曰崑崙之
> 丘。有神——人面虎身，有文有尾，皆白——處之。其下有弱水之
> 淵環之，其外有炎火之山，投物輒然。有人，戴勝、虎齒、有豹尾，
> 穴處，名曰西王母。此山萬物盡有。（頁407）

〈西次三經〉中亦提到西王母是「司天之厲及五殘」（頁50）的刑神，從其「人面虎身，有文有尾，皆白處之」看，西王母即是一白虎女神。她既是司疾病之神，亦掌握不死之藥，決定人的生死大權，儼然是母系社會的領袖形象。《淮南子》和《穆天子傳》、《漢武故事》中對她都有豐富而精彩的記載，在《神異經》中與之匹配的東王公「人形鳥面而虎尾」，也是虎圖騰氏族。守黃帝下都的開明獸「身大類虎」，管理黃帝下都的陸吳「虎身而九尾」，也都是虎神；西方之神蓐收，郭璞注曰：「金神也，人面，虎爪，白毛，執鉞。〔註138〕」亦是虎神。可見西方廣大地區，均是虎圖騰崇拜的部落。是以無論是巴蜀的虎崇拜，或西南少數民族的白虎、黑虎崇拜都應源出西王母的虎圖騰部落。

　　綜上所述，歸納巴蜀蛇、虎神崇拜的特色如下：

1. 受自然物產影響，表現動物崇拜。綜觀四川野生動物的分布，可以發現蛇、虎均為大宗，蛇的神秘特質和虎的威武勇猛自然成為人民崇拜的對象，加上分布之廣，牠們的無所不在，與人民生活須臾不可離，都是牠們被神聖化的有利條件。

2. 與歷史結合，反映圖騰崇拜，種族來源。巴蜀的蛇、虎崇拜的極至，便是圖騰化，將牠們視為部落圖騰的象徵，圖騰所象徵的意義不僅僅為部落精神的指標，更代表種族的起源。巴族廩君無疑為虎圖騰部落，

〔註136〕見楊和森《圖騰層次論》，頁70～71，雲南人民出版社1987年初版。
〔註137〕見鄧廷良〈黑虎女神〉，頁36。
〔註138〕見袁珂《山海經校注》，頁227。

蜀族開明王亦然；蛇圖騰最明顯為座落巴地的另一部落，有學者稱之為「巴蛇巴」，稱虎圖騰之巴族為「廩君巴」，其反映出種族來源之異不言可喻。

3. 蛇、虎多吉兆，象徵正面意義。即為其最高統治者之象徵，作為種族的精神指標，在人民的心理中自然賦予吉祥的象徵，歷代相沿成習，反映在後世巴蜀之民的身上亦然。見蛇、虎為吉兆，婚慶喜事多綴以蛇、虎之飾以求富貴延年。

4. 投射出巴蜀與中原文化、少數民族文化融合的影子。蛇、虎崇拜在中國神話中早已有所反映，以之為圖騰亦早於巴蜀。有學者以為此點可看出巴蜀無疑是中原民族的外衍，亦有學者持反對意見。然此可看出巴蜀神話在某一程度上仍受中原神話影響，不過巴蜀民族獨鍾蛇虎是與其地理環境與民族性有很大關係的。另外，少數民族的蛇虎崇拜，一方面反映出神話「原型」，一方面也看出民族雜居過程中的影響。

第三章　巴蜀神話與文化特徵

第一節　巴蜀神話與圖騰

　　「圖騰」（Totem）一詞原屬於美洲印地安阿吉布洼人（Ojibwas）的方言，意爲「他的族」。處在氏族社會時代的原始人，以一定的動物、植物或無生物等做爲氏族組織的名號，此物即被奉爲氏族的圖騰〔註1〕。因此每個氏族對自己的圖騰物都有一定的血緣傳說和崇拜儀式。英國民族學家弗雷澤（J.G.Frazer）曾給圖騰崇拜下了個定義：「圖騰崇拜是半社會半迷信的一種制度」，氏族每一成員都認爲自己與共同尊崇的圖騰物存在著血緣親屬關係，每一成員都以不危害圖騰的方式來表示對其尊敬，且同氏族的每一成員不得相互通婚〔註2〕。俄人海通在其《圖騰崇拜》一書中也綜合各家之說下了一完整的定義：

> 圖騰崇拜是初生氏族的宗教，它表現在相信氏族起源於一個神幻的
> 祖先──半人半獸、半人半植物或無生物，或具有化身能力的人、
> 動物或植物。氏族以圖騰動物、植物或無生物命名，相信圖騰能夠
> 化身爲氏族成員或者相反。氏族成員以各種形式表示對圖騰的崇
> 敬，對圖騰動物和植物等實行部分或完全的禁忌〔註3〕。

他更進一步推論圖騰崇拜發生的原因，乃源自於原始人對大自然變化的軟弱

〔註1〕　見楊和森《圖騰層次論》，頁1。
〔註2〕　原文出自弗雷澤（1854～1941）《家庭和氏族的起源》。此處轉引自（蘇）海
　　　　通著、何星亮譯《圖騰崇拜》，頁2，上海文藝出版社1993年初版。
〔註3〕　見（蘇）海通著、何星亮譯《圖騰崇拜》，頁74。

無力，對自然規律的無知和恐懼，進而引起對現實世界的虛幻反映。他們把自然界中的存在物想像成人，也把人所特有的性質和人類社會的關係轉嫁到自然力和自然現象之中。如此，自然現象化身爲人的觀念便產生了。基於人對自然力的恐懼無能，氏族中累積幾代人經驗知識的老年人爲了鼓勵年輕人和自然作鬥爭，便利用各種習俗和儀式宣稱傳說中的始祖可以影響自然力，讓年輕人相信祖先會幫助他們，祖先爲了拯救自己的血緣親屬群體擺脫死亡的威嚇，會親自化身爲某種動物或植物。

　　爲了使祖先具有超自然的特性，人們把祖先描繪成具有能夠化身爲動物、植物、自然力的能力。因此，人們把祖先想像成時而是人，時而是動物，時而是自然界中的無生物。半人半獸的圖騰祖先觀念就是這樣產生和發展的。〔註4〕

　　大陸學者何星亮在其專著《中國圖騰文化》提到圖騰文化發展依時間先後可分三層次：

　　　第一層：圖騰的親屬觀念：圖騰是作爲親屬的某種意象。它的原始本義，
　　　　　　　源於 ototeman 一詞，即「我的親屬」，就是把圖騰當作父母、祖
　　　　　　　父母或兄弟等血緣親屬。
　　　第二層：圖騰祖先觀念：圖騰是作爲祖先的某種物象。此即前一含義的
　　　　　　　發展，由圖騰親屬關係進而有圖騰祖先觀念，進而發展出本群
　　　　　　　體起源於某一物的圖騰神話。
　　　第三層：圖騰神觀念：圖騰是作爲保護神的某種物象。這是圖騰文化
　　　　　　　晚期產生的，原有的圖騰祖先便升格爲氏族或部落的保護
　　　　　　　神。〔註5〕

　　誠然，這三層含義是在探討圖騰信仰時必要的闡述。然而我們現在所能揣測的應只能落於第二、三層的含義上加以探析，下文便是試圖從這些含義來窺究巴蜀神話的原貌。

　　巴蜀這一古老民族，就其古史傳說和神話記載中，亦可窺見其與圖騰崇拜有著密不可分的關係。今探討此一地域神話與圖騰信仰的關係，則需從巴蜀民族的由來及其先民的遺跡著手。

〔註4〕同上註，參見頁216～226。
〔註5〕參見何星亮《中國圖騰文化》第三章「圖騰觀念」，頁55～90，中國社會科學
　　　　出版社1992年初版。

一、巴神話與圖騰

依現有資料及多位學者的研究成果看來，可羅列以下二說：

（一）龍（蛇）圖騰之說

古史中最早談到巴人的起源的是《山海經・海內經》，其中有一段記載巴人的祖先太皞氏，原文如下：

> 西南有巴國。太皞生咸鳥，咸鳥生乘釐，乘釐生後照，後照是始為巴人。〔註6〕

《路史・後紀》也有類似的記載：

> 伏羲生咸鳥，咸鳥生乘釐，是司水土，生後照，後照生顧相，處于巴，是生巴人。〔註7〕

太皞與伏羲在戰國以前分別是我國東西兩大族系的祖先，太皞屬東夷部落，伏羲則屬西方部落，大約最早在戰國末期，太皞、伏羲被合二為一〔註8〕。顧頡剛先生考證，兩者的合一實肇因於「在龍字上生發」。《左傳・昭公十七年》載：「太皞以龍紀，故為龍師而龍名。〔註9〕」《帝王世紀》：「伏羲長于成紀，蛇身人首。〔註10〕」古代龍蛇不分，所以太皞以龍紀與伏羲蛇身正是兩者合一的基礎〔註11〕。是以《山海經》和《路史》上的記載同樣都證明巴人應是以龍為其所崇拜的圖騰。再以章太炎先生釋巴即蟒為證：

> 《說文》：「巴，蟲也。或曰：食象蛇也。象形。」《山海經》曰：「巴蛇食象，三歲而出其骨」，則巴蛇為本義。〈釋魚〉：「蟒，王蛇。」
> 《說文》無蟒，改本作莽，古音莽如姥，借為巴也。郭璞《圖讚》
> 曰：「為蛇之君是謂巨蟒。小則數尋，大則百丈，惟百丈故能食象小者，或有數尋，故人得食之，治腹心之疾」，莽之即巴明矣。〔註12〕

從章氏所釋「巴即蟒」來看，巴人蓋以蛇為其圖騰崇拜，因而命名為「巴」。且就今日四川一帶出土巴蜀兵器上之紋飾圖象中，有作蛇紋者，依學者之見，此

〔註6〕見袁珂《山海經校注》，頁453。
〔註7〕見宋羅泌《路史・後紀》中〈太昊氏〉，頁7，台灣中華書局1966年初版。
〔註8〕參見徐旭生《中國古史的傳說時代》，頁57，仲信出版社1980年初版。
〔註9〕見《左傳》隱公八年眾仲對答魯隱公之語，頁75，十三經注疏本，藝文印書館印行。
〔註10〕見晉皇甫謐《帝王世紀》，頁2，上海商務印書館1937年初版。
〔註11〕參見田敏〈山海經巴人世系考〉，頁3，載於《四川文物》1998年第5期。
〔註12〕見章太炎《文始》，頁317，廣文書局1970年初版。

蛇紋即古巴族之族徽，而人遂以之爲族名、國名、後又衍爲姓氏，爲地名〔註13〕。

據民俗資料來看，在鄂西、川東地區，端午時節，民間對蛇加倍愛護，並且認爲此日家中見到的蛇是一祖先化身。而且四川民間至今仍有「認蛇爲祖宗，家中如發現蛇，不但不打牠，反而認爲祖宗顯靈，燒香燃燭把蛇送走」的風俗〔註14〕。此即是自然物崇拜與祖先崇拜的結合，構成了圖騰化身信仰。

（二）虎圖騰之說

《後漢書・南蠻西南夷列傳》中云：

> 巴郡南郡蠻，本有五姓：巴氏、樊氏、瞫氏、相氏、鄭氏。皆出于武落鍾離山。其山有赤黑二穴，巴氏之子生于赤穴，四姓之子皆生黑穴。未有君長，俱事鬼神，乃共擲劍于石穴，約能中者，奉以爲君。巴氏子務相乃獨中之，眾皆嘆。又令各乘土船，約能浮者，當以爲君。餘姓悉沈，惟務相獨浮。因共立之，是爲廩君。乃乘土船，從夷水至鹽陽。鹽水有神女，謂廩君曰：「此地廣大，魚鹽所出，願留共居。」廩君不許。鹽神暮輒來取宿，旦即化爲蟲，與諸蟲群飛，掩蔽日光，天地晦冥。積十餘日，廩君伺其便，因射殺之，天乃開明。廩君於是君乎夷城，四姓皆臣之。廩君死，魂魄世爲白虎。巴氏以虎飲人血，遂以人祠焉。〔註15〕

由此段記載可知，巴人最早的發源地在武落鍾離山，開國始祖爲廩君，再就「廩君死，魂魄世爲白虎。巴氏以虎飲人血，遂以人祠焉。」這段文字來看，巴人應是以虎爲圖騰的部落，廩君魂化爲白虎，當是後代族人以虎圖騰作爲祖先的象徵，又以人血祭祀，足見白虎已升格爲部落保護神，並從圖騰崇拜發展爲圖騰儀。大陸學者鄧廷良認爲在氐羌的虎圖騰各部落，若追根溯源，均出於崑崙的西王母之族〔註16〕。《山海經・海內西經》：

> 西海之南，流沙之濱，赤水之後，黑水之前，有大山，名曰崑崙之丘。有神——人面虎身，有文有尾，皆白——處之。其下有弱水之淵環之，其外有炎火之山，投物輒然。有人，戴勝、虎齒、有豹尾，穴處，名曰西王母。此山萬物盡有。（頁407）

〔註13〕見鄭月梅〈春秋戰國之巴蜀文化〉，頁25，國立政治大學中文研究所碩士論文，1986年5月。

〔註14〕轉引自楊華〈釋巴蛇吞象〉，頁100，《四川大學學報》1996年第4期。

〔註15〕見王先謙《後漢書集解》，頁993～994，中華書局1984年初版。

〔註16〕見鄧廷良〈黑虎女神〉，頁36。

西王母爲虎圖騰氏族之源可證，巴人以白虎爲其圖騰崇拜，亦當源出西王母部。楚地戰國墓中所彩繪的鳥虎鼓座，乃是楚人戰勝巴人的紀念碑〔註17〕。又活動範圍觸及早期巴地的普米人嚴禁獵虎，視虎爲先祖。普米人最大的祖先「巴丁拉木」，「巴」是族稱，「丁」是土地，「拉」（刺）是虎，「木」（莫）是女性，全意爲「普米土地上的母虎神」〔註18〕。加上巴人後裔土家族普遍信仰白虎神，居住的地方，有許多白虎堂和白虎廟，更是最好的明證。

　　以上二說，向有爭議。一般以爲龍（蛇）之說乃後人有意將巴族納入大一統的中原文化中的穿鑿附會，況《山海經》及《路史》的史學價值頗受爭議，不足爲正史的根據。現大陸學者，童恩正、宋治民、段渝等均主張廩君爲巴人祖先較爲正確。是以站在史學的角度來說，虎圖騰之說較受肯定。

　　然筆者以爲此二圖騰同樣存在於巴族，因爲巴族是指以巴國爲中心的一大部族，還包含他族在內。巴國無疑是廩君所率領的虎圖騰部族，而以蛇圖騰崇拜爲主的部族在巴族中應也產生過頗大的影響力，故後代的巴人依然崇拜蛇。大陸學者楊華認爲早期巴族爲蛇圖騰信仰，周代及周代以後尊崇虎圖騰〔註19〕。鄧少琴亦認爲清江流域廩君之巴以白虎爲圖騰，巴嶺山的巴蛇之巴以蛇爲圖騰，《巴志》中提到的賨民與朐忍夷亦屬巴蛇之族，自北而南遷入巴蜀。白虎之巴漸強大，巴蛇之巴勢力漸衰歇。後白虎之巴與巴蛇之巴相互接觸，錯居而處，故交相融合〔註20〕。楊權喜也提到巴族中有所謂的「白虎巴」（廩君巴）、「蛇巴」、「王溪巴」、「南巴」，這些巴大概屬於不同支系或不同時代的，與巴有一定親緣關係的古代民族，而「白虎巴」爲巴國境內多種民族中的主體〔註21〕。蕭國松亦指出巴文化中先天便帶有濃郁的中原龍（蛇）文化因子，清江流域的虎文化亦滲透著龍文化的因素，故巴文化是龍虎文化的結合〔註22〕。由此觀之，巴地最早應以崇拜蛇圖騰的部族爲主體，廩君之後崇拜虎圖騰的部落佔了上風，直至後代，白虎之巴與巴蛇之巴錯雜而居，相互融合，故兩種圖騰崇拜同樣存在，巴族是以演變成多圖騰〔註23〕信仰的民族。

〔註17〕同上註，頁37。
〔註18〕見《中國各民族宗教神話大辭典》，頁517，學苑出版社1990年初版。
〔註19〕見楊華〈巴族之巴字涵義〉，頁14，《四川文物》1994年第2期。
〔註20〕見鄧少琴《巴蜀史跡探索》，頁71，四川人民出版社1983年初版。
〔註21〕見楊權喜〈略論古代的巴〉，頁15，《四川文物》1991年第1期。
〔註22〕參見彭萬廷、區定富主編《巴楚文化研究》，頁163，中國三峽出版社1997年初版。
〔註23〕何星亮《中國圖騰文化》：「一個群體或個人崇拜一個圖騰的現象較早，崇奉

二、蜀神話與圖騰

歷史記載中，曾有蜀人爲黃帝後裔的說法，《世本·氏姓》：「蜀無姓。相承云，黃帝後。〔註24〕」《史記·武帝本紀》：「黃帝……生二子，其後皆有天下：其一曰玄囂……其二曰昌意，降居若水。昌意娶蜀山氏女。〔註25〕」

然集中記載蜀古史的《蜀王本紀》有云：

> 蜀之先稱王者有蠶叢、柏濩、魚鳧、開明，是時人萌椎髻左衽，不曉文字，未有禮樂。從開明至蠶叢積三萬四千歲。

> 蜀王之先，名蠶叢。後代名曰柏濩。後者名魚鳧。此三代個數百年，皆神化不死，其民亦頗隨王化去。魚鳧田於湔山，得仙。今廟禮之于湔。時蜀民稀少。〔註26〕

《華陽國志·蜀志》亦記：

> 有蜀侯蠶叢，其目縱，始稱王。死，作石棺石槨，國人從之，故俗以石棺槨爲縱目人冢也。次王曰柏濩。次王曰魚鳧。魚鳧王田於湔山，忽得仙道，蜀人思之，爲立祠。（頁115）

如此我們在探討蜀神話與圖騰的關係時，則應分別從蠶叢、伯濩、魚鳧、開明諸世分開來論述。

（一）蠶圖騰——蠶叢

李則綱主張蜀有先王蠶叢，因以蠶爲其圖騰。鄧少琴亦贊成此說，他引《說文》：「蜀，葵中蟲也。從虫，兩目象蜀頭，中象其身蜎蜎。」及《爾雅》、《釋文》解作「桑中蟲」，佐以甲骨文蜀作「𩫖」，象頭及身蜎蜎之形；又作「𧖅」，象蠶吐絲之形，又以「𧎢」爲蠶。因此他認爲蜀爲野蠶，經蠶叢氏馴養而爲家蠶，故以蠶叢氏爲名〔註27〕。1976年初，四川出土青銅器中，有一銅戈上飾有「蠶紋」，據學者考證，此蠶紋銅戈當具有特殊的象徵意義，可能與原始社會的圖騰崇拜有關，蓋蜀人把蠶（蜀）當作自己氏族的起源，將之視爲氏族的象徵和保護者，故蠶又是蜀人的族徽。〔註28〕

多圖騰的現象是較晚產生的。」，頁18。

〔註24〕見張澍《世本》，頁73，上海商務印書館1937年初版。

〔註25〕見司馬遷《史記》，頁10，鼎文書局1983年初版。

〔註26〕見嚴可均《全上古三代秦漢三國六朝文》卷五十三中所輯《蜀王本紀》，頁414。

〔註27〕見鄧少琴《巴蜀史跡探索》，頁135。

〔註28〕參見鄭月梅〈春秋戰國之巴蜀文化〉，頁31。

（二）鳥圖騰──伯灌、魚鳧、杜宇

蠶叢氏後被柏灌氏所代，據大陸學者孫華之見：

> 柏灌族，其名稱無疑也與鳥有關。柏灌，古籍中或寫作「柏濩」、
> 「柏雍」，但無論是寫作「灌」，還是寫作「濩」、「雍」三字，都
> 從「隹」，以隹爲意者，顯而易見──柏灌族應是一個以鳥爲族名
> 的古族〔註29〕。

考之《山海經・南山經》：「又東三百里曰青丘之山，⋯⋯有鳥焉，其狀如鳩，
其音若呵，名曰灌灌，佩之不惑。」（頁6）郭璞注：「灌灌，或作濩濩。」由
此可知，柏灌族原爲山東東夷鳥圖騰部族的一支。後遷居山西，再遷陝西，
又進入川北，後入蜀，驅逐蠶叢氏，取得統治的地位〔註30〕。

柏灌氏後爲魚鳧氏所代。魚鳧開始建都據說在瞿上（今四川省雙流縣），
後來遷都到郫（今四川省郫縣），終於在湔山（今四川省灌縣）打獵時得道成
了仙〔註31〕。魚鳧即水鳥鸕鷀，俗稱魚鷹，四川叫魚老鴉，棲於水邊，長嘴，
尖喙，善捕魚。1986年，四川三星堆文化遺址中，出土陶器中有好多魚鷹頭
像，不少學者都認爲三星堆遺址應該就是古代魚鳧國的都城〔註32〕。可見魚
鳧族以善捕魚的鳥爲其圖騰，我們才會在三星堆祭祀坑中看到魚鳧族「化民
復出」的遺物。魚鳧國約在商中期，步入輝煌鼎盛的階段，建築城市，鑄造
大型的青銅器、精美的玉石器，並與中原文化有了交流，到了商中期偏晚，
國滅，一部分遺族北上寶雞，建立強國，後漸被中原文化所融化。〔註33〕

介於魚鳧與開明之間，尚有杜宇，頗值一提。《華陽國志・蜀志》：

> 後有王曰杜宇，教民務農，一號杜主。時朱提有梁氏女利游江源，
> 宇悅之，納以爲妃。移至郫邑，或治瞿上。七國稱王，杜宇稱帝，
> 號曰望帝，更名蒲卑。⋯⋯會有水災，其相開明決玉壘山以除水害。
> 帝遂委以政事，法堯、舜禪授之義，遂禪位於開明，帝生西山隱焉。
> 時適二月，子鵑鳥鳴，故蜀人悲子鵑鳥鳴也。巴亦化其教而力務農，
> 迄今巴、蜀民農時先祀杜主君。（頁115）

《蜀王本紀》所記則將望帝的身世更加神化：

〔註29〕見孫華〈蜀人淵源考〉，《四川文物》1990年第5期。

〔註30〕見龍騰〈蒲江新出土巴蜀圖語印章探索〉，頁7，《四川文物》1999年第6期。

〔註31〕參見袁珂《中國神話傳說》，頁555，里仁書局1987年初版。

〔註32〕見袁廷棟《巴蜀文化》，頁7，遼寧教育出版社1991年初版。

〔註33〕見高大倫〈古蜀國魚鳧世鉤沈〉，頁23，《四川文物》1998年第3期。

　　後有一男子，名曰杜宇，從天墜止，朱提有一女子名利，從江源井
　　中出，爲杜宇妻，乃自立爲蜀王，號曰望帝。治汶山下邑曰郫，化
　　民往往復出。望帝積百餘歲，荊有一人名鱉靈，其尸亡去，荊人求
　　之不得。鱉靈尸隨江水上至郫，遂活。與望帝相見，望帝以鱉靈爲
　　相。時玉山出水，若堯之洪水，望帝不能治，使鱉靈決玉山，民得
　　安處。鱉靈治水去後，望帝與其妻通，慚媿，自以德薄不如鱉靈，
　　乃委國授之而去，如堯之禪舜。鱉靈即位，號曰開明，帝生盧保，
　　亦號開明。望帝去時子規鳴，故蜀人悲子規鳴而思望帝。〔註34〕

又《四川通志》「望帝自逃之後，欲復位，不得，死化爲鵑。每春月間，盡夜
悲鳴。蜀人聞之曰：我望帝魂也。〔註35〕」同《成都記》：「杜宇死，其魂化
爲鳥，名杜鵑。〔註36〕」皆言杜宇之魂化爲杜鵑鳥。此可爲一明顯的圖騰化
身神話，圖騰物（子規鳥）與杜宇的英雄神形象相互轉化，並升格爲農神的
保護神形象。

　　由此，蜀人對鳥自然產生崇拜敬畏之意。或由於地域相近影響，或由於
種族來源相近，落居四川大涼山的彝族流行一則「洛龍歌布曲鳥」神話，故
事中洛龍歌布曲鳥是一隻五色彩鳥，牠教不會說話的拉吉格楚寫字畫畫，也
使得拉吉格楚會說話，教導眾人識字。〔註37〕這是彝文起源的傳說。作爲文
化起源神話，鳥在故事中扮演了傳承使命的重要角色，和蜀地一樣表現出對
鳥的神聖化。

（三）虎圖騰──開明

　　杜宇禪讓鱉靈，是爲開明。《蜀王本紀》認爲鱉靈原是荊人，據此，袁珂
認爲鱉靈是由荊人的熊圖騰轉化爲虎圖騰的〔註38〕。《竹書紀年》：「夏帝癸二
十一年，商師征有洛，克之，遂伐荊，荊降。〔註39〕」於是荊人歸附於鯀、
禹的熊圖騰中。至於鱉靈如何轉化爲虎圖騰的過程，從《四川民間文學資料
彭線集成卷》收集一則「鱉靈的故事」或可窺見。故事說：

〔註34〕見嚴可均《全上古三代秦漢三國六朝文》卷五十三，頁414。
〔註35〕見楊芳燦等撰《四川通志・卷201》，頁5785，華文書局1967年初版。
〔註36〕文轉引自袁珂《中國神話傳說》第八章註8，頁564，里仁書局1987年出版。
〔註37〕見陶陽、鍾秀《中國神話》，頁630～632，吉鳥甲甲講述、蕭崇素記錄整理，
　　　上海文藝出版社1990年初版。
〔註38〕見伏元杰〈蜀王開明氏考〉，頁10，《四川文物》1998年第1期。
〔註39〕見《竹書紀年》，頁18，上海商務印書館1937年初版。

杜宇四十歲才得一個兒子，在兒子出生前，杜宇請巫師占卜，顯示出不吉利的長蛇。生後杜宇便將其用絲絹包了甩在湔江裡，被一團魚（即鱉）馱走後，遇一打漁人救起，取名爲「鱉靈」。鱉靈長大後，治服了彭國的九頭虎開明獸，作了彭國國王。後又治服了蜀國的人面魚身的吃人怪赤鱬，當了蜀國的宰相。後來又遇到孽龍堵塞天彭門，企圖水淹都城瞿上，把瞿上變成龍窩。結果被鱉靈斬殺。後來又受杜宇指派，成功的治理了郫邑的水患。杜宇老了，想把王位傳給鱉靈，大臣們都不依，說：「鱉靈本是彭國人，怎能當蜀國的國王呢？」杜宇說服了大家，但大臣丹和不服，趁鱉靈在廟裡祭祖時放火燒廟。鱉靈騎著開明獸衝出火海，丟了塊絲絹給丹和，丹和一看正是 25 年前杜宇甩在湔江裡的嬰兒身上的東西。於是丹和尊杜宇之命，請回鱉靈當蜀王。鱉靈爲報開明獸的救命之恩，便定國號爲「開明」〔註40〕。

開明獸在《山海經》中可找到腳本，〈海內西經〉：「崑崙南淵深三百仞，開明獸身大類虎而九首，皆人面，東嚮立於崑崙上。」（頁 298）如此，開明世崇拜虎圖騰，並以之爲國號可證。

　　開明既爲虎圖騰，與廩君所建的巴國亦同爲虎圖騰，其中是否有相關呢？童恩正先生從《華陽國志》：「蜀王封其弟于葭萌，號爲葭侯。」其中葭即巴，又川東地區，長期保留鱉靈遺跡，再加以巴爲楚所滅，成爲楚的範圍，巴人稱「荊人」或有可能，故推測鱉靈當爲巴人〔註41〕。從此角度看來，巴、蜀應爲同源。楊權喜亦持此說，並以爲巴的淵源在成都平原，故巴、蜀同源，成都平原是巴文化和蜀文化共同的祖先〔註42〕。

　　就巴蜀的古史傳說及神話資料看來，若與部落圖騰崇拜作一相關擬測，其詮釋結果如下：

1. 一般學者多認爲巴人應是虎圖騰崇拜的部落，筆者以爲龍（蛇）圖騰部族應是巴族中的其中一部落，與虎圖騰部落同樣存在巴族中，後來錯雜而居，漸演變成多圖騰信仰。

2. 蜀人始祖蠶叢爲蠶圖騰崇拜的部落，後爲來自東夷的鳥圖騰部落取

〔註40〕轉引自伏元杰〈蜀王開明氏考〉，頁 12。
〔註41〕參見童恩正《古代的巴蜀》，頁 78〜79。
〔註42〕見楊權喜〈略論古代的巴〉，頁 15。

代，柏灌、魚鳧、杜宇均是；最後荊人鱉靈建立開明國，是虎圖騰崇
拜的部落，與同是虎圖騰的巴族同源。

由此觀之，巴蜀並稱不僅僅因地理位置的相近，就巴蜀神話及圖騰崇拜
的關係看來，巴蜀民族之同源亦是並稱的因素之一。

第二節　巴蜀神話與民族精神

每個脫離蒙昧狀態的民族文化，都有其明顯的心理特點及其文化表現，
這些心理特點及文化表現正是構成民族精神的表象世界。而這個表象世界，
來源於民族的生物存在、外在環境及其文化積累的綜合作用。是以神話與民
族精神有邏輯上的聯繫，這一聯繫醞釀的菁華，深刻作用於民族的思維方式
和生活方式，對民族文化的傳統、社會型態的變化，有最初始的預示和最悠
久的暗示作用。〔註43〕是以在探討巴蜀神話深刻的內蘊時，不得不將之與巴
蜀民族固有精神作一聯繫。

一、巴神話與民族精神

巴民族具有強悍、勁勇、豁達、直爽等性格特點，從其歷史上多次參加
戰爭一事及相關記載可以窺見，《殷虛文字丙編通檢》：「貞王隹帚好令从伐巴
方，受业又，貞王勿隹帚好从沚戛伐巴方，弗其受业又。〔註44〕」說明商代
武丁時，由於巴的勢力強大，致使武丁及其妻婦好曾多次討伐巴方。至周武
王時，這一強大好戰的民族，亦曾為武王立下奇功，《華陽國志·巴志》載：

> 周武王伐紂，實得巴蜀之師，著乎《尚書》，巴師勇銳，歌舞以凌殷
> 人，前徒倒戈，故也稱之為「武王伐紂，前歌後舞」也。武王既克
> 殷，以其宗姬封於巴，爵之以子。（頁2）

「巴師勇銳」正點出其強悍勁勇的民族性。〈巴志〉亦云：「春秋魯桓公九年，
巴子使韓服告楚，請與鄧為好。楚子使道朔將巴客聘鄧……巴子怒，伐鄧，
敗之……巴師、楚師伐申……魯莊公十八年，巴伐楚……魯文公十六年，巴
與秦、楚共滅庸。哀公十八年，巴人伐楚……（頁3）」這些史實，《左傳》中
皆有詳細的紀錄。舉凡以上諸例，都生動的反映出巴民族在戰爭中英勇的性

〔註43〕 參見謝選駿《神話與民族精神》，頁209，山東文藝出版社1986年初版。
〔註44〕 見高鵬謙一主編《殷虛文字丙編通檢》，頁510，中央研究院歷史語言研究所
　　　　1985年出版。

格，他們的驍勇善戰、足智多謀，才能不斷增強自己的實力，使自己得以發展壯大。

除了就戰爭中見其民族精神外，史書中直接提到的亦不乏其例，〈巴志〉：「其民質直好義，土風敦厚，有先民之流。（頁2）」《四川通志》卷六十一「重慶府」條引《元統志》言：「地瘠民貧，務本力穡，其士亦喜靜退，其風淳直近古，不爲剽銳。〔註45〕」該書記巴地諸縣民風，舉例如下：　〔註46〕

縣　志	民　風
重慶府	人多憨勇，質直好義，悉遵禮法，俗尚節儉，士習敦重，民氣淳和
保寧府	質直好義，人好禮義，士民淳厚，人安儉約，人性謙和
順慶府	賓人剽勇，銳氣喜舞；古稱忠義之邦，其民淳樸溫厚
敘州府	盜息訟寡，民風淳樸；人心淳龐，民俗古樸；其人誠實，其俗樸儉
夔州府	人多勁勇；其人豪俠，其俗信鬼

依上表，更明顯可見巴地淳樸溫厚的善良本性，質直好義、憨厚勁勇的豪俠之風正是巴地的民族精神特色。這些民族精神在巴地的神話中表現如下：

（一）勁勇強悍的民族性

地貧民瘠，必須與自然災害作鬥爭，從而表現出不甘惡劣環境的困擾，特具積極進取的精神，是巴地人民被環境創造出來的個性。展現在性格中，則特重強悍勁勇的一面。

《漢書·南蠻西南夷列傳》中提到廩君爲君長一段（詳前文），巴、樊、瞫、相、鄭五姓共擲劍於石穴，巴子務相獨中；乘土船，唯務相能浮於水；於是務相被擁戴爲廩君，巴族之長。而後廩君射殺鹽神，天乃開明。由此看來，巴人擅以武力定勝負，勁勇強悍好戰的民族性十分鮮明。巴族之長廩君死後，魂魄化爲白虎；此後，巴族並以人祭祀白虎。前已探討過這是一個虎圖騰崇拜的部落，選擇白虎爲圖騰物，除了地緣關係外，應與其民族性有著密不可分的關係。虎以勇猛、強悍著稱，而被戴上「百獸之王」的冠冕，巴族情有獨鍾，以虎爲圖騰，視虎爲民族保護神，是其性格傾慕強悍勁勇、震山撼岳的具體表現。

大禹治水神話在巴地的遺跡有「黃牛峽」、「錯開峽」、「斬龍台」等，黃牛峽的形成源於與大禹請來大群黃牛用雙角拼命牴山而成，充分表現人積極

〔註45〕見《四川通志》卷六十一〈輿地志〉，頁2196。
〔註46〕下表均參見《四川通志》卷六十一〈輿地志〉，頁2196～2198。

征服大自然障礙的一面；「錯開峽」、「斬龍台」神話中，玉龍的任性及大禹剛毅執法的一面，均表現巴人憨厚勁勇的性格。是以同為大禹治水這一母題下的神話，流傳到不同的地方，亦會展現當地不同的民族精神。

應映民風，就連溫柔婉約的巫山神女（雲華夫人），在此也能一揮而就巫山十二峰，並助禹開峽，在文人筆下充滿綺麗柔情之美的女神形象，宛然化為一功力高強、勇敢勁直的英雄神，是神話中力與美的高度表現。

《水經注‧沔水》中提到沔水一帶長久為蛟害所苦，襄陽太守鄧遐一氣之下，便拔劍入水，揮劍斬蛟，鮮紅的血染紅了全江。其豪氣干雲的氣勢若非前承憨勇勁直的民族精神，孰能為之？

巴人後裔土家族係出同源，民族精神上亦表現出雷同的特色。土家普遍信奉梅山神，沅江土家的梅山神傳說是一傑出的女英雄，叫「梅山阿打」，她織的花帶捆在腰上，能使人增添力量；她的箭法很準，能射中天上飛的山鷹頭殼，能射穿懸崖上猴子的眼睛。死後，她的英靈護佑著土家的獵人，是族中的獵神。〔註47〕清江流域和澧水土家信仰的梅山神，則非女性獵神，是傳說中的男性獵神張五郎。張五郎是狩獵時為救同夥，不幸摔下山崖倒立而死；死後，人民塑倒立神像供奉為獵神。〔註48〕烏江流域信奉的梅山神頗類沅江流域，同是女性，但叫「梅嫦阿達」，擁有一身好本領，好打獵，打死了七隻猛虎，為人民除去虎害，卻一不小心掉進懸崖喪命，人民敬為梅嫦神。〔註49〕從土家族的梅山神話看來，不管是男是女，其勇武的個性，加上作為獵神的剛健正直，正如巴人強悍勁勇的民族精神。

（二）質直好義的道德觀

悍直的巴民族熱情好客，樸實無華，表現了善良的純樸之風，人民質直好義，悉遵禮法，故能展現良好的道德情操，不愧為一「忠義之邦」。其優良道德的形成，或由於其與自然環境的抗爭中，努力克服困難，長久以來養成積極進取的精神；或由於本質的純良，加上後世教化之功。其次，在巴民族克服自然和人為環境災害過程中，不斷形成了團結友好的民族意識〔註50〕。巴地著名的「巴渝舞」，即表現了巴族團結友好的精神，《華陽國志‧巴志》

〔註47〕 參見董珞《巴風土韻——土家文化源流解析》，頁138～140，武漢大學出版社1999年初版。

〔註48〕 同上註，頁141。

〔註49〕 同上註，頁147。

〔註50〕 參見趙冬菊〈巴民族性格初探〉，頁15，《四川文物》1996年第1期。

中提到巴地賨民「銳氣喜舞」（頁4），漢高帝特別喜歡巴族戰士在陣前所用來鼓舞士氣跳的「巴渝舞」，於是令樂人學習，日後才能不斷流傳下來，成為今日舞台表演中著名的古典舞之一。巴渝舞不僅展現巴人勁勇的天性，表演時需用群舞的方式，大批舞者動作協調，方能展現巴渝舞動人的魄力，此亦充分透露出巴人團結友好的精神。

這些美好的道德情操，從巴地神話中更可清晰展現出來。大禹治水神話中，治水的成功，除了禹一人的堅毅卓絕之功外，尚有多位地方神的相助。在巴地，首先是到瞿塘峽時遇十二孽龍作惡，雲華夫人拔刀相助，斬落十二龍；後又贈禹天書三冊，令禹照書治水；既又派六位天神協助，自己借神斧，劈開十二座龍骨峰。當時連當地的黃牛神也曾來相助，這些都充分展現出巴地之神熱情好義、善良純樸的道德情操，凡對人民有益的事，他們都展現「雖千萬人吾往也」的豪俠之義。

沔水一帶，除去蛟害的襄陽太守鄧遐不顧自己的危險，一心一意入水斬蛟，完全是為了人民的福祉，這無疑是美好道德情操的具體表現。

《錄異記》中輯錄的巴地傳說「姨虎」，年五十幾，居嘉陵江側，自稱十八姨的虎人，常教諭人民為善和順，孝行為上，當地人民皆敬畏之。此亦展現巴人對於教化美好道德情操的重視。

二、蜀神話與民族精神

蜀與巴有著同源關係，是以民族精神有雷同的地方，然受不同地域與生活方式的影響，仍有不少相異處。蜀地居成都平原，自古即因地產豐饒，有著「天府之國」的美譽，不若巴地地貧民瘠，故其性格不似巴人強悍，顯現較為樂觀優越的一面。茲引《四川通志》卷六十一蜀地諸縣民風記載，可窺見其中大要：〔註51〕

縣　治	民　風
成都府	民俗儉樸，習尚淳良；士皆敏慧，人皆樸質；敦詩說禮，有鄒魯風
嘉定府	俗厚風淳，人勤稼穡；敦樸尚禮，士淳民質
眉州	士以名節相高；民俗樸儉，服稼穡，事陶冶
邛州	多富人；人多敏慧，頗慕文學；人民質直，禮義漸興
資州	民性質實，山川挺秀，多產英奇；民和俗阜，有鄒魯風

〔註51〕下表均參見《四川通志》卷六十一〈輿地志〉，頁2195～2196、頁2199～2202。

依上表看來，蜀地和巴地相同的是人民具淳厚樸實善良風氣、積極進取的精神；不同的是蜀地禮教更盛，人多敏慧，並以名節相高，人才自然輩出，豐富的英雄人物傳說中體現了此種特色。關於蜀地民族精神在神話中的滲透，詳敘如下：

（一）純樸善良、積極進取的民族精神

杜宇神話（詳第三章第三節）中，愛民如子的蜀王杜宇禪位給鱉靈後，隱於西山。死後魂化子規鳥，每到春天，就不斷叫著「布穀─布穀」，催人耕作；直到滿口鮮血，仍不斷鳴叫，杜鵑鳥的鮮血灑在山間，又化成了一叢叢紅色的杜鵑花。杜宇愛民的精神死後亦不稍減，其高尚的道德情操若是，其為善之心的積極並未因生命的結束而停止，反而脫離形體的限制，發揮得更為淋漓盡致，突破有限的時空，化為永恆的關懷。純樸善良的人民對杜宇王的感念之情並未遞減，每逢春天，聽到杜鵑鳥的叫聲，必悲傷地想念起望帝。

洪水神話中的治水英雄亦是悲天憫人胸懷、積極進取精神的表現。大禹本汶山郡廣柔人，治水十三年，途中不斷遭到妖魔鬼怪的阻撓，但其愈挫愈勇、不折不撓的精神，是治水成功的最大關鍵。馬首龍身的汶川神（江瀆神）奇相曾助禹導江，亦發揮助人為善的純樸民風。開明（鱉靈）死後，尸隨水上，有著東山再起、不稍屈撓的精神象徵；決玉壘山以除水患，是造福人民的表現。秦時蜀守李冰與江神鬥，不惜安危，一心為除水害，卒能制服江神，免除歷代水患。此乃溫良淳厚的本性化為悲天憫人的胸懷之體現，亦是積極進取的道德情操之落實。文翁治水故事亦在其列。

純樸的本性若表現政治上，則為愛國精神的發揚。五丁神話中，五位自始至終為國效力的大力士，每次帝王駕崩時，他們就立大石為墓；凡蜀王有命令，他們總是盡忠職守，無怨無悔；最後為替蜀王至秦迎五女，慘遭山石壓頂殉職。其精神受到人民的感念，名其山為「五丁冢」以紀念他們的忠勇愛國。

秦時，蜀侯惲有一段傳說。蜀侯惲獻饋給秦王，惲後母怕其得寵，故意在食物中加毒來陷害蜀侯惲。經秦王近臣先行嚐嚐後，果然中毒而斃。秦王大怒，賜劍給蜀侯惲，令其自裁。不僅惲夫婦自殺，秦王還殺了蜀侯的臣子等二十七人。蜀人將蜀侯惲葬於城外。十七年後，他的兒子已為蜀侯，知道父親是冤屈的，因而派人將父親的棺槨迎回城內入葬。起初蜀地乾旱，自從迎回蜀侯惲入葬，便傾盆大雨，解決了蜀地乾旱的問題。喪車到城北門時，

忽然陷入地中，蜀人為紀念他，將此門叫「咸陽門」，並立祠感念。聽說他的神靈能興雲致雨，凡有水旱，祭禱蜀侯祠，必能解除。在蜀人的心中，蜀侯惲已成了他們心中的神了。〔註52〕此則傳說中，蜀侯惲無疑是一忠君愛國的臣子，其高尚的道德情操死後亦能德澤人民，亦是蜀人愛國精神的典型。

（二）重禮教、尚名節的民風

自從漢景帝時，蜀郡太守文翁在四川大力興學以來，巴蜀之民文教之功幾可與齊魯相提。此後敦詩說禮，文才輩出，遂成為蜀地文化特色之一。

《日落三星堆》一書中所輯錄的「搖錢樹」故事（詳第二章第三節），老婆婆為了報答弟弟的善心相助，自己化身年輕的潛素嫁與為妻，不僅改善家中經濟，死後更以神奇的搖錢樹繼續幫助她的丈夫。故事中的弟弟及縣太爺都因貪心及害人的壞心眼，活活被銅錢掐死在搖錢樹下。此則神話教化意味甚深，善者必得好報，惡者終受懲罰。善良的弟弟是淳良溫厚的典型，老婆婆的知恩圖報及潛素的賞善罰惡，都一再在民間故事的流傳中深受敬佩。所謂「雖不能至，則心嚮往之」，故能達到教化之功。

《搜神記》中「邛都大蛇」一則（詳第二章第四節），老姥長久餵食小蛇，及蛇長大後，因吸殺鄰人駿馬一事，老姥被殺。蛇為報仇，興風雨，陷大湖，唯有老姥住宅無恙。動物尚能知恩圖報，況人哉？其中自有一番教化意味隱含其中。

《華陽國志・蜀志》中尚有一則「女絡」的傳說：

> 永建元年十二月，（符縣）縣長趙祉遣吏先尼和拜檄巴（蜀）〔郡〕守，過成瑞灘，死。子賢求喪不得。女絡年二十五，乃分金珠作二錦囊，繫兒頭下。至二年二月十五日，女絡乃乘小船至父沒所，哀哭自沈。見夢告賢曰：「至二十一日與父尸俱出。」至日，父子浮出，縣言郡，太守蕭登高之，上尚書，遣戶曹掾為之立碑。（頁130）

符縣一帶因有急流險灘，以致意外多。傳說先尼和不幸在此遭滅頂之災，不得其屍，其女先絡過分哀痛，為求父屍乃自沈而亡。事後托夢告知其兄二十一日其與父屍將共浮出水面，果然應驗。當地太守為表揚先絡感人的孝行，因而立碑紀念。此中可見乃一重禮教名節之邦，其對道德情操的重視不在齊魯之下。

〔註52〕參見常璩著、劉琳校注《華陽國志校注》，頁117～118。

綜上所述，可以歸納出以下幾點小結：

1. 巴地神話中，表現出巴族勁勇強悍的民族性以及質直好義的道德情操；蜀地神話中，表現出蜀民族純樸善良、積極進取及重禮教、尚名節的特性。兩地有共同性，同展現純樸善良的民風，並對良好的道德情操由衷嚮往。

2. 兩者相異處，巴人生性驍勇善戰，故重強悍勁勇；蜀人受禮教文明之化較深，積極進取、富大膽的創新精神，表現於文學創造上，均有佳績。

3. 較之鄰近楚地神話，同樣充滿想像力，不過楚地表現的民族性較為浪漫婉約，巴蜀乏浪漫清柔之美，多為陽剛正義之氣。

第三節 巴蜀神話與經濟型態

巴蜀既擁有先天的地利之便，江流密布，平原廣大，巴蜀先民又具刻苦耐勞的積極性格，是以其農、林、漁、牧等業均獲得相當開發，人民豐衣足食，歷代以來即為中國土地上一塊富裕之地，號為「沃野千里」、「天府之國」。神話既是先民經驗智慧的結晶，又孕蓄著先民們對生活的願望與夢想，在「民以食為天」的古代社會裡，神話中必以相當程度的內容反映先民的經濟型態，其中包含經濟型態的呈現、源頭以及願景。巴蜀豐富的神話內容一樣反映出此種特色，非但呈現出先民的經濟型態，更展現神話另一種偉大的魅力。下文茲以漁、農、桑蠶、畜牧、竹林等業詳加說明巴蜀神話與經濟型態的密切關係。

一、神話與漁業

漁業離不開江海湖泊，巴蜀在這方面有著優越的自然環境。長江橫貫其中，幹流、支流密布，四川境內大小河川有一百三十多條，是以水量豐富，河面寬廣，水質肥沃，浮游生物繁多，適宜魚類生長。漁業的發展自不在話下，以下分巴和蜀兩地詳加說明。

（一）巴地

早期的巴人即是一以漁獵為主的民族，其漁業歷史十分悠久。姜世碧在〈四川古代漁業述論〉一文以諸多考古報告中出土大量魚骨遺存和捕魚的原

始工具網墜，認為早在新石器時代巴人已開始利用天然魚類資源了〔註53〕。
川東巫山大溪遺址中，還發現有用魚隨葬的習俗，皆用整魚，放在墓坑內死
者周圍，或放身上，或置腳旁，或在雙臂下，或含於口中〔註54〕。此中說明
了當時魚為主要生活來源，人民從賴漁為生，逐漸演化為對魚的崇拜，以之
為殉葬品，作為對死者高度的尊敬。廩君神話中，廩君浮船成功被立為君，
後乘土船自夷水到鹽陽，鹽水女神告廩君一段：「此地廣大，魚鹽所出，願留
共居」，此番話亦反映出巴人沿江河而居，以魚作為生活主要來源的生活形
態。夷水（今湖北清江）是傳說中巴族的起源地，廩君浮船成功，也正是巴
人應生活需求開始使用船的最好說明，正因船的發明增加了巴族的魚貨量，
促進了漁業的發展，滿足人民生活的高度需求，故其智慧足以被擁立為一族
之長。

四川大學歷史學者張勛燎在〈古代巴人的起源及其與蜀人、僚人的關係〉
一文中，對於「巴」與「魚」的關係做了相當精采的闡述。他從語言學和地
名學的角度，舉出了許多古代巴人讀「魚」為「巴」的例證：

1. 奧語「魚」曰「不拉」，「不拉」即「巴」的反切。
2. 暹語巴楮、巴西、巴士乃魚的種別名。
3. 雲南傣族魚種類不下幾十種，有巴黑、巴金、巴倫布、巴娃、巴底、
   巴必、巴孟、巴弄……等，以「巴」為首字的不勝枚舉，可見傣族人
   呼「魚」為「巴」。
4. 貴州地區，魚曰「𦨭好」，鯉魚曰「𦨭」，鰍曰「𦨭西」，鱔曰「𦨭心」，
   𦨭為「巴」的音轉或異文。
5. 川東一帶，有一種中藥名「巴豆」，不僅人吃了會拉肚子，《神農本草
   經》記載其為「殺蟲魚，一名巴椒。」至今仍有人用來毒魚。《太平御
   覽》卷九九三引盛弘之《荊州記》云：「朐䏰縣有巴子城，城多巴豆。」
   朐䏰縣即今川東雲陽縣。取名「巴豆」，用作毒魚，乃因巴人呼魚為「巴」
   所致。又四川人，今仍稱呼盛魚的簍子為「巴簍」，顯然巴就是魚了。
6. 古代巴人活動過的地方，留下了一些「魚」、「巴」互通的地名。如「魚
   陽」和「巴陽」、「魚腹」和「巴腹」。湖北清江支流漁陽河北岸有一市
   鎮名「漁陽關」，河口對面長江北岸處，有一市鎮恰好名叫「巴洋」；

〔註53〕參見姜世碧〈四川古代漁業述論〉，頁10，《四川文物》1995年第6期。
〔註54〕同上註。

　　四川東部萬縣與雲陽交界處有「巴陽峽」，附近有「巴陽驛」、「巴陽舖」，《新唐書・地理志》中提到萬縣附近有「漁陽監」、「漁陽鎮」，具體地點雖仍未考，然同在一帶，應有相當密切的關係。「魚腹」和「巴腹」也是相同的情形，是以古代巴人讀「魚」爲「巴」。〔註55〕

　　張氏之說舉證歷歷，難以駁斥，不啻爲古代巴人與魚有著特別密切關係的最好說明，在歷史學上有著相當新穎的貢獻。然而以中國文字「同字異義」、「同音假借」的角度來看，或以有限的文字命名萬物，本有巧合現象看來，此說或有疑議之處，尚待進一步詳加考證。

　　巴地很有名的船棺葬，不僅把棺槨做成船形或以船爲棺槨，在棺槨中還發現大量的魚骨遺存。這種風俗應也相當程度反映出早期巴人以漁業爲主，賴以維生的生活模式；生時多居船上捕魚爲業，死後亦以船作爲他們生命最後的回歸處，此種殉葬制度亦反射出巴地先民對其生命力量的高度堅持，以船爲家，似乎是其對生活來源感恩的具體表現，也代表著每一個弄潮兒執著的生命與自然的深度融合。

（二）蜀地

　　蜀地經濟類型雖以農業爲主，然由於優越的生態環境，很早以前便有了漁業。《華陽國志・蜀志》：「廣都縣郡西三十里，元朔二年（公元前 127 年）置，有鹽井、漁田之饒。（頁 124）」可知當時漁業已可爲人民帶來相當豐富的食物來源。蜀地最早反映此生活形態的神話，即魚鳧時代，〈蜀志〉：「魚鳧王田於湔山，忽得仙道。蜀人思之，爲立祠。（頁 114）」傳說中此時，成都平原還是一片水域，不可居人〔註56〕，蜀部落中這一支——魚鳧，自然爲了捕魚而來到了成都平原，形成後世傳說中的漁人國——魚鳧〔註57〕。〈蜀志〉言魚鳧王在湔山得仙道，《蜀王本紀》亦提到其神化不死，且人民也隨化而去。兩書所提，應爲同一事。湔山乃指今東岷諸山，爲岷山（汶山）山脈東延部分〔註58〕。此地即《山海經・海內南經》中建木西的氐人國（人面魚身）所在，在〈大荒西經〉做互人國。互人國有「魚婦」，即「魚鳧」之同

〔註55〕 以上諸點均參見張勛燎〈古代巴人的起源及其與蜀人、僚人的關係〉一文，載於《南方民族考古》，頁 45～49，四川大學出版社 1987 年初版。
〔註56〕 見任乃強《四川上古史新探》，頁 69，四川人民出版社 1986 年初版。
〔註57〕 見屈小強、李殿元、段渝主編《三星堆文化》，頁 194，四川人民出版社 1993 年初版。
〔註58〕 見屈小強、李殿元、段渝主編《三星堆文化》，頁 53。

音假借，〈大荒西經〉：

> 有互人之國……有魚偏枯，名曰「魚婦」。顓頊死而復蘇。天道北來，
>
> 天乃大水泉，蛇乃化爲魚，是爲魚婦。顓頊死即復蘇。（頁 415、146）

郭璞注認爲互人國乃一「人面魚身」的漁人國。就圖騰信仰的角度看來，加上「魚凫」、「魚婦」同音假借的可能性，這是同一支神化不死的漁人國〔註 59〕。

　　魚凫之得名，是其經濟型態的反映。魚凫，是一種善捕魚的水鳥，也就是「鸕鷀」，經人馴養後，能爲漁人服務，俗稱「魚老鴉」；雙眼有金光，眈視可畏，又被稱爲「烏鬼」〔註 60〕。沈括《夢溪筆談》卷十六載：

> 克乃按《夔州圖經》，稱峽中人謂鸕鷀爲「烏鬼」。蜀人臨水居者，
>
> 皆養鸕鷀，繩系其頸，使之捕魚，得魚則倒提出之，至今如此。予
>
> 在蜀中，見人家養鸕鷀使捕魚，信然，但不知「烏鬼」耳。〔註 61〕

這種捕魚方式，在巴蜀之地均廣泛被使用，且效率頗高。這一族人因此以魚凫爲神鳥，以魚或魚凫作爲圖騰物，故名。圖騰崇拜衰落後，漸奉爲氏族始祖和神靈。廣漢三星堆一號坑出土的金杖中，刻有兩兩相背的魚（見附圖六）。金杖是王族的權杖，即族中最高的權力的象徵，以魚爲圖案，自然對先民賴以維生的魚有著高度的崇敬。出土文物中，尚有魚形牙璋、魚形玉佩、鳥頭把勺〔註 62〕（見附圖七），都是這一支漁人部落在廣漢三星堆建立國家的實證，並將其對經濟型態的崇敬融入祭祀中。1982 年，新都縣利濟鄉收集一塊漢代的「捕魚畫像磚」，畫面的遠方有鹿，下方爲一江流，江中有一人划一條小船，船頭有一魚簍，船的上面有一條大魚，江中有魚和野鴨在游水，岸上的人挑著簍子，另外三人聚精會神地工作〔註 63〕。這也說明了當地的漁業生產直到漢代仍頗受重視。

（三）其它

　　流傳在四川中江縣的「伏羲伏羲，教人打魚」神話，亦能反映四川很早便有了漁業。這個故事大意是說：伏羲兄妹製人以後，看著靠打野物維生的

〔註 59〕參見屈小強、李殿元、段渝主編《三星堆文化》，頁 54。

〔註 60〕見任乃強《四川上古史新探》，頁 68。

〔註 61〕見沈括《夢溪筆談》卷十六，頁 105，商務印書館 1956 年初版。

〔註 62〕參見屈小強、李殿元、段渝主編《三星堆文化》，頁 194。

〔註 63〕轉引自巴家云〈略論四川漢代的漁業生產〉，頁 21，《四川文物》1993 年第 4 期。

人們食物一天天的減少，苦思了幾天，看到河邊的又大又肥的鯉魚，便順手一抓，替人們想到了捉魚解飢的方法。沒到三天，人們紛紛學會了抓魚。不料龍王擔心龍子龍孫都會被抓完，便找伏羲理論，不准人們再抓魚。伏羲揚言要將河裡的水教人們喝乾，讓水族（龍王一族）都乾死。兩相協調後，烏龜丞相建議龍王與伏羲定下規矩：「只要人們不喝乾水，就讓他們抓魚，但不能用手抓。」伏羲答應了，龍王以為人們不用手就抓不到魚。伏羲回家後，苦思良久，終於想出了法子，就是效法蜘蛛結網的方法，教人們用線交織成一張一張的網子，沒想到捕起魚來更加的輕鬆。龍王沒法，氣得眼睛都鼓出來了，所以現在看到了龍王像，眼睛鼓起便是這個原因。烏龜又想獻計，龍王一巴掌打翻了公案上的墨盤，染了烏龜一身墨汁，所以現在烏龜都是黑漆漆的。〔註64〕

　　這則有趣的神話裡，可以看出四川漁業起源的梗概。雖然伏羲是中原神話裡人類的始祖，然而流傳到巴蜀，便藉由伏羲神話反映出巴蜀多河川利於漁業發展的經濟特色。

二、神話與農業

　　古蜀國文明以成都平原為地理基礎，輻射整個四川盆地，並向東西南北延伸，這是一片富饒美麗的土地。《史記・貨殖列傳》稱：「巴蜀亦沃野〔註65〕」，《漢書・地理志》云：「土地肥美，有江水沃野，山林、竹木、疏食、果食之饒。〔註66〕」這些讚美之詞，都說明了蜀地提供了農業生產有利的因素。

　　就地理學的知識而言，四川盆地西部的成都平原，面積遼闊，地勢平坦，地表堆積物豐厚，屬於肥沃的灰色潮土型土壤。平原上河網密布，溝渠縱橫。由於地勢西北高、東南低，平均坡度為千分之四，自古便能利用江河之水為農田灌溉之用。年平均降水量在 1000 毫米以上，冬季一月平均溫度在 3℃至 8℃之間，全年無霜期 300 天以上，年均溫在 16.3℃，四季分明。這些都為農業的起源和發展提供了優越條件。〔註67〕川東雖多峽谷，然水源豐富，谷地盆中有許多丘陵和小平原，也都適於農作。四川諸多新石器時代（相當於魚鳧時代）的遺址中，已發現簡單的石鋤、石鏟、石斧、石杵等農具，證明當

〔註64〕參見陶陽、鍾秀《中國神話》，頁 662～664。李茂生講述，陳鈞整理。
〔註65〕見瀧川龜太郎《史記會注考證》，頁 1357。
〔註66〕見班固撰、顏師古注《漢書・地理志》，頁 1645，鼎文書局 1975 年初版。
〔註67〕參見屈小強、李殿元、段渝主編《三星堆文化》，頁 254。

時的漁獵部民中，已普遍存在原始的種植業〔註 68〕。考古學家們認為，四川盆地的舊石器時代晚期，自然條件相當優越，為新石器時代農業時代的到來準備了前提和條件。〔註 69〕

　　關於蜀地的農耕，《華陽國志・蜀志》提到：

> 後有王曰杜宇，教民務農，一號杜主。時朱提有梁氏女利游江源，宇悅之，納以為妃。移至郫邑，或治瞿上。七國稱王，杜宇稱帝，號曰望帝，更名蒲卑。……會有水災，其相開明決玉壘山以除水害。帝遂委以政事，法堯、舜禪授之義，遂禪位於開明，帝生西山隱焉。時適二月，子鵑鳥鳴，故蜀人悲子鵑鳥鳴也。巴亦化其教而力務農，迄今巴、蜀民農時先祀杜主君。（頁 115）

雖然蜀地農業絕不是始於杜宇時代（童恩正先生認為魚鳧時代開始由漁獵轉入農耕〔註 70〕），然杜宇因其在位時努力教民務農，使農業生產得以取代漁業，成為當時主要的經濟來源，被人民尊為農神。禪位給開明的杜宇，歸隱西山，當時正是農曆二月，子規鳥正悲鳴。之後每年，人民只要聽到杜鵑鳥啼叫，便會悲傷地想起愛民的杜宇王。隨著民間不斷的流傳，便生出一段「杜鵑啼血」淒美的神話故事：杜宇王死後，愛民的痴心不改，於是靈魂化作杜鵑鳥，每到清明、穀雨、立夏、小滿等農忙時節，就飛到田間，不斷「布穀—布穀」地一聲一聲鳴叫，催人耕作，所以又叫布穀鳥、催工鳥、催耕鳥。直到滿口鮮血，仍不斷鳴叫，杜鵑鳥的鮮血灑在山間，又化成了一叢叢紅色的杜鵑花，這就是「杜鵑啼血」的故事。〔註 71〕

　　杜宇神話中，不但反映出當時社會的忙於農耕，更表明對這位教民務農的君王無比的感謝之意，舊時成都平原的農民都祀杜宇王為農神，為川主，每到春耕時節，都要先祭祀杜宇王，然後才開始耕作。當然我們也可深刻感受的神話中那種對生命執著、至死不渝的堅定情操，在此故事中更加鮮明地展現出來。考古學家們認為三星堆遺址內出土的銅鳥形象（見附圖八）及鳥頭柄勺，頗似杜鵑鳥，這應是時人崇拜杜宇王的實證〔註 72〕。

〔註 68〕參見郭聲波〈巴蜀先民的分布與農業的起源試探〉，《四川文物》1993 年第 3 期。

〔註 69〕參見屈小強、李殿元、段渝主編《三星堆文化》，頁 255。

〔註 70〕見童恩正《古代的巴蜀》，頁 67。

〔註 71〕參見屈小強《三星堆傳奇》，頁 168，香港中天出版社 1999 年初版。

〔註 72〕見屈小強《三星堆傳奇》，頁 167。

由此可知，至少在商周之際，古蜀國的腹心之地成都平原已發展爲中國栽培水稻的中心之一。若據袁珂所言，「都廣」同「廣都」，那麼《山海經》中早就提到成都平原盛產菽、黍、稷等農作物了。〈海內經〉云：

> 西南黑水之間，有都廣之野，后稷葬焉。爰有膏菽、膏稻、膏黍、
> 膏稷，百穀自生，冬夏播琴。（頁445）

蒙文通先生亦認爲此篇爲古巴蜀之作，成書時代不晚於西周中葉〔註73〕。那麼更加可確定此「城」當指成都平原的三星堆古城，此地農作物的豐饒亦可見一斑。所謂「膏菽、膏稻、膏黍、膏稷」，其中「膏」字，郭璞注言：「言味好皆滑如膏」，郝懿行疏證說：「趙歧注《孟子》云：『膏粱，細粟如膏者也。』」（《山海經校注》頁446）可知「膏」指糧食細膩、潤滑如膏一般，證明成都平原所產農作物大都品種優良，被人奉爲上品。正因先秦農官「后稷」葬此，有此農官的庇佑，方使成都平原長久以來均爲富饒之地。

由於富饒之故，巴蜀成爲戰國時期與之相鄰的秦、楚垂涎欲滴的沃土；而古蜀國的富足，當然是在商周時期的農業基礎上發展起來的。

三、神話與桑蠶業

四川亦是自古以來即以紡織業聞名全國的省分，種類有絲織品、毛織品和麻織品等三種。而三星堆古蜀國的紡織業是絲織和麻織兩種，就絲織的基礎而言，當是蠶桑業。是以四川的發達和養蠶業有著緊密的關聯，揚雄〈蜀都賦〉曾言：「綿繭成衽，阿麗纖靡，避晏與陰，蜘蛛作絲，不可見風。〔註74〕」正說明了漢代蜀都蠶桑業的盛況。

古蜀國的桑蠶業由來久遠，大約肇端於蜀中最早的部族──蠶叢氏。《華陽國志·蜀志》：「有蜀侯蠶叢，其目縱，始稱王。（頁115）」鄧少琴先生認爲此「蜀」本意爲野蠶，經蠶叢氏馴養而爲家蠶，故以之爲名。《山海經·海外北經》：「歐絲之野在大踵東，一女子跪據樹歐絲。（頁241）」此應是蠶叢部落藉神話說明蜀（蠶）在野跪而吐絲的艱苦，並反映蠶在蠶叢部落被神聖化的景象。

民間傳說以爲蠶神嫘祖出生在岷山河谷，教民養蠶繰絲，應即蠶叢部落人氏。《史記·五帝本紀》說：「黃帝居軒轅之丘而娶西陵之女，是爲嫘祖。

〔註73〕見蒙文通《巴蜀古史論述》，頁165，四川人民出版社1981年初版。
〔註74〕見費震剛等輯校《全漢賦》，頁162，北京大學出版社1993年初版。

嫘祖爲黃帝正妃，生二子，其後皆有天下。其一曰玄囂，是爲青陽。青陽降居江水。其二曰昌意，降居若水，昌意娶蜀山氏之女……（頁 26～27）」《漢書·地理志》云：「蜀都有蠶陵縣」，《水經注·江水》官本刻作「西陵」，沈炳巽謂：「『西陵』乃『蠶陵』之誤」。據此，鄧少琴先生認爲：「蠶陵即今四川茂縣之疊（嫘，金文爲纍，疊爲纍之省）溪，因嫘祖而得名。〔註75〕」是以黃帝之妃嫘祖，即與居西陵蠶叢氏爲同一支系。今茂縣疊溪西有蠶陵山、都江堰市西有蠶崖官、蠶崖石，都是蠶叢氏而得名〔註76〕。且川西蠶農多供奉蠶神——西陵神母神像，並有民謠流傳曰：

> 三月三日半陰陽，農婦養蠶勤採桑。蠶桑創自西陵母，穿綢勿忘養蠶娘。〔註77〕

嫘祖與蠶叢氏的關係確立後，尚有昌意之妻「蜀山氏」尚須探索，同有「蜀」名，「蜀」字原意又爲野蠶，據此，任乃強先生認爲蜀山氏是最先重視野蠶，創造出拾蠶製絲的氏族。家蠶的養成，至蠶叢氏才開始。〔註78〕據他考證若水當爲今之雅礱江，青陽爲岷江上游，蜀山氏之國位在今鎭江關與疊溪之間的岷江河谷。〔註79〕依此而言，任氏與鄧氏之說或有歧異。其實不然，就地域上看來，蜀山氏與嫘祖出生地岷江上游大致相同，嫘祖當爲比蜀山氏更早的蜀人。嫘祖是最早教民養蠶並將之傳播至中原的人物，蜀山氏則是整個部落開始以拾野蠶製綿抽絲爲業的代表，蠶叢氏承繼其業，並經幾千年的觀察、試驗後，開始聚野蠶於一器而採桑飼養之，以便於管理，發展爲家蠶。任乃強認爲：「蠶叢氏家蠶飼養成功，使製絲之術成爲一次飛躍，故世遵行其法者敬之，頌爲『蠶叢氏』。（頁 50）」其說甚是。然任氏以爲嫘祖傳桑絲於中原，應是向蜀山氏學的，此點恐有爭議。依岷江上游人民對嫘祖的高度崇度與神化看來，嫘祖應不是外族人氏，應與蜀山氏和蠶叢氏爲同一支系的族人。

　　典籍紀錄的蠶桑之神大致有三：一爲嫘祖娘娘，二爲蠶叢氏（青衣神），三爲蠶花娘娘（馬頭娘），背景均在蜀地，此與蜀地爲桑蠶業的起源地有很大的關係。其神話傳說分述如下：

〔註75〕見鄧少琴《巴蜀史跡探索》，頁 136。
〔註76〕見屈小強、李殿元、段渝主編《三星堆文化》，頁 198。
〔註77〕見《成都民間文學集成》，頁 41，四川人民出版社 1991 年初版。
〔註78〕參見任乃強《四川上古史新探》，頁 45～50。
〔註79〕同上註。

（一）嫘祖娘娘

宋代高承《事物紀原》卷九：「黃帝四妃西陵氏（嫘祖）養蠶為絲。〔註80〕」《路史‧後紀五》：「（黃帝）元妃西陵氏曰嫘祖……以其始蠶，故又祀先蠶。〔註81〕」這些簡短的紀錄都是中原神話的記載，四川當地的神話記載一則流傳在綿陽市、鹽亭縣一帶的「蠶絲始祖」傳說，情節如下：

> 鹽亭縣金雞鄉七村有個嫘村山，山腰中有一個大坪叫嫘祖坪。傳說，蠶絲始祖──嫘祖就出生在這裡。

> 相傳，遠古時嫘村山住著一家姓嫘名成的老漢，妻王氏，年近四旬，生下一女，取名嫘鳳，自幼精靈美麗。當時，人間還沒有衣服，男女赤身露體，以岩洞棲身，吃樹果野菜，嫘鳳每天都要出去採野果奉養二老。

> 嫘村山長有許多桑樹，一次，嫘鳳發現這些桑樹的葉子下面，長了許多紅紅的桑果，摘下一棵嚐嚐，是酸的，不敢採了。過了一段時間，她見這些果子全黑了，心想：「別的果子越長越紅，怎麼桑果越長越黑，怕不能吃。」天快黑了，嫘鳳沒採著果子，又渴又餓又累，空手回去怎麼辦？想來想去，沒辦法，就在大桑樹下哭起來。哭聲直沖天庭，玉帝撥開雲霧往下一觀，見凡間一孝女在樹下傷心哭泣，就發了善心。他命七彩仙將罪仙「馬頭娘」帶下凡間，變成天蟲吃桑葉吐絲，為民造福。七彩仙來到嫘祖坪，將馬頭娘變成小蟲放在桑樹上吃葉、吐絲、做繭。馬頭娘存心悔改，有意碰落三個桑果在嫘鳳面前，又餓又渴的嫘鳳，發現果子掉下來，不管它吃得吃不得，揀起來就往口裡吃起來。嘿！又香又甜，她就摘了很多帶回家。二老吃了桑果，精神也好了。從那以後，嫘鳳每天都要出去採桑果。時間長了，嫘鳳發現有蟲，在吃桑葉，蟲慢慢長大，到後來竟吐出一根絲，越吐越長，還做成了網子。她覺得很奇怪，隨手摘一個，順著網頭，把絲拉起來。她將網子放在口內，兩手拉，絲拉完後，只剩一個蛹子。她拉完一個再拉第二個，這樣越拉絲越多。她把絲拿回去，給二老做睡墊，暖和極了。嫘鳳想，要是把這些細絲編織起來，那該多好！於是，她想來想去，用樹枝綁成圓車，用搓成的

〔註80〕見高承《事物紀原》卷九，頁 326，台灣商務印書館 1971 年初版。
〔註81〕見羅泌《路史‧後紀五》，頁 13，台灣中華書局 1965 年初版。

絲線當弦，弄根端木當車心連在架上，拉出了很多線。再將拉出的線，以十字形編成很多方塊，用小方塊連成大方塊，然後將大方塊絲披在父母身上。這就是人間第一件用絲織成的衣服。

後來，嫘鳳將摘下的網繭拿回去，不久發現蛹變成娥。娥子交配後，生下很多蟲蛋。天氣冷了，嫘鳳把蟲蛋保存起來，看它怎樣變。第二年，她將蟲蛋拿出來，放在父親用竹編的淺筐內，不久變成了小蟲子。她把這些蟲放在家裡，每天給這些蟲弄桑葉餵養，等養大了後讓它做網子，再抽絲。這件事一傳出，鄰近的百姓也來學養天蟲。

那時，鹽亭這個地方叫做西陵國。西陵國國都都建在天祿觀，祀廟建在皇城溝，上下左右管一千多里遠的地盤。有一次，國王出行嫘村山，見嫘家二老穿有很好看的衣裳，覺得奇怪。二老就將小女兒養天蟲織衣的故事告訴了國王，並送給國王一件。國王很高興，把嫘家禮物奉為國寶。他收嫘鳳為義女，封天蟲為「蠶」，並號召全國百姓栽桑養蠶。嫘鳳給百姓傳授養蠶技術，西陵國一下子興旺起來。

當時，有個最大的部落國王叫軒轅，以仁德取天下，先後征服了八十多個大小部落，西陵國也在其中。軒轅號稱天朝，立為黃帝，統管天下。另有一個部落國王叫蚩尤，他與軒轅爭天下。軒轅兩路進兵攻打蚩尤，一路從陝西出潼關而下，一路由軒轅帶領途經四川到西陵（鹽亭）訪嫘祖，再到青城山拜請寧封祖師出山。軒轅設祭拜寧封為五岳丈人，統領大軍造戰車，大戰蚩尤，斬蚩尤於涿鹿。

黃帝西過西陵國時，國王以禮迎接軒轅入境。軒轅到西陵國見庶民百姓穿戴雅致，覺得奇怪，問明來由，才知是嫘鳳用天蟲織衣教會天下百姓。軒轅大喜，親自將嫘鳳接到宮庭，嘉封嫘鳳為妃，並一同與嫘鳳治理天下，號召天下百姓栽桑養蠶。從此，天下興起男耕女織，人們把養蠶織桑的嫘鳳，稱為嫘祖。〔註82〕

尚有一則與之將近，情節不同的「蠶絲的來歷」傳說，流傳在成都市、都江堰市。故事如下：

相傳，軒轅的時候，嫘祖管吃穿。軒轅帶人上山去打野，嫘祖在屋

〔註82〕 轉引自《四川神話選》，頁221～223，四川民族出版社1992年初版。原載《巴蜀風》1990第1期，王映雄蒐集整理。

頭帶人在剝皮剮肉。肉煮來吃，皮子做衣裳穿。有了獸皮，人們不拴樹皮、樹葉了。獸皮比樹皮、樹葉好，冷天穿起不冷，還磨不爛。但是熱天皮子不通風，汗出來皮子巴倒肉，伸腰桿彎腳桿一繃一繃的，做起活路來不方便。嫘祖把皮子泡炪和，乾了又是硬的。想把皮子起薄點，起了好多回都沒有起成。

有一年，嫘祖和軒轅進山打豬。翻過幾匹山，來到一塊沒有來過的地方。那地方長了一坪桑樹，桑葉上白胖胖的蠶子吃的沙沙沙的。一些蠶子開始吐絲做繭子。嫘祖摘了一塊繭子，又厚實又炪和，使勁撕都撕不爛。嫘祖抽了一根絲，又長又細。嫘祖想，把絲編織起來，做成衣裳才好呢，又暖和，又涼快，還繃不爛。她摘了一裙包繭子統回去，拿給女人些抽。絲抽出來了，嫘祖又喊人把幾根絲絞成一股。人多手多，你在抽，他在抽，我在絞，你在絞，你的我的網成一餅，昨個理都理不開。嫘祖沒法，只好找軒轅。

那天軒轅在河邊上拿藤藤綁水車，水車上拴有一根長藤藤。嫘祖覺得稀奇，去車水車。水車一轉，長藤藤巴巴適適纏在水車上。嫘祖一看歡喜了，他請軒轅做了個小車車。還逗了個搖把手。嫘祖把車車搬進屋。把絞成股的絲拴在車車上，一搖搖把手，絲就纏好了，再不得整來網起了。

有了絲，嫘祖要編了，他看了好多回蜘蛛做網子，照倒蜘蛛編網去織綢子，一丟手就是散了，蠶絲沒有黏性，黏不攏一塊。嫘祖又看了幾回蠶子做繭殼，照倒樣子織來的稀牙漏縫，一戳一個洞，還是沒做成。嫘祖依還去剮肉剝皮子。

有一天，嫘祖跟軒轅去河頭打魚。軒轅把一條大魚釣到河邊上。才說拿叉叉，那根魚一竄，鑽進長在在水頭的蘆竹桿桿頭穿來穿去，就是叉不到。嫘祖不打魚了，他請軒轅做了一塊像魚一樣的梭子，一頭拴絲，在繃好的絲中間穿過來穿過去又壓來密密實實，就織成一整幅又涼快又結實的片片，把它叫做綢子。

嫘祖教人織綢子，一個部落的人都學會了。大家織綢子，都去摘蠶繭，沒有好久就把一匹山尋完了。那年雨水多，天氣冷，好多蠶子都成了僵蠶，不吐絲，結不成繭子。嫘祖又有了辦法，在屋頭抱蠶

蛋，摘桑葉回來餵。

摘桑葉要翻幾匹山，一天打不到來回。討回來的桑葉蔫塌塌的，蠶子不愛吃，慢慢餓死了。

嫘祖想把桑樹挖回來栽。他跟軒轅說，軒轅答應了，派人把桑樹挖回來栽起。那年起大風下大雨，才栽的桑樹倒了。隔了幾天天晴一看，倒來挨倒地的丫丫，長了根根。嫘祖看了，派人把枝枝丫丫全部剪下來插到土裡，第二年到處都長滿桑樹了。

嫘祖又到了沒有栽桑養蠶的地方，教當地的人怎樣栽桑養蠶，怎樣抽絲織綢子。她不停地教，到了一個地方又一個地方，把天底下的婦女都教會了。〔註83〕

兩則故事同敘述嫘祖栽桑養蠶的過程，因是神話傳說，出於先民的口耳相傳，加上一流傳綿陽市、鹽亭縣，一流傳成都市、都江堰市，是以故事背景情節有不少差異。就地域而言，向以嫘祖出生地於鹽亭，故以「蠶絲始祖」故事背景較符合史實。然兩則故事同樣反映出蜀地確為蠶桑業的發源地，蜀先民亦是最早懂得抽絲織綢為衣的部落，嫘祖則是蜀民共同尊奉為「蠶神」的對象。

（二）蠶叢氏

《蜀王本紀》：「蜀王之先名蠶叢，後代名曰柏濩，後者名魚鳧。此三代各數百歲，皆神化不死，其民亦頗隨王化去。〔註84〕」《三教搜神大全》卷七載，蠶叢常服青衣巡行郊野，教民蠶事。死後，人民感其德，為之立祠祭祀〔註85〕。宋人黃休復的《茅亭客話》卷九也提到蠶叢，他說：「蜀有蠶市……相傳古蠶叢氏為蜀王，民無定居，隨蠶叢所在致市居，此之遺風也。〔註86〕」蠶叢教民養蠶，人民便追隨他，他所到之地，馬上變成熱鬧的蠶的市集。陳立基《日落三星堆》一書輯錄一則「蠶叢王的傳說」：

很久很久以前，四川是一個大湖，後來湖水穿通三峽，水流走後，盆地內出現了陸地。又過了很多年，蜀王帶領他的部落來到川西北

〔註83〕同上註，頁224～226，王天喜（農民）講述，蘭字堯蒐集整理。
〔註84〕見嚴可均《全上古三代秦漢三國六朝文》卷五十三，頁414。
〔註85〕見《繪圖三教源流搜神大全》卷七，頁316，聯經出版事業公司1980年初版。
〔註86〕見黃休復《茅亭客話》卷九，頁957，輯入《文淵閣四庫全書》總1042，台灣商務印書館1986年初版。

的岷山上，他們靠打獵和採果維持生活。後來他們馴養野生動物獲得成功，開始養牛、養羊和養犬。他們在岷江上游逐水草而居，輾轉遷徙，過著游牧生活，蜀王是一位英明能幹的領袖，一年春天，他偶然發現馬桑樹上的野蠶在吐絲作繭，野蠶搖頭晃腦吐出白亮白亮的蠶絲，把自己裹起來，他既不怕風也不怕雨了。他突發奇想，要是我們也能把這些亮晶晶的絲收起來，作成衣裳，那該多好。他摘了一些繭子帶回去，和王妃一起將其匯開，用小棍子把蠶絲一根根挽起來，這是看來簡單，做起來卻難，絲一挽就斷，再怎麼細心，一天下來也挽不了多少。沒多久，那些來不及挽的繭子裡，就飛出了蠶娥，蠶繭被咬成了洞，再也挽不出絲來。

蜀王並不灰心，第二年春天，他又接著幹，決心要多弄些繭子，並親自動手餵一些野蠶。他叫人用刀劈破竹子剖成篾片，編成一種細眼竹筐，並給筐做上一個蓋子，將小蠶子逮來放在裡面，採來桑葉餵養牠們，隨著蠶體一天天的長大，將筐逐步換大，換筐的同時，順便將糞砂清除了。經過幾十天的努力，野蠶就結繭子了。他這次就多喊了些來幫著挽絲，仍然是不好挽，沒挽多少，繭子就又多出蛾蛾了。

第三年，蜀王又養了更多的蠶子，並自名為蠶叢氏，把妃子的名字也改為蠶娥。他一心想把蠶絲收起來做衣裳。蠶子多了，周圍的桑葉吃完了，蠶子餓的爬都爬不動了。王妃蠶娥，趕緊帶起蠶子到處去找桑葉，他們往下遊走了一程又一程，在一個小山坡上發現了一大片桑林，他們高興得不得了，趕緊輕手輕腳把餓昏的蠶子捧到桑樹上，蠶子得救了。王妃便在附近搭了幾個茅草棚，住了下來，蠶子結繭了，他們怕繭子又被蛾子咬爛，便夜以繼日的挽絲。

一天，下起了飄飄大雨，王妃望著桑林，想著那些還沒有摘的蠶繭和在做繭的蛾子，心痛得哭了起來，好不容易等到雨小了些，她趕忙跑到坡上，把淋濕的蠶繭摘下來，拿回家挽絲。奇怪了，繭子上的絲又好理又不容易斷，挽出的絲又亮又柔和。她想，肯定是蠶繭打濕的緣故，便順手把幾個乾繭子丟進水鍋裡煮一煮試試。一會兒，水面上便浮出一層層白花花的蠶絲，她用竹片一撈，順手一理，絲

就一把一把的撈起來了。

蠶娥趕緊把這事報告給蜀王，蜀王也高興得不得了。他們將絲收集好後，就用這些絲織出一種叫做「綿」的絲織品，再做成衣服，穿在身上又輕軟又光滑。他們又收集桑樹上蠶蛾下的蛋，和著泥土帶回家孵化蠶子群體飼養，他們就生產出了很多的「綿」。消息傳開後，其他部落都爭著想得到「綿」，他們就用「綿」換回了許多牛羊、糧食和生活用品，蠶叢氏便日益興旺壯大了。

部落的人多了，岷江上游土地貧瘠，氣候寒冷，刀耕火種生產的糧食產量低，滿足不了日益增加的需要了。蠶叢王通過觀察，便決定把部族帶到岷江的下游去。遷徙的意見遭到強烈的反對，反對的最起勁的是一幫貴族，他們害怕遷徙會影響他們既得的利益。蠶叢王是個辦事堅決的人，他立即進行占卜，占卜的結果是遷徙大吉，蠶叢王便軟硬兼施，嚴厲懲罰了幾個鬧得最凶的貴族，堅定的開始實施遷徙的計畫。

他們殺了一些公羊，剝下牛皮，縫製成皮筏，選派壯士帶上乾糧和武器，乘坐皮筏順著岷江向下漂流探路。皮筏飄出了大山，發現一個大平原，土地肥沃，水草豐茂，平原上還散布著一個個蔚藍色的小湖，平原四周是青蔥的大山。這個消息帶回來之後，使蠶叢王興奮不已。他下令認真進行準備，盡量多堆積聚乾肉，並將糧食做成了乾糧，將衣物撲被裝進袋裡。準備就緒後，蠶叢王便帶著部落出發了，前面由背弓攜箭執戈的勇士開路，後面就是部落的男女老幼，趟渡過一條條河，一路上吃盡千辛萬苦，沿途又有一些小部落加入進來。他們帶的狗此時起了作用，能夠分辨清楚哪些是主人，哪些是新來的伙伴；他們帶著大公雞黎明報曉，警醒他們按時起床，繼續前進。

他們終於來到廣袤的川西平原上。蠶叢登上向南的山岡，放眼眺望。人群高興的大聲說話，歡呼著：「這地方好大啊，這地方真好！」他們將小羊放出來，小羊立刻咩咩歡叫著跑進草叢；將小雞放出來，小雞嘰嘰地跳進地裡啄食著草籽和小昆蟲。蠶叢王用刀剝開一叢草，抓起一把土一捏，黑油油的土地幾乎要捏出油來了，他將種子

丟進坑裡，彷彿種子也在發出歡呼的笑聲。他又順手採了一株野菜，放在口中用牙輕輕一咬，野菜不僅不苦，還帶著甜味。蠶叢王站在山岡上，興奮得兩眼發光。然後眯縫著眼，仔細的察看日影和水源，靠近水源選定了房屋的走向。接著一隊隊精壯的男人就開始挖地基柱洞了。

黏土和卵石被轟轟倒進地基的溝漕中，眾人抬起石，吆喝著號子，砰砰的擊著，到處是歡聲笑語，這場面好不熱鬧壯觀。接下來，柱洞中豎好了柱子，柱子間用梁連接起來，梁和柱之間的牆面再用木頭分割成一個個小方塊，方塊中插上頭部削尖縱橫交錯的編篾，編篾面上再糊上混上草筋的泥，房頂上蓋上茅草或樹皮。於是一間間木骨泥牆的欄杆式小屋就像磨菇一樣豎了起來。

蠶叢氏成功地遷徙到了川西平原，成為這個大平原新的主人，但平原上經常發大水，仍使他們吃盡了苦頭，一些人生活不習慣，偷偷逃走了，少數貴族也曾煽動要搬回老地方去，但更多的人堅持下來了。過了幾年，局面逐漸安定下來，他們打獵捕魚，飼養牲畜，終日勞作，在平原上建成了早期的繁榮、富庶的川西平原，此蠶叢氏迅速發展，壯大強盛。〔註87〕

這則「蠶叢王的傳說」故事，清晰而完整地勾勒出蠶叢氏在四川披荊斬棘開創國土的辛苦畫面，交代了他們游牧業到蠶桑業發達的情形，從川東遷至川西的顛沛流離。此則故事的神話性雖不明顯，但作為蠶叢氏以蠶桑為業的歷史證明，自是最好的民間傳說資料。

（三）蠶花娘娘

蠶花娘娘，亦稱「蠶姑」、「馬頭娘」、「馬頭神」，典出晉干寶《搜神記》卷十四，其文如下：

舊說，太古之時，有大人遠征，家無餘人，唯有一女。牡馬一匹，女親養之。窮居幽處，思念其父，乃戲馬曰：「爾能為我迎得父還，吾將嫁汝。」馬既承此言，乃絕韁而去，徑至父所。父見馬驚喜，因取而乘之。馬望所自來，悲鳴不已。父曰：「此馬無事如此，我家得無有故乎？」亟乘以歸。為畜生有非常之情，故厚加芻養。馬不

肯食。每見女出入，輒喜怒憤擊。如此非一。父怪之，密以問女。女具以告父，必爲是故。父曰：「勿言，恐辱家門。且莫出入。」於是伏弩射殺之，暴皮于庭。父行，女與鄰女於皮所戲，以足蹙之曰：「汝是畜生，而欲取人爲婦耶？招此屠剝，如何自苦？」言未及竟，馬皮蹙然而起，卷女以行。鄰女忙怕，不敢救之。走告其父。父還，求索，已出失之。後經數日，得於大樹枝間，女及馬皮，盡化爲蠶，而績於樹上。其繭綸理厚大，異於常蠶。鄰婦取而養之，以收數倍。因名其樹曰「桑」。桑者，喪也。由斯百姓競種之，今世所養是也。……漢禮，皇后親採桑，祀蠶神，曰：「苑窳婦人，寓氏公主。」公主者，女之尊稱也；苑窳婦人，先蠶者也。故今世或謂蠶爲女兒者，是古之遺言也。〔註88〕

這個故事廣泛流傳於川西，大家都喊那姑娘爲「馬蠶娘娘」，還修了一座「娘娘廟」供奉著裹著馬皮的姑娘的神像〔註89〕。陳立基《日落三星堆》一書中亦選錄了一則「蠶花娘娘」的民間傳說，故事內容大概頗類《搜神記》所載，後面補敘一段蠶女化蠶後之事。一日，蠶女向父母托夢，告訴他們：「你們不該言而無信，更不該將救命恩人的皮剝了。如今我已與牠作了夫妻，閻王爺封我爲『馬頭娘』，又叫我『蠶姑』。你們如果要見我，明天就到大桑樹跟前，在桑樹上向你們連點三次頭的蠶子就是我。」第二天，老倆口果然看見了。人們懷念給大家帶來絲綢的蠶女，於是在大桑樹那裏，修了一座「蠶姑廟」，供了一個身披馬皮的姑娘神像，叫做「馬頭娘」。這個習俗在川西流傳開來，每年都有養蠶者從四面八方趕來，對蠶姑敬香獻禮，祈求蠶事興隆。蠶姑廟香火很盛也很靈驗，馬頭娘也被請到養蠶人的家裡供奉，到現在這個習俗還在流傳。馬頭娘又稱做蠶花娘娘。梓潼七曲山大廟中，最高處的三清殿的配殿中，現在還供奉有蠶花娘娘的神像。因爲蠶子是白馬與蠶女結合的產物，所以蠶子的頭部像馬，身體是花白色。〔註90〕

　　從以上三個蠶桑之神的神話傳說看來，其實，嫘祖─蠶叢─馬頭娘在四川民間乃屬一回事，時代愈晚，愈有合流的現象；或有日三蠶神實爲一神，

〔註88〕　見干寶《搜神記》，頁172～173。
〔註89〕　見《四川神話選》，頁228。
〔註90〕　參見陳立基《日落三星堆》，頁39～40。

且都有一共同特徵——縱目。〔註91〕早在《荀子‧賦篇》中的〈蠶賦〉即說蠶「身女好而頭馬首〔註92〕」，以爲蠶首如馬首，而馬首正似「縱目」。任乃強先生認爲：

> 蠶首與馬首無相似處，而云「馬首」者，蠶叢出於牧羌，善養馬，既又創養蠶，恆以良馬和蠶絲與華夏貿易，故華人謂「蠶與馬同氣」。以天駟爲蠶，天馬爲蠶辰，互持蠶命。故俗於飼蠶之月禁殺馬，而繪蠶叢神像作馬頭。華夏周秦之俗如此，漢魏晉世亦當如此。故晉人傳馬頭娘故事。〔註93〕

任乃強爲蠶神故事中蠶、馬與縱目三種意象合而爲一提供了明白的理由，非徒外型相似，更大的主要原因乃在蠶叢氏經濟型態下的反映。

一提到縱目，必馬上聯想起三星堆出土的縱目人面具（見附圖九），正是蠶叢氏族「縱目」的最佳證據。而三星堆青銅爬龍柱形器上的那條「燭龍」，短而圓的身軀，與其縱目四羊角大頭不成比例，不像一般所認爲的曲虯渾長的龍形象。這「燭龍」之身乃是蠶身〔註94〕。

這些有關蠶神的種種神話傳說，反映了古巴蜀尤其是古蜀國乃當時中國蠶桑業的一大發源地，甚或是第一發源地。由此可見，四川的紡織業起步早，加上勤奮的先民，歷代以來不斷嘗試改進，在這樣堅實的基礎上，無怪乎四川的紡織業較爲先進，著名的「蜀布」〔註95〕即是最好的例證。而早在三星堆時代，先民的紡織技術就達到相當高的水平了。《華陽國志‧蜀志》記江原縣云：「安漢上下、朱邑出好麻、黃潤細布」（頁123），除了典籍中可知當地絲織品、麻織品較中原各地成熟外，三星堆遺址出土的陶紡輪上可得到證明。其出土的陶紡輪分爲兩種：一是以石壁蕊作爲原料，再加工鑽孔而成；另一類以泥質黑陶爲主，上下大小，剖面成梯形，體型較小，中間鑽孔，裝飾有蓖點紋和凸弦紋，製作較爲精細。紡輪是紡墜的一部份，其外徑的大小和重量是決定其轉動慣性的主要因素。外徑和重量較小的，轉動慣性也較小，適宜紡織加工植物纖維汗毛絲之類硬度小的柔

〔註91〕見屈小強、李殿元、段渝主編《三星堆文化》，頁199。

〔註92〕見李滌生《荀子集釋》，頁592，學生書局1979年初版。

〔註93〕見任乃強《四川上古史新探》，頁76。

〔註94〕見屈小強、李殿元、段渝主編《三星堆文化》，頁199。

〔註95〕「蜀布」即苧麻布，因蜀是苧麻的原產地之一。見任乃強〈蜀枸醬、蜀布、邛竹杖考辨〉一文，收入賈大泉主編《四川歷史研究文集》，頁12，四川省社會科學院出版社1987年初版。

軟纖維，成紗也較細。〔註96〕如此看來，三星堆先民的紡織業本身已推向一個蓬勃發展的較高水準。細細揣摩其中的一脈相承，這當然是在桑蠶業的基礎上建立起來的。

四、神話與畜牧業

家畜畜養業在世界許多地區大致是與農業同時出現的，並成為農業興盛發達的一種標尺。古蜀國的三星堆遺址出土了37枚動物牙齒，全系豬牙和鹿牙；還出土眾多的家養動物陶塑像，有豬、綿羊、水牛、公雞等；尚有出土八鳥四牛青銅尊、一鳥三羊青銅尊等，都反映了三星堆先民家畜飼養業發達的景象。〔註97〕成都平原歷年也出土了大量的動物骨骼。有豬、犬、水牛、黃牛、馬、羊、雞等，可謂六畜興旺。據此，可知成都平原的家畜飼養業已有長久的歷史。

古文獻中，有一些涉及古蜀人畜牧的史跡。《華陽國志‧蜀志》記有：

> 次王曰魚鳧，魚鳧王田於湔山。（頁115）

> 後有王曰杜宇，……以汶山為畜牧，南中為園苑。（頁115）

> 周顯王之事，蜀王有褎、漢之地，因獵谷中，與秦惠王遇。（頁115）

> 平陽山亦有池澤，蜀之魚畋之地也。（頁117）

「魚鳧王田於湔山」之「田」、「因獵谷中」之「獵」和「蜀之魚畋之地」之「畋」，均為「田獵」之意，亦即狩獵。狩獵當即畜牧之前身，最早狩獵於野外，先民有見於田獵之奔波勞苦，於是改將牲畜豢養於家中，是較田獵更為進步，更為文明。杜宇時代的「以汶山為畜牧」，明言了當時已有畜牧業，汶山即岷山，岷山地區為氐羌之地，大多從事畜牧經濟，或粗耕農業與畜牧相結合的複合型經濟〔註98〕。園苑是供古代君王狩獵的場所，南中指今宜賓、涼山州、雲南和貴州〔註99〕，杜宇以南中這片廣袤土地為園苑，正說明畜牧在杜宇時代扮演的角色。《史記‧貨殖列傳》和《漢書‧地理志》也都說當地出產「筰馬、旄牛」〔註100〕，確實存在典型的畜牧業。《後漢書‧南蠻西南夷

〔註96〕參見屈小強、李殿元、段渝主編《三星堆文化》，頁321。
〔註97〕見屈小強、李殿元、段渝主編《三星堆文化》，頁281。
〔註98〕見屈小強、李殿元、段渝主編《三星堆文化》，頁282。
〔註99〕同上註。
〔註100〕見瀧川龜太郎《史記會注考證》列傳第六十九，頁1357。班固撰、顏師古注《漢書‧地理志》，頁1598，泰盛書局1976年初版。

列傳》記載：

> （汶山）又土地剛鹵，不生穀粟麻菽，唯以麥為資，而宜畜牧。有
> 旄牛，無角，一名童牛，肉重千斤，毛可為氈。出名馬，有靈羊，
> 可療毒，又有食藥鹿，鹿麑有胎者，其腸中糞亦療毒疾。又有五角
> 羊、麝香、輕毛鷮雞、牲牲。〔註101〕

綜上所載，可知蜀的畜牧業，主要分布在成都平原周邊山地和高原地區，如
岷江上游的畜牧業出名馬，清江流域和南中的畜牧業出筰馬、旄牛。這些動
物都是馳名海內的畜牧產品。

蜀地神話傳說中反映出此種經濟文化的故事有以下幾則：

（一）瀉金石牛

《華陽國志·蜀志》載：

> 周顯王之世……惠王喜，乃做石牛五頭，朝瀉金其後，曰「牛便金」，
> 有養卒百人。蜀人悅之，使使請石牛。惠王許之，乃遣五丁迎石牛。
> 既不便金，怒，遣還之。乃嘲秦人曰「東方牧犢兒」。秦人笑之曰：
> 「吾雖牧犢，當得蜀也。」（頁115～116）

秦惠王必深知蜀人特鍾於牛，一方面因農耕之需，一方面因牧牛已是當地畜
牧業之一，於是請人做瀉金石牛，蜀人信以為真，遣五丁力士迎石牛。既已
發現受騙，秦蜀互嘲。故事雖短，或不考石牛瀉金真偽，皆足以反映蜀人畜
牧業興盛的一面。

若再從李冰鬥江神故事詳加考究，李冰與江神均化為兩牛相鬥，或助大
禹治水的黃牛神，都可明白發現巴蜀之民頗擅將牛神化。牛在古蜀人心中的
地位可見一斑。

（二）天馬

《華陽國志·蜀志》云：

> 會無縣……有天馬河，馬日千里，後死於蜀，葬江原小亭，今天馬
> 冢是也。縣有天馬祠。初，民家馬牧山下，或產駿駒，云天馬子也。
> 今有天馬徑，厥跡存焉。（頁132）

會無縣屬越嶲郡，越嶲自古即以產馬聞名，漢代稱為「筰馬」，是與內地交易
的著名土產。《寰宇記》卷七五晉原縣下引李膺《益州記》：「寧州有天馬河，

〔註101〕見王先謙《後漢書集解》，頁1021，中華書局1984年初版。

河邊牧馬產駿駒，一日千里，至此斃於岸，南人爲立祠。」〔註 102〕是以蜀地因出良馬而有「天馬」神話。

（三）金馬碧雞

或由於產良馬著名，蜀地不僅有「天馬」神話，更有「金馬」傳說，《水經注》卷三十七：

> （青嶺縣）縣有禺同山，其山神有金馬、碧雞，光景儵忽，民多見之。漢宣帝遣諫議大夫王褒祭之，欲致其雞、馬，褒道病而卒，是不果焉。（頁 639）

就地域而言，這應是彝族古代神話，至今仍流傳在川、滇大小涼山、金沙江兩岸等地。〔註 103〕大意是說此地有一批渾身閃耀金光的黃鬃神馬，能飛善走，日行千里；另有一隻碧雞，身影秀麗。牠們時隱時現，人民都想親眼目睹神馬神雞的美麗，連漢宣帝亦不例外。傳說神馬不幸死於金沙江中，故人們在四川江原亭砌了一座金馬墓，在雲南拓東城附近有金馬山和碧雞山，說明了此則神話在該地的流傳，雖爲彝族故事，然同樣可以反映當地畜牧業的發達。

（四）木羊

《搜神記》輯錄一則與葛由有關的神話，故事中談到了神奇的木羊。全文如下：

> 前周葛由，蜀羌人也。周成王時，好刻木作羊賣之。一旦，乘木羊入蜀中。蜀中王侯貴人追之，上綏山。綏山多桃，在峨嵋山西南，高無極也。隨之者不復還，皆得仙道。故里諺曰：「得綏山一桃，雖不能仙，亦足以豪。」山下立祠數十處。（頁 4）

葛由本以刻木羊爲業，木羊本無生命，一日，葛由竟乘木羊得道成仙。可見爲當地人民牧養的牲畜之一「羊」，也和牛、馬之列，同爲神化的對象之一。

（五）猳國馬化

《搜神記》云：

> 蜀中西南高山之上，有物，與猴相類，長七尺，能作人行。善走逐人，名曰「猳國」，一名「馬化」，或曰「玃猨」。伺道行婦女有美者，輒盜取將去，人不得知。若有行人經過其旁，皆以長繩相引，猶故

〔註 102〕轉引自劉琳《華陽國志校注》中〈蜀志〉註 187，頁 172。
〔註 103〕見潛明茲《中國神話學》，頁 175，寧夏人民出版社 1993 年初版。

不免。此物能別男女氣臭，故取女，男不取也。若取得人女，則爲
家室。其無子者，終身不得還。十年之後，形皆類之，意亦迷惑，
不復思歸。若有子者，輒抱送還其家。產子皆如人形。有不養者，
其母輒死。故懼怕之，無敢不養。及長，與人不異，皆以楊爲姓。
故今蜀中西南多諸楊，率皆是猳國馬化之子孫也。（頁 153）

此則神話中以爲今蜀中姓楊人氏，皆是「猳國」的後代子孫。「猳」同「猴」，
《說文》：「猳，牡豕也〔註104〕」，即公豬。一名「馬化」，或叫「玃猨」，「玃
猨」指大猴。可知此「猳國」從文字定義上看來，與豕、馬、猴三種動物有
關。蜀中多猴，產良馬，家畜牧養業的發達，都應是此則神話產生的背景。
神話中並以之爲今日蜀中姓楊氏族的祖先，可知人們對其賴以生活或與之生
活息息相關的動物有著極高崇敬，不僅作爲當地神話的素材，並爲祖先起源
的傳說之一。

蜀中與畜牧業有關的神話既能發揮蜀民族豐富的想像力，並相當程度反
映出當地的經濟文化特色。

五、神話與竹林業

四川是竹的密集地與原生地之一，竹林面積三百萬畝，爲全大陸竹林
（4800 萬畝）的十六分之一；竹品種二百種，爲全大陸竹種類（250 種）的
五分之四，無論竹林面積或種類，都堪稱全大陸第一。特別是在盆地西部的
丘陵、平壩以及盆地南部、西南部邊緣地帶，竹林密布，漫山遍野，蔥翠蓊
鬱，蔚爲大觀。川西壩子以及川南、川東丘陵地帶農家，更是家家戶戶蓄竹、
養竹，以竹爲伴，以竹爲業。可以想像，遠古時代的四川竹林應也是籠罩四
野，鋪天蓋地，是最能充分展現大自然和造物主雄渾偉力的一種植物。〔註105〕
《華陽國志・蜀志》說：「岷山多梓、柏、大竹。〔註106〕」《漢書・地理志》
也說：「巴、蜀、廣漢本南夷，秦併以爲郡。土地肥美，有江水沃野、山林竹
木、蔬食果實之饒。〔註107〕」《後漢書・隗囂公孫述傳》亦提到巴蜀：「名材
竹干，器械之饒，不可勝用。〔註108〕」這些典籍記載，正爲巴蜀竹林業的發

〔註104〕見許慎著、段玉裁注《說文解字》，頁 459，書銘出版公司 1986 年四版。
〔註105〕參見屈小強、李殿元、段渝主編《三星堆文化》，頁 203。
〔註106〕見常璩撰、劉琳校注《華陽國志校注》，頁 118。
〔註107〕見班固撰、顏師古注《漢書・地理志》，頁 1645。
〔註108〕見范曄撰、李賢等注《後漢書・隗囂公孫述傳》，頁 535，鼎文書局 1975 年
初版。

展提供了優良背景。

　　自遠古時代即與竹朝夕相伴的巴蜀先民自然廣泛地將之應用在生活各方面，例如以竹爲矛、爲弓弩；以竹米、竹筍、竹蓀、竹蜜、竹蟲爲食；以竹筒釀酒、焙茶、煮飯，以竹筧引水，以竹索造橋，以竹籠治水，以竹筏、竹篙運輸……，巴蜀先民處處依賴竹，所以便出於感激之情而將竹奉爲神靈而加以崇祀。巴蜀史研究者們從戰國時期的巴蜀墓葬銅器及陶、木、漆器上發現有百餘個被稱爲「巴蜀圖語」的單體符文或圖像，並辨識出上面的龍、虎、鳳、鷹、蛙、蟬、鹿、龜、雞等巴蜀各族所崇拜的動物圖像，其中還有大量的單體符文具有竹的圖像（見附圖十），這些圖像多刻於兵器和樂器上〔註 109〕，可見巴蜀先民將之視爲崇拜物，甚或有可能是圖騰或族徽性質的崇拜對象。蓋因竹在他們心目中形成一種神通廣大的威儡力量，並認爲藉助竹的神秘與無所不達的力量可以贏得戰爭和壯大氏族部落的發展。

　　不僅如此，出土的新石器晚期的陶豆——早期巴蜀的食器，高柄往往長達三十多公分，但直徑卻僅有四至五公分，柄部中空，有的還與盤、座穿通，有的中段加粗成竹節狀。此竹節長柄豆顯然是模仿竹子的型態而製的。〔註 110〕反映在軍事上，最爲突出的是代表巴蜀青銅文化的「柳葉劍」，在三星堆和成都十二橋均出土過，它們劍身成柳葉形，屈小強認爲：巴蜀鑄劍的原型，一定來源於巴蜀先民社會生活的體驗，是以他們在塑造工具、武器等器物外型時，必會將身邊常見的、對自己生活帶來巨大好處的、並被奉爲崇拜物的竹作爲參照物。爲強調巴蜀特色，不如用「竹葉劍」或「巴蜀竹葉劍」來取代「柳葉劍」的名稱。〔註 111〕另外，三星堆遺址二號坑出土兩片長 18 公分，寬2.3 公分，製作精巧，葉脈清晰，用於青銅神樹上的金樹葉，酷似竹葉，稱爲「金竹葉」（見附圖十一）。〔註 112〕它們也是三星堆先民崇竹、仿竹的實證。

　　巴蜀由於多竹，進而以竹爲生、爲業，因對竹的依賴、感激之情生出敬畏與崇祀之俗，成爲一個對竹有高度崇拜的民族。不可或缺地，自然有著豐富多彩的竹神話深刻典藏在人民的信仰中。最具代表便是流傳四川彝族的竹王神話，《後漢書·西南夷列傳》說：

　　　　夜郎者，初有女子浣於遯水，有三節大竹流入足間，聞其中有號聲，

〔註 109〕參見屈小強《三星堆傳奇——古蜀王國的發祥》，頁 105。
〔註 110〕見屈小強、李殿元、段渝主編《三星堆文化》，頁 207。
〔註 111〕參見屈小強《三星堆傳奇——古蜀王國的發祥》，頁 109。
〔註 112〕見屈小強、李殿元、段渝主編《三星堆文化》，頁 209。

> 剖竹視之，得一男兒，歸而養之。及長，有才武，自立爲夜郎族，
> 以竹爲姓。〔註113〕

《後漢書》的記載亦見於《蜀王本紀》、《華陽國志・南中志》，《蜀王本紀》中又稱爲「竹溪王」，至於貴州一帶彝族流傳的「竹的兒子」則稍有不同：

> 有一年洪水潮天，莊稼和牲畜都被淹沒了，唯有一個姑娘抱著竹子
> 隨水漂流，不知過了多久，水退了，姑娘得到竹的幫助爬上南岸後，
> 它在小鳥的啓示下，用石頭把竹子砸開，得五個兒子，老大叫祖摩，
> 老二叫哪蘇，老三叫兔蘇，老四叫納蘇，老五叫溝哉蘇。五兄弟各
> 去一方，創世立業，繁衍後代，媽媽也因孩子們均在四處開創彝家
> 天下，很是滿意，即飄上竹梢，升天去了。〔註114〕

情節雖不同，但同樣建立在竹生人、竹生竹王這個最根本、最古老的竹母神創世神話上，似乎也意味著彝族正是一個以竹爲圖騰的氏族。由於夜郎王曾統治過部分蜀地，加上川黔多竹，所以在原夜郎、巴蜀的居民心目中，夜郎王、蜀王、竹王同屬一回事。〔註115〕關於這點，屈小強引《黔書》所言：「雪後梅繁小雨涼，連宵摒擋鬥新裳。街泥不怕沾裙屐，蜀廟燒香賽竹王。」此將貴州楊老驛、黃絲驛等地的竹二郎廟、三郎廟（夜郎廟）確指爲蜀廟（蜀王廟）；〔註116〕又引《夜郎考》討論文集提到：當地彝族的民間傳說也認爲蜀王和竹王同是一個人，是他們的祖先。〔註117〕直到近代，四川各地，都還廣泛供奉竹王，如邛州有竹三郎廟，大邑縣有竹王廟，榮州亦有竹王廟，樂山有竹王祠；川西偏遠農村還保留拜竹民俗，他們抱著小孩在竹林中誦念：「嫩竹媽，嫩竹娘，二天我長來比你長」的禱語。〔註118〕今天涼山彝族甚至還部分保留以山竹製「祖靈」而供奉的習俗，他們認爲：祖先由竹中所生，死後也應返回竹內。爲了安撫祖先靈魂，使其轉化爲竹神，從而庇佑子孫後代，故整個竹祖靈的製作與奉祀過程極爲複雜而漫長，虔誠而繁瑣，且有諸多禁忌。〔註119〕如此可見竹神在四川及彝族人民心目中的地位並未因時代的久遠而湮滅。

〔註113〕見王先謙《後漢書集解》，頁1016。
〔註114〕見李力主編《彝族文學史》，頁54～55。
〔註115〕見屈小強《三星堆傳奇──古蜀王國的發祥》，頁111。
〔註116〕參見屈小強、李殿元、段渝主編《三星堆文化》，頁210。
〔註117〕見屈小強、李殿元、段渝主編《三星堆文化》，頁210。
〔註118〕參見《四川民俗大典》，頁140。
〔註119〕參見屈小強《三星堆傳奇──古蜀王國的發祥》，頁113。

　　或許竹神神話並非巴蜀原產，而是隨著彝族的遷入在四川流傳開來，然而對竹神的崇拜觀念的確深刻烙印在巴蜀先民的腦海中。

第四章　巴蜀神話的思維結構

第一節　神話思維及原型

神話不僅是先民自然生活和社會生活的折射，亦是先民對客觀事物想像或投射幻化的思維體現，是以神話本身在歷史洪流中即承載著先民在特定的生產方式、生活形態和心理環境中的一種特殊智力的思維方式，甚或是集體心理活動的表徵。故在探討巴蜀神話的思維結構之前，必先探討神話思維的定義及神話原型的內蘊，進而瞭解巴蜀神話中所呈現的原始模型。

一、神話思維

中國對神話思維的注意，是在 1981 年法國社會學者列維─布留爾的《原始思維》一書在大陸翻譯出版以後，引起研究神話學者普遍的重視，並對神話思維的定義、特徵進行了一些討論。武士珍〈神話思維辨析〉一文中提及：

> 神話思維作爲人類最初形成和發展起來的一種原始的思維形式，應
> 該是原始先民用想像和藉助想像認識對象世界的一種現存實踐的思
> 維，或叫「實踐─精神的」思維。〔註1〕

神話思維可說是人類在史前時代的主要思維型態，它在原始思維中與其他思維相互融合，在邏輯思維尚未發達的的原始社會，神話思維活動不受任何影響以想像、投射或幻化等方式去詮釋自然現象和人類活動。葉舒憲在〈神話

〔註1〕見馬昌儀、劉魁立編《神話新論》輯錄武世珍〈神話思維辨析〉一文，頁5，上海文藝出版社 1987 年初版。

思維〉一文中說：

> 神話思維的特殊性首先在於，它解決問題的方式同推理思維相比是
> 「原始的」、「象徵性的」。……由此看來，有理由把神話思維歸入人
> 類史前思維即象徵思維的大範圍之中。神話思維的獨特性還在於，
> 從思維所憑藉的符號載體形式來看，它既有別於概念性的抽象推理
> 思維，又不同於象徵思維發展的早期型態——以身體動作為符號媒
> 介的行動思維和以繪畫表象為符號媒介的表象思維，而恰恰處在一
> 種中間的過渡狀態。〔註2〕

從上述界說中，神話思維與其他思維的區別可以圖示如下：〔註3〕

分　類	人類思維			
思維特徵	形象思維（原始思維）			邏輯思維
	動作思維	表象思維	神話思維	
符號形式	主體動作	心理表象	語言意象	語詞概念
	前語言		語言	

神話既是原始思維中最主要的型態，不同於其他思維，又處於一種中間的過渡狀態，很自然的神話與各種文化現象間彼此便有交涉的關係。鄭志明在《中國社會的神話思維》中曾說：「神話思維是傳統社會一個最深層的文化結構，幾乎與各種文化現象都有著相互交涉的關係。也是人類基本的一種心理思維活動，反映出社會群體共同思維的特徵。〔註4〕」此中不僅道出了神話思維的特徵，並揭露神話的進一步發展，表現為宗教、哲學、科學、倫理、藝術等的萌芽之特性。其發展的過程可簡約圖示如下：〔註5〕

〔註2〕 見俞建章、葉舒憲著《符號：語言與藝術》，頁130。
〔註3〕 見俞建章、葉舒憲著《符號：語言與藝術》，頁130。
〔註4〕 見鄭志明《中國社會的神話思維》，頁11，谷風出版社1993年初版。
〔註5〕 見金洪謙〈中國上古神話與民間信仰——一個神話思維的考察〉，頁11，東海大學中文研究所碩士論文1995年5月。

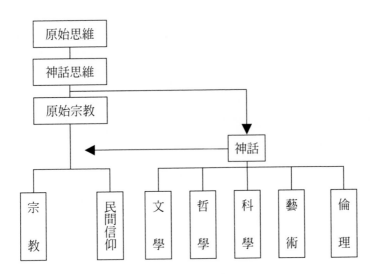

　　原始人類有著某種超越純粹本能的天賦的才能，他們運用原始的智慧，對不可逃避的現實既尊重又改造，以神話的形式來解釋存在與不存在的一切，所以神話思維可以說是在時代變遷和文化環境變化中，未改變的的民族文化集體意識和行為模式。神話思維是人類在認識活動發展過程中一定的階段，它不是一種單純的思維型態，卻能以宗教、哲學、藝術和其他思維型態來展現人類的認識活動。

二、集體無意識與原型

　　研究神話思維的諸多學派中，其中以心理學派——榮格的「集體無意識」理論獲得廣大的關注與認同。榮格曾是弗洛依德最得意的門生，其無意識的觀念無疑是受了弗洛依德的啓蒙，然榮格後出轉精，意見因與弗氏大相逕庭而分道揚鑣。

　　弗洛依德認爲，無意識是被遺忘或壓抑而從意識中消失了的內容，其性質完全是個人的，特別來自個人早期的童年生活受到壓抑的心理。而榮格則發現，除了個人無意識外，心理中還有一部分內容從來不曾在意識中出現過，因而不可能是被遺忘或受到壓抑而從個人意識中消失的內容，這部分並非來自個人的經驗，而是通過遺傳而先天存在的，此即所謂的「集體無意識」。〔註6〕他在〈集體無意識的原型〉一文中說：

　　　　選擇「集體」一詞，是因爲這一部分意識不是個別的，而是普遍的。

〔註 6〕參見劉耀中著《榮格》，頁 45，東大圖書公司 1995 年初版。

它與個性心理相反，具備了所有地方和所有個人皆有的、大體相似的內容和行為方式。換言之，由於它在所有人身上都是相同的，因此它組成了一種超個性的共同心理基礎，並且普遍地存在於我們每一個人身上。〔註7〕

榮格以為「個人無意識」的背後那更為基礎、更為深刻的心理結構即是「集體無意識」，它是所有人類先天具有、普遍一致的。正如古代神話、部落傳說和原始藝術的意象，反覆地出現在許多不同的文化民族和野蠻部落中，而這些原始意象背後，一定有賴以產生的共同心理基礎。例如：許多民族的遠古神話中，都有力大無比的巨人或英雄、預卜未來的先知或智慧老人、半人半獸的神怪等，這些神話的意象往往相似，並非部落之間彼此接觸、相互影響而來的，而是在未接觸影響之前就潛存在民族的意識中的，好比洪水神話在世界各古老民族都不約而同、或先或後地相繼出現，對諸多自然的崇拜：如石崇拜、蛇崇拜等。國外有，中原有，巴蜀亦不乏其例，此皆可證明神話思維反映出最為豐富的集體無意識。

榮格更進一步指出，此集體無意識內容即所謂的「原型」，原型是構成集體無意識的最重要內容，是一種與生俱來、屬於先驗型式的基本心理結構模式。他說：

（原型）它是一切心理過程必不可少的先天要素，正如一個人的本能迫使他進入一種特定的模式一樣，原型也迫使知覺與領悟進入某種特定的人類範型。〔註8〕

原型又稱為「原始模型」，是本能的無意識形象，是本能行為的模式。無數次重複的祖先經驗嵌進了人類的心理結構，但他們在心理並不呈現為有意義的形式，而首先是沒有意義的形式，一旦出現了符合某種原型的特殊情境時，該原型就會復活。〔註9〕這種心理原型，甚至限制了最大膽的幻想，使人們的幻想活動保持在一定的範圍內，這是一種特定的潛能。而這使人類的一切心理活動具有普遍一致性的原型，是人類遠古社會生活的遺跡，是來源於人類祖先重複了無數次的同一類型心理體驗的積澱與濃縮。是以榮格再度提到：

〔註7〕見卡爾‧古斯塔夫‧榮格原著，馮川、蘇克編譯《心理學與文學》，頁24，久大文化股份有限公司1990年初版。
〔註8〕同上注，頁5。
〔註9〕參見劉耀中著《榮格》，頁49。

原始意象或者原型是一種形象，它在歷史進程中不斷發生，並且顯現於創造性幻想得到自由表現的任何地方。因此，它本質上是一種神話形象。這些意象為我們祖先的無數類型經驗提供形式。可以這樣說，它們是同一類型的無數經驗的心理殘跡。它們為日常的、分化了的、被投射到神話中眾神形象中去了的精神生活提供了一幅圖畫。……每一個原始意象中，都有著人類精神和人類命運的一塊碎片，都有著在我們祖先的歷史中重複了無數次的歡樂和悲哀的殘餘，並且總的說來始終遵循著同樣的路線。〔註10〕

據此，可知原型或原始意象總是預先存在人的情緒、反應、衝動之中，存在於精神生活中自發而生的其他事件裡。它們是人類生活清醒意識後面的生活，雖然不可能與意識完全聯繫在一起，但意識卻必須從這裡產生。是以這種集體無意識本身的性質即充滿神秘性，他在同文中又說到：

原型是含糊曖昧的，充滿了半露半隱的意義，最後還是不可窮盡的。由於它們旁徵博引的性質，因此人們不可能直接地、真正地描述出它們的原始樣貌。人們最終能確立起來，並與它們的本質相符合的，只是它們的多重意義，以及它們廣泛的幾乎無邊無際的涉及面。〔註11〕

而這種含糊曖昧、半露半隱的神秘性，便是神話思維中相當重要的一環。

從弗洛依德的「個人潛意識」到榮格「集體潛意識」與「原型」的思路與關係，關永中在《神話與時間》一書中將之圖示如下：〔註12〕

〔註10〕見卡爾‧古斯塔夫‧榮格原著，馮川、蘇克編譯《心理學與文學》，頁91。
〔註11〕見卡爾‧古斯塔夫‧榮格原著，馮川、蘇克編譯《心理學與文學》，頁60。
〔註12〕見關永中《神話與時間》，頁111，台灣書店1997年初版。

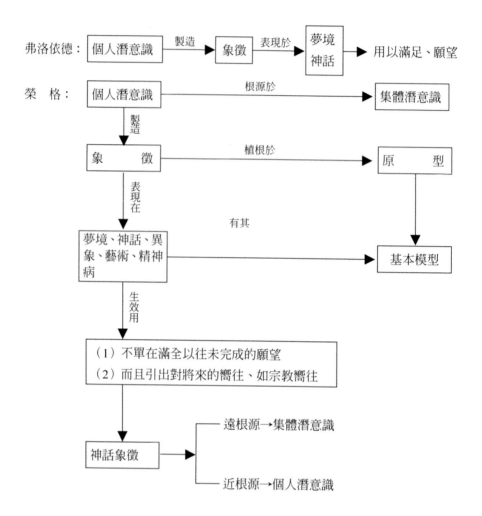

由上圖，可以的清楚的看出榮格「原型」理論呈現的過程。如榮格所言，這種原型時常被投射到神話中。類似的母題與主題可能出現於不同背景的神話中；時常出現於時代、環境相距甚遠的民族神話中的某些意象，可能也有其共通的意義，也可能勾勒出某些類似的心理反應。這些母題與意象稱為「原始類型」或「普遍象徵」，對大多數的民族而言，其意義可能是一致或極相近的。〔註13〕

西方許多研究神話的學者均對此「原始類型」做過深入的研究，其中最著名的有六家，分述如下：

〔註13〕參見古添洪、陳慧樺著《從比較神話到文學》，頁 299，東大圖書公司 1977 年初版。

（一）英國學者拉格倫（Lord Raglan）在 1936 年發表的《英雄》一書，將各
　　　種英雄故事中反覆出現的類同情節和普遍特徵歸納爲 22 項：

　　　1. 英雄的母親是一位王族血統的處女

　　　2. 英雄的父親是一位王

　　　3. 父親與母親通常是近親

　　　4. 英雄的受孕是不尋常的

　　　5. 他也被視爲某一位神的兒子

　　　6. 在誕生之際，通常由他的父親或外祖父做出某種要殺死他的企圖

　　　7. 英雄卻被救走了

　　　8. 在遙遠的國度由義父義母撫養長大

　　　9. 他的童年生活幾乎沒有記載

　　　10. 成年之後他便回到或來到他將爲王的地方

　　　11. 在戰勝了舊王或巨人、龍或野獸後

　　　12. 他同一位公主（通常是他的前任王的女兒）結婚

　　　13. 他當上了王

　　　14. 他平安無事地統治了一段時間

　　　15. 他制訂了法律

　　　16. 後來他失寵於諸神並失信於臣民

　　　17. 因而他失去了王位，被趕出都城

　　　18. 後來他神秘的死去

　　　19. 通常死在一座山頂上

　　　20. 他的孩子（如果有的話）未能繼承他

　　　21. 他沒有被掩埋

　　　22. 他卻有一個或多個聖墓〔註14〕

（二）坎伯（Joseph Campbell）在《千面英雄》中，把源於成年儀式的英雄故
　　　事模式劃歸兩類原型：

　　　1. 探求型：主人公經歷一段漫長的旅行，克服許多艱難險阻，創下
　　　　　　　　　了豐功偉業，成爲國家的救星，最後與某一位公主結婚。

　　　2. 啓蒙型：主人公經歷出發、變形與回歸三個階段的啓蒙洗禮過

〔註14〕參見葉舒憲《探索非理性的世界》，頁 135～136，四川人民出版社 1988 年初
　　　　版。

程，象徵的表現出蒙昧無知的、非社會化的舊我的死亡
與人格成熟的、社會化的新我的誕生。〔註15〕

（三）韋辛格（H.Weisinger）在《痛苦的勝利》一書中，將英雄神話和季節
儀式相聯繫，歸納出九個子項：

1. 聖王的不可少性
2. 神與敵手的鬥爭
3. 神的受難
4. 神的死亡
5. 神的復活
6. 創世神話的象徵性重演
7. 聖婚禮
8. 凱旋慶典
9. 命運的決定〔註16〕

（四）居因等人編著《文學批評方法要覽》一書，歸納出一些極為常見的原
型：

1. 創造：這也許是所有原型母題中最根本的一個；幾乎每一種神話
   體系都建立在某種超自然的神如何創造宇宙、自然和人類
   的基礎故事上。

2. 永生：另一個根本的原型，通常表現為下述兩個基本敘述形式中
   的一個：

   a. 從時間中逃脫：如返回樂園——完美的狀態，人類在不幸墮入
      腐敗與必死的命運之前所享有的永生之福。

   b. 神秘地加入到循環時間中：無窮盡的死與復活的主題——人通
      過化入大自然周而復死的神秘的循環節奏，特別是季節循環，
      而獲得一種永生。〔註17〕

（五）蔡斯（Chase Gilbert）在《神話追尋》一書中說：「神話的世界是一個
戲劇性的世界——行動、力量、衝突力量的世界。」〔註18〕因此他從
民間文學中看到類似模式的原型衝突：

〔註15〕參見葉舒憲《探索非理性的世界》，頁137。
〔註16〕參見葉舒憲《探索非理性的世界》，頁138。
〔註17〕參見葉舒憲《探索非理性的世界》，頁138～139。
〔註18〕見古添洪、陳慧樺《從比較神話到文學》，頁305。

光明、生、善、男、天使/黑暗、死、惡、女、魔鬼〔註19〕

（六）弗萊（Frye）1951 發表的《文學的原型》中，將英雄神話的原型模式排列成以下四個階段：

1. 黎明、春天、誕生的階段：關於主人公之出生、甦醒、復活、創造（四個階段爲一循環）以及戰勝黑暗、冬天、死亡勢力的神話。附屬的角色有主人公的父母。這一階段構成傳奇、祭酒神狂熱詩歌和狂想詩的原型。

2. 正午、夏天、成婚或勝利的階段：關於主人公加入神籍、神聖婚姻以及進入天堂的神話。附屬的角色有同伴及新娘。這一階段構成喜劇、牧歌、田園詩的原型。

3. 日落、秋天、死亡的階段：關於衰落、將死的神的神話，關於暴死、犧牲以及主人公的疏離的神話。附屬角色有背叛者與妖女。這一階段構成悲劇與輓歌的原型。

4. 黑夜、冬天、毀滅的階段：關於這些勢力得勝的神話，關於大洪水和返回混沌狀態的神話，關於主人公敗亡和諸神毀滅的神話。附屬的角色有巨妖和女巫。這一階段構成諷刺文學的原型。

〔註20〕

弗萊爲全面論證四種敘述程式及其循環置換的概括依據，列舉了七種不同的自然運動型態及在文學中的象徵表現，簡述如下：

1. 神明世界的中心運動是某個神的死與復活、消失與回返、隱退與重現。

2. 天體中發光體（如太陽、月亮）提供幾種循環節奏。

3. 由於人類世界處在精靈世界與動物世界之間，其循環節奏便反映出某種兩重性。一方面，與太陽的晝夜循環形成反相對應，人想像出醒覺生命與夢幻生命的循環：夜晚是人本能甦醒之時，白天則是慾望被壓抑的黑暗時期。另一方面，與某些動物的循環週期相應，人類生活也在生與死的循環往復中得以延續。

4. 被種種悲劇性的事件打斷動物和人生命循環後，延續下來的是生命以外的某種東西，即「物化」的形式使假想得以延續。

5. 植物的榮枯循環也常被表現爲能死而復生的神。

〔註19〕見葉舒憲《探索非理性的世界》，頁 139。
〔註20〕參見古添洪、陳慧樺《從比較神話到文學》，頁 301～302。

6. 文明社會的生命等同於有機物的循環運動。

7. 水的象徵性循環：由雨水到泉水，泉水到溪流與江河，在由江河到
海水，蒸發又化為雨水，如此往復不已，正如生—死—復活的循環。
〔註 21〕

以上六家神話原型的理論，通常均被西方研究神話者所援引。下文擬以
此六家理論，分別檢視巴蜀神話所透露的原始類型。

三、巴蜀神話的原型

依榮格的理論看來，神話的原型是可以跨越時間空間，存在不同的地方
與不同的民族之間的。本文試以上文所敘六家原型理論檢視巴蜀神話：

（一）拉格倫之說

雖然以今天的尺度看來，拉格倫的英雄神話模式僅類似於某種故事的提
要或梗概之類，但已有了相當程度的概括性，能夠對許多民族的英雄神話做
出跨時空的「骨骼」描述，像希臘神話著名的英雄赫拉克勒斯，猶太人的救
世主耶穌，他們的傳說在很大的程度上與上述模式相符合。反觀中國神話，
雖不一定每一細節均相符合，但在某一些情節上仍表現不同民族間神話原型
的共通，例如周民族始祖「棄」的神話中，便符合此模式中第 4、6、7、13、
14 點。而巴蜀英雄神話中的某些情節亦離不開此一模型，如《四川民間文學
資料彭線集成卷》所收集的「鱉靈的故事」中：

> 杜宇四十歲才得一個兒子，在兒子出生前，杜宇請巫師占卜，顯示
> 出不吉利的長蛇。生後杜宇便將其用絲絹包了甩在湔江裡，被一團
> 魚（即鱉）馱走後，遇一打漁人救起，取名為「鱉靈」。鱉靈長大後，
> 治服了彭國的九頭虎開明獸，作了彭國國王。後又治服了蜀國的人
> 面魚身的吃人怪赤鱬，當了蜀國的宰相。後來又遇到孽龍堵塞天彭
> 門，企圖水淹都城瞿上，把瞿上變成龍窩。結果被鱉靈斬殺。後來
> 又受杜宇指派，成功的治理了郫邑的水患。杜宇老了，想把王位傳
> 給鱉靈，大臣們都不依，說：「鱉靈本是彭國人，怎能當蜀國的國王
> 呢？」杜宇說服了大家，但大臣丹和不服，趁鱉靈在廟裡祭祖時放
> 火燒廟。鱉靈騎著開明獸衝出火海，丟了塊絲絹給丹和，丹和一看
> 正是 25 年前杜宇甩在湔江裡的嬰兒身上的東西。於是丹和尊杜宇之

〔註21〕參見葉舒憲《探索非理性的世界》，頁 143～146。

命，請回鱉靈當蜀王。鱉靈爲報開明獸的救命之恩，便定國號爲「開明」。

此神話故事符合了拉格倫原型中的第 6、7、8、9、10、11、13 點，其雷同處可謂不少。而杜宇王的神話故事中，則分別符合了第 13、14、16、17、18、21 點。是以拉格倫的原型理論雖未臻嚴謹周全，但仍可局部地反映出不同民族、不同時間、空間中神話所透露相同的原始意象。

（二）坎伯之說

「探求型」的原型神話好比「大禹治水」神話，在一連串的斬妖除魔過程中，從長江上游直至下游，不間斷地刻苦耐勞，才得以弭平水患，成爲民族的救星。再看到《後漢書・南蠻西南夷列傳》記載巴人始祖廩君一段，故事中廩君亦經一連串考驗，擲劍於石穴、浮乘土船自夷水至鹽陽、並射殺鹽神，天乃開明，於是他姓亦臣服，共立爲君。此無疑是「探求型」的神話原型，不過倒可發現巴蜀「探求型」的英雄神話中，與西方神話不同的在於並未加最後與公主成婚的結局，此與中國上古英雄神話中甚少提及愛情面有很大的關係。但在少數民族人類繁衍神話中卻完全符合了坎伯「探求型」的英雄神話原型，如土家族「白虎星神與琵梅姑娘傳土家」故事中，白虎星神雖未必經過艱險的旅行，但幫琵梅的阿公趕走了豺狼，在當時可是大功一件，琵梅便與之成婚；「虎兒娃與三公主傳土家」故事中，也是虎兒娃從魔王手中救出了三公主，才得以與之婚配。

巴蜀神話中「啓蒙型」的英雄神話原型較少，《蜀王本紀》所載杜宇之事可爲例，其中載言：

> 後有一男子，名曰杜宇，從天墜止，朱提有一女子名利，從江源井中出，爲杜宇妻，乃自立爲蜀王，號曰望帝。治汶山下邑曰郫，化民往往復出。望帝積百餘歲，荊有一人名鱉靈，其尸亡去，荊人求之不得。鱉靈尸隨江水上至郫，遂活。與望帝相見，望帝以鱉靈爲相。時玉山出水，若堯之洪水，望帝不能治，使鱉靈決玉山，民得安處。鱉靈治水去後，望帝與其妻通，慚媿，自以德薄不如鱉靈，乃委國授之而去，如堯之禪舜。鱉靈即位，號曰開明，帝生盧保，亦號開明。望帝去時子規鳴，故蜀人悲子規鳴而思望帝。〔註22〕

〔註22〕見嚴可均《全上古三代秦漢三國六朝文》卷五十三，頁414。

與《華陽國志》所載最大的不同在於「鱉靈治水去後，望帝與其妻通，慚媿，自以德薄不如鱉靈，乃委國授之而去」一段，《蜀王本紀》以爲望帝的離去乃因與鱉靈之妻私通一事，若由坎伯的原型看來，望帝無疑在出發後經歷一段蒙昧無知、舊我的懺悔，愧而離去，在死化杜鵑鳥的變形後，如《寰宇記》所言「國亡……欲復位，不得，死化爲鵑。每春月間，盡夜悲鳴」，透過死亡後轉形杜鵑鳥的杜宇反而更加思念自己的人民，於是以每年三月的催耕啼叫聲作爲關心人民的表現，這是望帝在死後一個新我的誕生。

（三）韋辛格之說

就韋辛格歸納出的九個子項看來，完全是從西方神話中歸納而出，難以囊括巴蜀神話的範疇，或者應該說，巴蜀神話並未展現這樣的神話原型，故僅引韋辛格之說作爲原型理論的參考。

（四）居因等人之說

少數民族的民族起源神話常是「創造」的原型，傣族創世神話中，英叭做了八個人，每兩個人一起，並學大蟒蛇吃果子，分出男女，配成夫妻，於是人類得以不斷繁衍。彝族的「竹的兒子」也是此種類型，以竹作爲種族創生的根源所在，無疑爲「創造」的原型。流傳四川德昌縣傈僳族的「盤古造人」〔註 23〕和四川木里普米族的「石頭阿祖和石頭子孫」〔註 24〕也都是「創造」的原型。但這些均是落居四川的少數民族，巴蜀神話幾無此例，蓋因受中原文化影響，關於宇宙創造、自然及人類起源神話均直接接受中原女媧伏羲、盤古開天神話而加以流傳，並無獨特的巴蜀色彩。

至於「永生」的母題，巴蜀神話中則不乏其例。巴族始祖廩君死化爲虎，廩君之後亦能化爲虎，是巴人心目中的始祖死後，藉由化虎再度復活的象徵，透過化入自然（動物）的神秘轉變而獲得了永生；杜宇神話無疑也是此一「永生」原型的反映，死化爲杜鵑鳥的杜宇，眞正融入大自然周而復始的神秘循環節奏，每逢春天，再與蜀民共忙農事，是杜宇王獲得永生的精神表現。

（五）蔡斯之說

蔡斯認爲神話原型往往呈現一個光明與黑暗、生與死、善與惡、男與女、天使與魔鬼衝突的對立世界，正建立在這樣的衝突之下，一個又一個的神話

〔註 23〕見陶陽、鍾秀《中國神話》，頁 131～134。李國才講述，禾青搜集整理。
〔註 24〕見陶陽、鍾秀《中國神話》，頁 151～160。曹匹初講述，章虹宇搜集整理。

故事得以展開。如廩君神話中，巴氏之子生赤穴代表光明，其他四姓之子生黑穴代表黑暗；廩君爲男，鹽神爲女；廩君又爲光明（善），鹽神亦爲黑暗（惡）；廩君有生有死，是以故事就是以一個黑暗與光明、善與惡、男與女、生與死衝突的世界所架構而成的。而大部分的治水神話中，亦多半以神仙（天使）與怪獸（魔鬼）、善與惡的衝突爲架構，大禹、李冰、鱉靈等均爲神、爲善，水怪均爲魔、爲惡。搖錢樹傳說中，弟弟、潛素爲善，哥哥、縣太爺爲惡，善惡因此對立；縣太爺好色，造成與潛素間的男女衝突；潛素與夫婿的陰陽兩隔，形成了生死衝突。蜀侯惲的傳說裡，蜀侯爲善，後母爲惡，善惡的衝突造成了蜀侯惲的犧牲，才有蜀侯祠顯靈致雨的神話。無疑蔡斯的衝突原型是神話中不可或缺的內蘊。

（六）弗萊之說

　　弗萊的四階段原型模式是學者公認最爲嚴謹，也最爲周全的原型理論，能夠對文學主題、情節、體裁等各方面做出解釋性的描述與概括。探討西方神話時，大部分學者都會援用弗萊的四階段原型模式，乃因西方神話大多有完整的故事情節，可視爲文學作品加以欣賞、詮釋。然來探討中國神話記載，尤其是巴蜀神話，由於故事情節大多不完整，支離破碎的情況下，難以囊括在弗萊的四階段原型理論中。至於片段的反映有之，如廩君神話中，「巴氏之子生於赤穴，四姓之子皆生黑穴」，五姓中有四姓生於黑穴，在原始類型意象中黑色代表黑暗、混沌、神秘、死亡、憂鬱等，象徵處於「黑暗、冬天、毀滅」的階段；務相戰勝其他四姓，並射殺鹽神，使天地遠離晦冥，從此開明，這可視爲「黎明、春天、誕生」的階段；廩君在夷城爲君，四姓均臣服他，正是「正午、夏天、勝利」的階段；最後廩君死，應爲「日落、秋天、死亡」的階段，如此呈現一個週期。不過《後漢書》畢竟僅將之視爲史實的片段記載，並未以純文學的原貌展現，所以情節的原型反映上並未如西方神話豐富。

　　巴蜀神話反映在弗萊七種不同的自然運動型態及在文學中的象徵表現上，第 1、4 點和前面幾位學者觀點相同，已舉證過，此不再贅敘。至於第 3 點，表現最爲貼切是神話故事中的夢境常被賦予最眞實的意義，甚至以爲夢境所傳達的乃爲本能慾望，如《華陽國志‧蜀志》所載「女絡」一段，女絡隨父自沈後，托夢於兄告知屍體所在，果然應驗。第 5 點藉植物的榮枯循環表現死而復生的神，巴蜀的樹神崇拜自然反映了此點特徵，樹葉在冬天雖會落盡，但隨著春天一來，又冒出枝芽，如此循環往復，生生不息。人的一生，

代代相傳的道理，都在植物一年的榮枯變化體現地淋漓盡致。植物（樹）自然可以表現死而復生的神，供人崇敬膜拜。關於第 7 點，世界各地的神話不斷觸及到水的題材，不啻凸顯了此一原型特徵。巴蜀豐富的水神除了反映地域特色及生活環境外，水的返復，水的循環，水的生生不息，被賦予了從生到死，由死而復活的普遍象徵。

綜上所敘，這些原型代表神話蘊藏著整個人類具有相同或類似意義的特徵，亦即跨文化的共同特徵。經過以上的探討，可將巴蜀神話所展現的較為完整的原型歸納如下：

1 永生：廩君、杜宇、樹神、馬頭娘。

2. 探求：大禹、廩君、鱉靈。

3. 衝突：善與惡、神與魔、男與女、生與死、光明與黑暗。

如此看來，巴蜀神話在某程度上和大多數的民族一樣，透過共同的意象呈現出共同的記憶與類似的心理反應。

第二節　思維主體與對象的關係

鄧啓耀在《中國神話的思維結構》說明：「思維是一種有秩序的意識活動。不論是原始人的還是現代人的思維活動，也不論是科學家、數學家的還是宗教家、藝術家的思維活動，莫不如此。即使是"渾沌"進入思維活動，也將同"有序"結成伙伴，攜手而並進。〔註 25〕」是以神話的思維主體和思維對象間自然形成一種有序的意識活動。思維主體指對外在客觀事物引起的情緒反應、價值判斷或意義判斷的主體，通常即指人本身；思維對象指眼前或記憶中所映入主體的對象，此對象來自外在客觀世界。原始人類生活在物競天擇的自然世界中，必須面對他人、客觀環境和主觀環境的各種關係，因此他們得應用全部的力量，積極的辨識對象對自體可能發生的各種利害關係。主體的辨識過程乃透過感性直解，一旦對象映入，感性直解就會立即發生情緒反應和觀念喚醒，由利害關係形成價值判斷，對主體有益即為善，在心裡便萌生好的情緒；對主體無益即為惡，必疏遠之。為了這一目標，他們發展出一切符合他們世界觀的生存擇優手段：祭祀、祈禱、儀式、巫術等。原始的認知機制使原始人無法脫離主體的心靈理解客體，並以自己的心裡感覺代替

〔註25〕見鄧啓耀《中國神話的思維結構》序文，頁 2，重慶出版社 1992 年初版。

物理事實，往往不自覺地將自然的東西看待成主觀的、如人般有生命的東西，所以原始人展現較今人更富情緒和感情的想像、幻覺和心理體察。〔註26〕

　　是以在神話的思維結構中，思維主體與思維對象的關係，有實的一面，也有虛的一面；有不分化的一面，也有分化的一面。進而展現爲「心物合一」（一體感）和「虛實相生」（渾沌感）兩種神話思維特性。茲就巴蜀神話中所體現的一體感和渾沌感分敘如下：

一、心物合一──神話的「一體感」

　　在神話的思維結構中，有一種不分化（或不完全分化）的一體感，思維主體與思維對象似乎在一種虛幻的關係中合爲一體。主體是自然對象的一部分，自然對象也是主體的一部分或主體的延伸。根據心理學中斯賓塞－維爾納原理，人的心理或思維發展不僅表示成長，而且表示經歷三個階段的進步：未分化的、分化的、整合的。這種不分化的一體感，正是原始民族的心理及思維水平處於第一階段的必然產物，因此原始神話及原始藝術、巫術、宗教大多有濃厚的物我同一、天人交感的特性。此乃認識發生的初期階段，人類群體（原始人）和個體（兒童）都普遍經歷過的一個思維主體和思維對象未分化階段的必然成果。對於個體（兒童心理發展）來說，即經歷一個既不知道自我，也不能區分自己和外部世界的界限的階段；對於群體來說，原始人則經歷一個對周遭可感知環境和自然界等只能意識到某些狹隘聯繫，並在思維中將思維主體和思維對象含混不分的心理階段，這在神話中是隨處可見的。〔註27〕

　　巴蜀神話中亦表現出此種心物不分的一體感。石崇拜神話中，有以石爲創生之源，或爲靈魂回歸之所，故以禹爲石所衍生，以石筍、石鏡爲墓塚，賦予武擔石靈性，山爲五子山；又賦予石犀、石人、石柱英雄神的生命力，得以鎮邪招吉；羌族、藏族、納西族以白石爲神，白石擁有了聖潔的生命力。水崇拜神話中，水患爲妖魔作怪，巫山十二峰爲十二孽龍所化，峽有黃牛峽、錯開峽，台有斬龍台，命名由來均有故事背景。樹崇拜神話中，三星堆神樹本身扮演著絕地通天、溝通神人的天梯角色，搖錢樹則傳說爲報恩的潛素所化。蛇崇拜神話中，巴人以蛇爲圖騰，蛇即爲種族吉祥物；且漾水有蛇神戌

〔註26〕參見金洪謙〈中國上古神話與民間信仰──一個神話思維的考察〉，頁 14～16，東海大學中文研究所碩士論文 1995 年 5 月。

〔註27〕參見鄧啓耀《中國神話的思維結構》，頁 109～111。

守的記載，《搜神記》中「邛都大蛇」及「郫縣小蛇」故事裡，蛇均被賦予人性。虎崇拜神話中，虎不僅爲巴蜀圖騰物，且以巴族始祖廩君死後魂化白虎；《錄異記》中「姨虎」故事裡，勸民爲善的十八姨亦爲虎所化；土家族的人類繁衍神話中，同以虎爲主神，並以白虎爲圖騰，人死後化爲虎。反應巴蜀經濟型態的神話中，愛民如子的杜宇死化爲子規鳥，催人耕作，因被奉爲農神；嫘祖故事、蠶花娘娘故事中，蠶爲馬頭娘所化；《搜神記》記載「猳國馬化」故事裡，以爲今蜀中姓楊人氏，爲與猴相類的「猳（牡豕）國」後代。

　　在以上這些巴蜀神話中，彷彿進入一個初看世界的兒童的奇妙心理之渾沌世界，山水土木、飛禽走獸均和人一樣，具有感情意志和靈魂，與人有一樣的心理和其他功能。原始先民不認爲這是自己感情的投射，而認爲天地萬物總是和人混然相生，具有同樣的心理和情感的。不僅萬物可以和人共生交感，人也和萬物同源和體。草木禽獸可以和人神互相轉化，人的行爲也可以與某種神秘力量和宇宙秩序互相感應，不但天與人，心與物亦同出一流，合爲一體。因此在神話思維中，夢是眞的，神話是歷史，物我能交感，人的行爲可以導致某種自然規律或宇宙秩序的改變，天地萬物的某種變化也等同於人類社會的吉凶禍福。思維主體與思維對象不僅相互作用，而且能相互滲透與關聯，而不理會它們在性質、形式、作用等方面的矛盾，是以物理的和生理的，有生命和無生命的，有思想感情、意志和無思想感情、意志的，都不自覺得融混在一起。〔註28〕總之，在神話思維的階段，人還未完全把思維主體從自然的背景中抽離出來，人類將自身看作是自然的一部分，又把自然看作是人性的自然。由於這種「心物合一」的關係，在初民社會或原始民族的眼中，萬物皆是活的、有靈的，具有人性、人格或神格，於是成爲了原始巫術和宗教的源頭。這樣的觀點與英國人類學家泰勒的「萬物有靈論」相同，泰勒以爲原始人把世界的每一細節都看作是生命和欲望的作用，對原始人來說，太陽、星辰、樹木、河流、風和雲都是具有人的靈性和生命體，從而導致原始人把一切的存在物都看作是和人或動物相同的東西。〔註29〕法國人類學家列維·布留爾更進一步提出「互滲律」，也是以這樣的觀點爲基礎的，他說：

　　　　在原始人思維的集體表象中，客體、存在物、現象能夠以我們不可

〔註28〕參見鄧啓耀《中國神話的思維結構》，頁114。
〔註29〕見朱狄《原始文化研究》，頁685，生活、新知、讀書三聯書店1988年初版。

　　思議的方式同時是它們自身，又是其它什麼東西。〔註30〕

布留爾以爲此乃原始人的思維律則。「互滲」即共同參與、相互滲透、彼此不分。「互滲律」就是關於在原始體驗中，每個存在物和存在物之間都可能相互滲透、相互共生、彼此交感的規律。如此看來，天人合一、心物不分的關係亦在此規律中神秘進行的。心理學派大師榮格的「同一化」，亦是同樣的觀點，他說：

　　（原始人）將自己視爲與某人或某物（同一之意）的行爲，因而創
　　造了一個世界：人不但在心理上，而且在形體上都容納於此世界
　　中；他與世界融爲一體，他不是世界的主宰，而只是其一部分而已。
　　〔註31〕

這種思維見之於圖騰崇拜最爲鮮明，如巴蜀先民眞實地認同於虎或蛇，故以之爲圖騰物，人死後可化爲圖騰物，圖騰物亦可化爲人，這種神秘互滲的生存關係，在神話中屢見不鮮。

二、虛實相生──神話的「渾沌感」

　　神話是原始民族經驗的總結，這些經驗包含實的經驗（直觀摹寫和直覺洞察）和虛的經驗（主觀投射和想像幻化），他們常常不自覺地將兩種經驗混在一起，使得神話在我們看來顯得朦朧迷離，渾沌一片。〔註32〕

　　原始民族裡，神話的創作者必須盡量使自己的意識和行爲符合客觀實際，這就得依賴通過直觀和社會實踐獲得的經驗，使思維的主體和對象處於較客觀的關係中，並使思維主體能大體正確地把握事物的性質、關係和過程。是以在生活條件極爲艱苦的原始環境下，原始民族依靠豐富的感情經驗以獲得對事物型態、性質、規律的某種領悟或洞察，比依靠想像力獲得要多。即靠直觀摹寫積累的經驗，他們能悟出一定的因果關係及某些合乎理性和邏輯的道理；靠先行現象和表面現象，他們也能洞察到一定的後隨現象及內在聯繫。〔註33〕好比巴族以虎爲圖騰，除因巴地多虎外，更因虎的勇猛強悍與其性格相近，他們的崇拜有其道理可循，絕非盲目崇拜；又如杜宇神話中，杜宇死後魂化子規鳥，每到春天聲聲啼催「布穀─布穀」，被敬爲農神，此中不

〔註30〕見列維·布留爾《原始思維》，頁69～70，北京商務出版社1995年初版。
〔註31〕見榮格著、黃奇銘譯《追求心靈奧秘的現代人》，頁172，北京社會科學文獻出版社1987年初版。
〔註32〕見鄧啓耀《中國神話的思維結構》，頁116。
〔註33〕見鄧啓耀《中國神話的思維結構》，頁117。

僅反映了杜宇在世時教民務農的史實外，更符合子規鳥每逢春耕時啼叫的自然法則，叫聲「布穀」正狀其聲而取其諧音，一點也不矯作虛造。這些神話內容多半是先民以其直觀經驗積累的智慧，並非全是光怪陸離，荒誕不經的，只要適當的譯解，便可從神話中發現被折射的原始生活形態、原始意識型態和潛在的邏輯。

　　所以神話是原始民族通過幻想，用一種不自覺的藝術方式加工過的自然和社會經驗。原始的神及神話，就是原始人類當時社會生活的反映和自己觀念的寫照。這是神話主體和對象處於較「實」的關係中，也就是說，基於直觀摹寫或直觀洞察心理基礎的神話，包含一定客觀化經驗、初級理性內容及某些事物的共相共性、事物之間的真實關係和概括化知識。另外，思維主體和思維對象還有一種處於較「虛」的關係中，由於神話是透過幻想加工過的，思維主體和思維對象未完全分化，物象和心象，記憶表象和想像意念往往混為一體，並沒有比較純粹的反映事物的原貌和觀念，更難有清晰地反映事物本質屬性的概念。所以神話思維結構中是帶有濃厚想像和幻想色彩的表象和概念，存在於主體與對象的投射和幻化關係中，也就具有了各種人為屬性和虛幻的功能。〔註34〕

　　例如巴蜀治水神話裡，水患肇因水怪的興風作浪，英雄神（如大禹、李冰、鱉靈等）與水怪相鬥，勝利殺死水怪則水患得以平定；成都卜肆的支機石成了牛郎織女在人間的遺物；搖錢樹傳說中，穿插著男主人翁與潛素的一段深刻戀情。這些都充滿著人為屬性和虛幻的功能，是神話思維中虛實相生的產物。簡而言之，在神話的思維結構中，還存在著或被創造了一個改變原有型態、特徵和性質的對象世界，它是虛幻的，且通過主體到對象的投射，去補充客觀化認識因素（粗陋的感性經驗）之不足和主觀化經驗（如夢的經驗、巫術的經驗等）。此中包含著主體的思想感情對對象的想像幻化，用以宣洩情感、滿足幻想的需求，從而藉助想像去征服和支配自然力。正如鄧啓耀所言：

　　　神話的作者是以自己身體或心理為中心將世界有機化，將自己的生理心理（小宇宙）與自然萬物對應起來形成一個有機整體，彼此交感、互換，甚至本來就是同一（一體）的。〔註35〕

〔註34〕參見鄧啓耀《中國神話的思維結構》，頁118。
〔註35〕見鄧啓耀《中國神話的思維結構》，頁120。

就以三星堆神樹為比方，它是代表東方扶桑、中央建木、西方若木中國三神樹的複合體，反映原始樸素的宇宙觀和世界觀，是中國人早期對宇宙天際的粗糙認識；神樹下的群巫師之首，反映當時以巫師為首、巫風甚盛的社會結構；對樹的崇拜，似乎也是人類重視自身繁殖力現象的外化，可視為生殖崇拜下的產物。這些都證實蜀人在神話中藉助想像力征服和支配自然，創造出另一個虛幻的有機整體。

綜上所述，可知在神話的思維結構中，既包含著主體對於對象的直觀摹寫和直覺洞察這一基礎關係，又包含著無意識地主觀投射和想像幻化，後者經常滲入前者，自然而然形成虛虛實實的渾沌感，不像藝術思維是自覺的投射幻化，也不像邏輯思維是客觀和理性的判斷。神話的神秘莫測，就在這兩種關係的糾纏。例如《蜀王本紀》中所載蠶叢、柏濩、魚鳧、開明諸世，提到「時人萌椎髻左衽，不曉文字，未有禮樂」是實，但說前三代各數百年，「皆神化不死」是虛；〈蜀志〉所言周顯王十二年事，蜀朝秦，秦惠王覬覦蜀地一事是實，然蜀王遣五丁迎五女，掣蛇山崩，死化五丁山之事則為虛；李冰治水一段，蜀地久苦於水患是實，入水斬怪，化二牛相鬥則是虛。足見神話虛中有實，實中有虛，虛實莫辨的思維結構。

第三節　思維邏輯結構

關於中國神話是否有邏輯結構，這個問題在國內哲學和邏輯學界的爭論仍多，尚無定論。然鄧啟耀先生提出中國神話的諸點邏輯結構，提供了研究神話一個嶄新的角度，頗獲學界高度關注。此節亦擬以鄧氏之說，試以詮釋巴蜀神話的思維邏輯結構。

在西方傳統邏輯學中，長久以來以演繹法和歸納法佔優勢，類比推理則一直受到冷落。而神話中，類比作用正是上古人民在幻想世界中積極尋求滿足欲望的手段。直至今日，「類比推理方式」還在日常生活中透過自身的經驗幫助我們測知未知的世界。《周易‧繫辭下》：

> 古者庖犧氏之王天下也，仰則觀象於天，俯則觀法於地；觀鳥獸之
> 文與地之宜；近取諸身，遠取諸物；於是始作八卦，以通神明之德，
> 以類萬物之情。〔註36〕

〔註36〕見《周易‧繫辭下》，頁166，輯入《十三經注疏1》，藍燈文化事業出版。

「八卦」這一中華民族特有的文化符號，就是一種取萬物之象，以趨近所欲表達之意的類比邏輯結構。「近取諸身」爲首、腹、足、股、耳、目、手、口；「遠取諸物」爲馬、牛、龍、雞、豕、雉、狗、羊，並推及天、地、日、月、風、雷、水、火、木、石等；日月風雷變化爲四時，水火木土變化爲萬物。這種以個別（類的）等同於普遍（萬物），即某一類事物同時又可以是某一種事物（A＝B＝C＝D……）的邏輯，在神話中是極爲常見的。〔註37〕好比陰陽、男女、黑白、眞假、善惡、美醜等常被類比在一起，如黑代表惡，白代表善，陰代表女，陽代表男……常在中國神話中以象徵的形式出現。所以神話中象徵性解釋的邏輯基礎便是類比，被解釋對象同用來解釋的故事之間是由類比相似而聯繫起來的。不過神話思維的類比推理和科學思維並不同，俞建章和葉舒憲在《符號：語言和藝術》中提到神話思維的類比只能在現象事物的表面進行，或者說只是一種外在特徵的類比，類比的兩種事物之間具有型態或屬性上的相似性，便可以將它們同化爲同類現象；科學思維中的類比必須依據在一定程度上反映事物本質屬性的相似特徵，並且還要依據被比較現象中相似屬性的數量，儘管考慮這些，所得出的結論仍然是或然性的，且待進一步的驗證。所以神話思維中的類比則是完全地主觀性的，科學思維中的類比則力求客觀。〔註38〕神話的類比中，即使兩種事物在本質上毫無共同之處，但只要在型態上有一項相似，就可以進行連結，或者屬性上有一項共同點，就可以類比推理將它們等同，這種類比作用是直觀性的，多以主觀的思維程序表現出。

在人類認識的原始階段，類比推理曾起很大的作用；在中國傳統思維發展的漫長歷史時期，類比推理也可能是意義重大，歷史久遠的一種獨特的邏輯思維方式，且其在神話中表現最爲突出。俞建章、葉舒憲指出：

> 從歷史與個體發展的角度來看，類比能力都是人類最早發展起來的一種稟賦，這一稟賦在神話思維運演中發揮著邏輯中樞的作用。幻想和想像正是由於有了這一邏輯中樞的控制和調節，才不至於淪爲隨意性的、無邊際的遐想。〔註39〕

現以鄧啓耀先生所提出神話的思維邏輯結構之五種特性，對巴蜀神話的思維邏輯結構進行深入的探討。

〔註37〕見鄧啓耀《中國神話的思維結構》，頁155。
〔註38〕參見俞建章、葉舒憲著《符號：語言和藝術》，頁135。
〔註39〕見俞建章、葉舒憲著《符號：語言和藝術》，頁132。

一、型態類比

　　型態類比應是較爲初級且較簡單粗糙的的類比推理，如盤古神話中，盤古雙眼化爲日月，便是取其型態上的相似。也就是說，即使甲和乙兩類事物在本質上毫無共同之處，但只要型態上有一項相似，就可以進行類比，甚至把它們完全等同。若用公式表示，那麼人體甲和物體乙（天體、地貌以及某一動植物的某一型態）的特徵各自爲：

　　　　甲（a、b、c、d、e）

　　　　乙（e、f、g、h、i）

　　　　在神話邏輯結構中，只要e型態大致相似，則甲e＝乙e，而且

　　　　甲（a、b、c、d、e）＝乙（e、f、g、h、i）〔註40〕

這種類比，只要形似，便可神合；只要一項相似，各項及整體皆可等同。

　　巴蜀的石神崇拜中，其邏輯結構以型態類比居多。山石久經風化，形成不同形狀，當形狀與某人某事相似時，一段神話傳說便應運而生。如五子山（五丁冢）、巫山十二峰，山有五，正似力大無比的五丁力士；峰有十二，正可爲十二孽龍所葬之處。〈蜀志〉的「武擔石」，因形若扁擔之兩端，故以之爲五丁力士之石擔。成都西門街的「支機石」，亦因形似墊紡織機用的石頭，故穿插出一段織女爲請嚴君平卜算她與牛郎的命運，不小心掉落此石於人間的傳說。《太平寰宇記》卷七十六所載四川簡州的石乳水，亦因懸崖腹有石乳房一十七眼，狀若人乳，故人民紛相乞子於此。

　　《輿地紀勝》引《華陽國志》佚文中提到金堂峽南岸有「鱉靈跡」，亦因石門上巨跡形若巨大腳印，故以爲鱉靈蹬開峽口所留下的腳印。樹神崇拜中，鍾仕倫先生以爲三星堆神樹展現了某部分的生殖崇拜，則是大樹的枝繁葉茂與多子多孫形成了型態類比；搖錢樹傳說中，樹可搖錢，多半是以離離葉片在陽光照耀下或秋天金黃的落葉均閃耀如金幣，故與錢財形成型態類比。蛇崇拜亦如許多神話學者所言，是與男性性徵作類比，象徵著生殖崇拜。虎崇拜則是虎外型的威武勇猛與巴族崇尚的勇士形成類比，作爲種族的圖騰物。杜宇神話中，死化爲鳥，正是靈魂的飛升與鳥的飛翔做一型態類比。蠶馬故事中，蠶首如馬首，且與蠶叢氏具有「縱目」的特徵相近，此亦是神話思維邏輯結構中的型態類比。

　　這些神話的類比中，並不簡單地只是具有修辭學上比喻的特性，而是隱

〔註40〕見鄧啓耀《中國神話的思維結構》，頁165。

含著推理的成份，用人的故事及神跡來詮釋山石，是爲了推論萬物起源及形成的原因；樹崇拜和蛇崇拜中象徵生殖崇拜，虎作爲圖騰，則是在類比中推論人類自身來由的奧秘。由此一來，這種神話邏輯便輕而易舉地解決了天地萬物以及人類起源等本體論或認識論的重大問題。

二、屬性類比

與型態類比不同的，此取屬性上的共同點，故即使兩種事物本質上毫無共同處，但只要在屬性上有一項相同，就可以進行類比將它們等同。其公式和型態類比相同，不過抽離型態而取屬性。

能進而對屬性有所認識，正反映思維能力已有發展，「以類萬物之情」即可看作對事物情感屬性的一種較高層次的擬人化類比。《周易・乾卦之言》：

> 同聲相應，同氣相求。水流濕，火就燥，雲從龍，風從虎。聖人作
> 而萬物睹，本乎天者親上，本乎地者親下。各從其類也。〔註41〕

此便是一種功能、情感上屬性的類比。神話中不同種類物象所作的對應，亦出於某種想像性的屬性類比，由此而推斷出某一事物在一定時間、空間、動靜、色相、功能等方面情感、屬性或性質。〔註42〕最常見到的是神話中將自然和社會萬物以善惡作爲它們的基本屬性而進行類比，從而推想出一個二元對立的世界觀。如神話世界中常將事物的象徵區分爲兩類：凡對某一類事物作了肯定性的評判（如眞實、白天、善神、白蛋等），與之相關一系列的任何一件事也必作肯定性的評判（如由此生與福、善、豐、智等有關的神或人）；反之亦然。好比中國神話中，桃都、桃木、桃花、桃子……與桃有關的一類均賦予祛邪招吉、祈福益壽的象徵意義，此便是以屬性的相同而進行類比的。

巴蜀神話中亦不乏其例，試看在山石崇拜的風氣影響所及，與石有關神話故事中，石所代表意象均是善的、祥瑞的、崇高的。如武擔石、五子山，有受民崇敬的五丁力士爲故事底本；支機石亦爲神仙遺物，傳說可除病、求子、促婚姻美滿；石犀、石人、石柱可鎮水鎖龍，免除水患；成都風俗，摸石於池，作爲求子之祥；白石被羌族、藏族、納西族視爲神祇、靈物；被四川人民奉爲「壇神墩墩」也只是一塊基石，人們以爲它可以避邪招吉。這些都是巴蜀神話中以屬性類比作爲其思維邏輯結構的例證，以「石」作爲它們共同屬性而進行類比的。其中少數民族的白石神話中，除「石」外，更強調

〔註41〕見《周易・乾卦》，頁15。
〔註42〕見鄧啓耀《中國神話的思維結構》，頁167。

「白色」，白色象徵聖潔寧靜的崇高面，這也是在屬性類比中進行的思維邏輯結構。

　　蛇虎崇拜中，亦屬於屬性類比的思維邏輯，因以蛇或虎為圖騰，作為民族的保護神，於是與蛇或虎有關的均是善性、吉祥的代表。《搜神記》所載巴郡將軍馮緄一則中見二赤蛇分南北走，乃吉祥之兆；「邛都大蛇」裡，大蛇知恩圖報；西南少數民族有蛇節，苗民喪期擇屬蛇之日為佳；巴人以其始祖死後化為白虎，《錄異記》中「姨虎」有著教民為善的懿行；開明即虎神，民間故事中曾救鱉靈一命；土家族人類繁衍的神話中，「白虎星神與琚梅姑娘傳土家」、「虎娃兒與三公主傳土家」故事裡都是以虎為土家族的老祖宗，連「白龍與蒙易傳土家」故事裡，蒙易從小是喝虎奶長大的，虎均在神話中賦予偉大的地位；湖南有山峰狀如猛虎，人民奉為山神；四川白族祈子、祈年均祭白虎，掛虎像可避邪，小孩帶虎頭帽，穿虎頭鞋，必好養；普米人凡遇災害、家庭不合、婦女不孕均乞靈於當地的母虎神。於是可以發現透過屬性類比的邏輯思維，巴蜀神話中幾乎可將蛇、虎和祥瑞劃上了等號。

三、以類度類

　　神話的思維方式是一種直觀的思維方式，其思維的形式因素是以直觀形象為基礎的集體表象或類化意象，故作為一種原始的形象思維，它還不可能實現從具體到抽象的思維程序，因而從具體到具體是神話的思維進行類比推理的邏輯程序。這種邏輯推理程序的客觀基礎，正是兩個具體事物之間的同構對應關係；也就是說，兩個具體事物間的同構對應關係是「以類度類」推理方式的重要關鍵。用公式表示，可以如下：

　　　A（a、b、c、d）

　　　假設 A 與 B 同構

　　　故 B（a、b、c、d）〔註43〕

轉換成簡單的例子，如下：

　　　由於人（A）有男（a）女（b）喜（c）怒（d）……

　　　假設人（A）與天（B）同構

　　　故天（B）也有陰（a）、陽（b）、陰（c）、晦（d）……

　　　所以天道即人道，人道即天道

〔註43〕參見鄧啟耀《中國神話的思維結構》，頁 171～172。

換句話說，由於 A 與 B 在想像中被賦予同構關係，只要 A 具有屬性 a、b、c、d 等，B 也就具有同樣的屬性。這是一種從個別到個別，從具體到具體的推理方式。而且在許多情況中，無論 Aa、Ab、Ac、Ad 與 Ba、Bb、Bc、Bd 是等值對應還是不等值對應，只要 A 與 B（甚至 C、D、E……）被定為具有同構關係，就可連珠式地無窮推演下去。可見這種推論方式是一種連鎖式的推論，且都是在「同一」的假定下完成的，例如天人的同一、內外的同一（所謂上順鬼神、外順君長、內順父兄等），就是建立在天人合體、合性、同心、同德之上的。儒家重視從社會人文關係以觀天德，視天道與人道同構；道家亦重視道在螻蟻稊稗，遍在自然以觀天道；佛教禪宗也有處處禪機，一悟即至佛地。此三家均以內省可觀天，以行為喻道，把微觀感受與宏觀領悟作類比推演，是神話思維中「同一性」、「一體感」的發展演化。〔註44〕

總之，這些同構對應的類比推理，似乎不考慮基本前提的根基如何，型態、屬性、性質的異同如何，只要一項成立（甚至只在幻想中成立），就可以一一推演下去，項項成立，環環緊扣而牢不可破。這種「以類度類」的邏輯結構，不僅潛藏在中國神話裡，而且早已滲透入中國文化的各個層面、各種層次中，舉凡「天人合一」、「天人交感」、「天人同德」、「物我不分」、「心身互感」、「心物合一」以及神譜與家譜、神系與帝系等同構對應關係，便是出於這一共同思維之源。它無疑對中國民族傳統思維方式及文化心理發生著極為深刻的影響。

巴蜀神話思維中，此種「以類度類」邏輯結構雖然不多，但從三星堆神樹或可窺見一二，神樹由底座、樹及樹上的龍組成，底座造型如山，無疑象徵一座神山，神山上矗立著高大挺拔的通天神樹，座上有下跪膜拜的銅像武士，樹分三層，每層三枝，各成對稱布局，枝上有果枝、果托、果葉，並分別站有九鳥。此種構形完全和日常生活所認知的樹木形成同構對應關係，這象徵通天的神樹及代表太陽崇拜的「九鳥」，均是巴蜀先民在直觀思維下「以類度類」的產物。可套入公式如下：

　　　樹下有山，樹上有枝、葉、果、鳥

　　　假設「神樹」與「樹」同構

　　　所以神樹下亦有神山，神樹上亦有枝、葉、果、鳥

〔註44〕參見鄧啓耀《中國神話的思維結構》，頁 171。

神樹此在造形上與一般的樹形成同構，在內蘊上卻與古人所認知的宇宙形成同構，所以神樹又反映著人類早期原始的、樸素的世界觀及宇宙觀，被視爲「宇宙樹」。

　　以三星堆神樹爲前身的漢墓搖錢樹當然也不在例外，不僅樹形本身仍與一般的樹同構外，樹頂紋飾及樹葉彩繪的神仙世界，是以現實世界同構對應再加以渲染而成的，人類世界有祖先，有帝王、臣民、動物、歌舞、金錢等，與之同構的神仙世界亦有伏犧女媧，有西王母、人物故事、神禽瑞獸、歌舞雜技表演和銅錢等，儼然在人類世界之上有一個與之同構的神仙世界存在，這個神仙世界裡就是所有神話故事的發源地，亦是所有神話故事集合的大本營。從這個同構世界出發，透過不斷的連鎖式邏輯推理，神仙世界有其系譜，便構成了一個完整的神話體系。可惜巴蜀神話並未發展出一個獨立完整的神話體系，而隨著文化的融合，逐漸同流於中原神話體系中。

四、以己度物

　　「以己度物」是一種通過內省體驗獲得的訊息而進行類比推理的神話思維結構，亦即藉著自己身上內在的生活體驗來推測萬事萬物的信息。在意義的理解上頗似「心物合一——神話的一體感」，鄧啓耀說：

> 所謂「以己度物」，就是從思維主體自己的感知、情感、意欲和社會
> 生活經驗去揣度萬事萬物，以爲這些事物也和人一樣具有同樣的感
> 覺、情感、慾望等經驗，這種心理現象，是由於思維主體在思維中，
> 總易以自己主觀的投射幻化經驗，作爲對自然和社會的直觀摹寫經
> 驗的重要參照並混而爲一。因而，在修辭上，表現出濃厚的擬人化
> 色彩；在思想中，表現爲所謂「萬物（形）有靈」或「萬靈有形」
> 的趨向；在邏輯上，則表現爲從自身推出他物，從一種現象（心理
> 現象）推出另一種現象（物理現象或社會人文現象）的類比推理。

〔註45〕

此乃透過非本質的外部聯繫，以人的生理和心理現象來推理各種自然現象，以爲自然物也有和人一樣的心理和活動，而且可以相互變化的思維方式。因此這種類比推理的方式大部分是帶著自我中心的特性，表現出相當主觀的認知發展程度。好比圖騰崇拜中的動物神和自然崇拜中的自然神雖然不具有人

〔註45〕見鄧啓耀《中國神話的思維結構》，頁 173～174。

的外型，但其所具有的意志和情感，它們對人類生活所起的作用，仍然是思維主體以己度物的擬人化投射的結果，亦是人類本性一種不自覺的對象化；再者，從物神發展到擬人神，在人的內在特徵之外，神又獲得了人的外貌與身形，天上神仙世界所演的戲劇不外乎是地上人間生活的投影，此中人類的自我中心性自然相當濃厚。

由此看來，幾乎所有神話都離不開「以己度物」的思維邏輯結構，巴蜀神話亦不例外。以人或神的故事來解釋地名的由來，有五子山、武擔石、黃牛峽、錯開峽、斬龍臺、巫山十二峰等；以人神故事詮釋萬物來源的，如搖錢樹為潛素姑娘所化，杜鵑鳥為杜宇王所化；進而可以相互變化者，廩君死後可化為虎，其後裔廩人亦可化為虎，江陵虎可化為人，嘉陵江畔十八姨即為虎所化；擬人效果更為生動傳神，萬物可道人語者，如杜鵑鳥催啼「布穀」，怒特祠梓樹與鬼的一段交談，「郫縣小蛇」自白受害一事，馬頭娘故事裡，馬語人言等。以上這些是巴蜀神話中「以己度物」邏輯思維最好的例證。

前面筆者探討「神話與民族精神」一節，即認知到各民族神話中諸神的品行，往往是該民族精神氣質、道德操行的反映，此一觀點亦在「以己度物」的邏輯思維範疇內。希臘神話中的神靈往往整天置身山野林間，風流浪漫，瘋醉無常；中國神話的神仙人物則持身拘謹，責任明確，少有越軌之舉，甚至為了成就崇高的道德情操而犧牲，這顯然是各民族文化不同及道德觀相異使然。巴民族神話人物中特重悍勇勁直（如廩君、鄧遐）的一面，蜀民族神話中善良積進的性格（如杜宇、李冰），以及巴蜀神話共同重視道德情操、禮教名節的風氣（如姨虎、女絡等），這些也都是巴蜀先民在「以己度物」的邏輯思維下所賦予神話的民族色彩。

因此，所謂「類萬物之情」，其實是以人之情去類比萬物之情；而「通神明之德」，也是以民族社會或宗法社會最推崇的道德去作為神明崇高德行的內在樣本。

五、以已知度未知

原始民族的知識水準如同兒童般，未知的事極多，卻充滿好奇心。人類學家總結出原始心理的兩大特徵便是「好奇」與「輕信」〔註46〕，由於原始人有著強烈的求知欲和解釋欲，要求對各種現象的原因做出明確的答案，於

〔註46〕見俞建章、葉舒憲著《符號：語言和藝術》，頁140。

是他們創造神話作爲自己求知的解釋體系。而剛開始的求知活動，須以最適
當的方式作爲詮釋的依據，在毫無證據的情況之下，直覺的依據便是經驗的
累積，順理成章地便會用自己已經知道的事物去推測未知的事物。鄧啓耀先
生說：

> 在當時的心理水平下，原始民族只能「近取諸身，遠取諸物」，取已
> 知之「象」，來究未知之謎。〔註47〕

這時的思維推理是比較接近於以經驗爲特徵的邏輯結構，譬如有關天地和生
命起源的哲學，人們所熟知、最易產生聯想的，自然是能生兒育女的母體。
已知母體的生育能力，便成爲未知的萬物來源的推論依據。因此有了「女媧
造人」、「女媧補天」的神話作爲萬物起源、天地開闢的詮釋。

　　巴蜀神話中，不知長三丈、重千鈞的石筍何由而來，但知常人墓石爲人
所立，故以之爲五丁力士爲帝王所立之墓志；不知據地數畝、高七丈的石鏡
從何而來，亦以之爲蜀王遣五丁力士爲王妃所立之冢；不知峽口何由而成，
但知牛角銳利可牴傷人體，故以之爲黃牛雙角牴山而成，而有黃牛峽；不知
水患何由而來，但知驚濤駭浪的洪水如毒蛇猛獸可蝕人命，故以水患肇因水
怪作惡；不知蠶肇始於何，但知人出自母體，故以蠶爲馬頭娘所化；不知民
族起源爲何，但知代代相生之理，故以巴族起源爲「太皞生咸鳥，咸鳥生乘
釐，乘釐生後照，後照是始爲巴人」。

　　以上所敘，可知巴蜀神話中亦蘊藏著豐富的邏輯思維結構，自非荒誕無
稽、天馬行空之作，是巴蜀先民以其直觀經驗感知外物，透過有序的邏輯思
維發展出來的，醞積著先民豐富的經驗智慧和心理活動。

〔註47〕見鄧啓耀《中國神話的思維結構》，頁 175。

第五章　巴蜀神話對後世的影響

第一節　巴蜀神話對道教的影響

　　神話與宗教同具有神祕不可測的性質，是先民信仰的內容之一。宗教是對神的信仰，而神話除了神以外，還包含對精靈、魔怪、人和動物的篤信。所以神話和宗教皆源於原始萬物有靈的世界觀。〔註1〕神話與宗教必有密不可分的關係，魯迅以為：「神話是宗教的萌芽〔註2〕」，袁珂反對其說，認為：

> 事實上按照原始社會精神文化的發展程序，原始人類是先有了朦朧
> 的宗教觀念，由這種朦朧的宗教觀念逐漸產生一批基本上還是物的
> 形軀的原始的宗教的神，然後才有把原始宗教的神來擬人化，賦予
> 人的性格和意志，表達人的希望與欲求的所謂神話出現。〔註3〕

袁珂之說，乃以為朦朧的宗教觀念先於神話。馬學良則採折衷說法，他認為原始宗教和神話是相互依存的〔註4〕，蘭克在〈原始的宗教和神話〉一文中亦採此說，他說：

> 原始宗教和原始神話，原始人是把它們作為一個相互依存、水乳交
> 融的統一體創造出來的。〔註5〕

〔註1〕　見傅師錫壬「中國神話學」上課講義，第三章神話與宗教。
〔註2〕　見魯迅《中國小說史略》，頁22，明倫出版社1969年初版。
〔註3〕　見袁珂《中國神話傳說》頁15，里仁書局1987年初版。
〔註4〕　轉引自潛明茲《中國神話學》，頁23。
〔註5〕　見蘭克〈原始宗教和神話〉，載於《中國少數民族神話論文集》，頁40。此轉引自潛明茲《中國神話學》，頁23。

蘭克的觀點主要是從雲南少數民族的實地調查所得，他並說明：「神話所表達的是宗教的觀念，宗教崇拜的是神話中的神。」更加確立兩者互爲依存的關係。是以原始神話和原始宗教產生的基礎，均來自於原始人對自然力量的崇拜和祈求。至於後代的神話和宗教之間，其間交互影響、水乳交融的關係更加密切，神話不僅作爲宗教宣揚的工具，亦是其儀式的重要內容；宗教則應其本身信仰需求，不斷豐富了大批神話素材。當然在宗教刺激下產生的神話，較之原始神話，少了魔法的力量，卻增加了道德力量。

巴蜀的神話和道教便有此種相生相長的關係。道教是最具中國文化特色的本土宗教，產生的過程龐雜而緩慢。早期道教的主要來源有：1. 古代的宗教和民間巫術 2. 戰國至秦漢間的神仙傳說與方士方術 3. 先秦老莊哲學和秦漢道家學說 4. 儒學和陰陽五行思想 5. 古代醫學和體育衛生知識。然而其中還有一個相當重要的來源，即巴蜀文化。〔註6〕道教最原始的組織乃創始於巴蜀的五斗米道，五斗米道於是又被稱爲原始道教，且道教諸多神仙人物修練成仙的地點均選擇在巴蜀，由此可見巴蜀對道教的產生有相當大的影響力。關於巴蜀文化與道教的密切關係，茲分以下諸點說明：

一、神仙思想

巴蜀一帶很早便好神仙思想，敬重鬼妖，巫風甚盛。前面提及《華陽國志》的〈巴志〉、〈蜀志〉中對巴蜀歷史的記載中多神話性質，均可爲證。《蜀王本紀》記載：

> 蜀王之先，名蠶叢。後代名曰柏濩，後者名魚鳧，此三代各數百歲，皆神化不死，其民亦頗隨王化去。

《華陽國志》中記：

> （涪陵郡）山有大龜，其甲可卜，其緣可作叉，世稱「靈叉」。（〈巴志〉，頁13）

> 魚鳧王田於湔山，忽得仙道，蜀人思之，爲立祠。（〈蜀志〉，頁128）

> （棘道縣）民失在於徵巫，好鬼巫。（〈蜀志〉，頁128）

《四川通志》載「夔州府」條曰：「其俗信鬼」，引《萬縣志》云：「俗頗信巫」，又引《開縣志》言：「俗重田神」。〔註7〕這些典籍記載都可看出巴蜀先民很早

〔註6〕 參見任繼愈主編《中國道教史》，頁10～17，桂冠圖書股份有限公司1991年初版。

〔註7〕 見《四川通志》卷六十一，頁2198。

便喜好神仙思想，敬重鬼巫。

　　若據蒙文通先生所言，《山海經》是巴蜀荊楚人的作品，其中〈海內四經〉是蜀人作品。蒙氏認爲從〈海內四經〉、〈海外經〉、〈五藏山經〉看來，是南、西、北、東的排列，不同於中原東南西北的順序觀念。〔註8〕而三星堆一號祭祀坑內金、青銅、玉、石、骨、陶、象牙等文物 300 餘件，大部分集中在坑的西南部和東南部，東北部較少，其排列方位亦表現蜀人重南和重西南方位的特點。〔註9〕

　　王家祐先生曾說，巴、蜀、楚三個王族是從「西王母」分化出來的，西王母即岷山地區的女國。〔註10〕蒙氏亦曾考訂：「海內崑崙之墟」就是指岷山，《山海經》的「天下之中」即指今四川西部地區。〔註11〕那麼〈海內西經〉中：「崑崙之墟，方八百里，高萬仞……面有九門，門有開明獸守之，百神之所在。」則蜀先帝「開明王」即仙境中守門的神獸。《華陽國志・蜀志》：「（開明）帝升西山隱焉」，「西山」即今成都西北的玉壘山，亦即西王母所居崑崙之墟中的玉山。玉山之名源於山多玉石，考古證實，三星堆大量玉器的玉石料來源於今茂縣、汶川和都江堰市一帶，正與文獻記載古玉山、今玉壘山分布的地區相同。〔註12〕

　　若據蒙文通、王家祐等的看法，〈海內經〉所載乃巴蜀之地神話，張軍在《楚國神話原型研究》一書中引蒙氏之說，雖未敢斷言蒙氏之說的必然性，然亦相當程度肯定《山海經》含有諸多巴蜀文化因子〔註13〕。如此看來，《山海經》這部中國神話寶典，其內蘊亦吸收不少巴蜀文化因子，巴蜀先民的神仙思想不論從《山海經》中，或從三星堆祭祀坑中，均可透露出相當濃厚的氣息。

　　這樣充滿神秘詭譎的文化特色，最宜宗教的醞孕與成長。巴蜀的五斗米道正掌握了此種優勢，有助於原始道教的宣揚與茁壯。《華陽國志》載：

　　　漢初，犍爲張君爲太守，忽得仙道，從此升度。（〈巴志〉，頁 10）

〔註 8〕參見蒙文通《巴蜀古史論述》，頁 154～156。
〔註 9〕見譚繼和〈三星堆神祺文化探秘〉，頁 5，《四川文物》1998 年第 3 期。
〔註 10〕見王家祐〈道教鳥母與崑崙山文化的探索〉，《成都文物》1996 年第 1 期、第 2 期。
〔註 11〕參見蒙文通《巴蜀古史論述》，頁 159～162。
〔註 12〕見譚繼和〈三星堆神祺文化探秘〉，頁 5。
〔註 13〕見張軍《楚國神話原型研究》，頁 214，文津出版社 1994 年初版。

漢末，沛國張陵學道於蜀鶴鳴山，造作道書，自稱「太清玄元」，以惑百姓。陵死，子衡傳其業。衡死，子魯傳其業。魯字公祺，以鬼道見信於益州牧劉焉……巴、漢夷民多便之，其供道獻出五斗米，故世謂之「米道」。（〈漢中志〉，頁 65）

城北有升仙橋有送客觀。（〈蜀志〉，頁 122）〔註14〕

武陽縣有王橋、彭祖祠。（〈蜀志〉，頁 128）

《晉書·李特載記》云：

漢末，張魯居漢中，以鬼道教百姓。賨人敬信巫覡，多往奉之。〔註15〕

這些道教的主要人物，學道、得道均在巴蜀，不但以之教化人民，並在當地留下諸多道教遺跡與神仙傳說。張陵用「黃老之學」改造巴蜀原始的五斗米道為「天師道」，早期天師道共有 24 個治（即教區），其中有 22 個皆在四川境內。首治成陽平治（遺址為今四川彭州市新興鎮），為中央教區。創教區為鶴鳴神山太上治（古時該治包括青城天國山到今大邑縣鶴鳴山一帶，後世的鶴鳴觀在今大邑縣悅來鎮境內）。於是四川各地道觀均有天師殿，古平陽觀還有三師（天師張陵、嗣師張衡、系師張魯祖孫三人）神像及三夫人像。四川仁壽縣傳說有張陵開鑿的鹽井，名為「陵井」。〔註16〕

四川的青城山、都江堰市、簡陽縣、平武縣、閬中縣、廣元市、劍閣縣、葭萌（昭化）均有玉女房、玉女洞、麻姑洞、聖母洞、仙女洞、玉女山、玉女臺、仙女觀、玉女靈山等與道教女神有關的傳說。〔註17〕

老君，被道教奉為教主。四川成都一帶民間流傳許多「老君降生」的仙話，唐代樂朋龜《西川青羊宮碑銘》說：「太清仙伯敕青帝之童，化羊於蜀國。」青羊宮內即有降生台。又《蜀王本紀》有關老君的記載：「老子為關令尹喜著《道德經》，臨別曰：『子行道千日後，於成都清羊肆尋吾。』」〔註18〕時隔三年，尹喜如約前來，老君顯現法相，端坐蓮臺，為尹喜說法，故青羊宮又有說法台。四川其他地方也多有老君山、老君殿。〔註19〕

〔註14〕劉琳校注引《成都記》云：「城北有升仙山，升仙水出焉。相傳三月三日張伯子道成，得上帝詔，駕赤文於菟，於此上升也。」

〔註15〕見房玄齡等撰《晉書·李特載記》，頁 3022，鼎文書局 1975 初版。

〔註16〕參見《四川民俗大典》，頁 145、148。

〔註17〕見譚繼和〈三星堆神祕文化探秘〉，頁 6。

〔註18〕見《全漢三國六朝文》卷 53，頁 415。

〔註19〕參見《四川民俗大典》，頁 148。

二、自然崇拜

原始道教相當重視自然崇拜，此即表示道教吸收先民自然崇拜的內容應是最多的[註20]。巴蜀的自然崇拜本文第二章已探討過，得知巴蜀舉凡山、川、樹、蛇、虎等自然崇拜很早便已表現十分鮮明的色彩。五斗米道崇拜天地水三官，正是對自然崇拜的繼承，雖其所承自然崇拜的內涵包括中原自然崇拜的諸神，然無庸置疑地，源於四川的道教必然也吸收巴蜀自然崇拜的特色。

（一）巴蜀石（山）神崇拜與道教

巴蜀有豐富的石崇拜神話，五岳丈人則是四川道教特有的大神，為青城山的主治神仙。四川其他縣市亦有丈人祠、丈人觀。[註21]五岳丈人本名寧封，是黃帝時主管製造陶器的官，他傳給黃帝〈龍蹻經〉，助黃帝戰勝蚩尤，黃帝封他為五岳丈人，統管五岳。唐僖宗詔令內臣在青城山修醮時封他為希夷真君，北宋皇帝又在元豐三年加號為儲福定命真君。《太平經》曰：「眾山以五岳為君長」、「地有五帝若五岳」[註22]，可見道經一直重視五岳的崇拜。《抱朴子‧登涉》曰：「山無大小，皆有神靈。山大則神大，山小則神小也。[註23]」是以道教的彼岸世界有一部份即由山組成，稱為洞地福天，有十大洞天，三十六小洞天，七十二福地[註24]。

（二）巴蜀水神崇拜與道教

巴蜀有大量的水神神話，道教宣揚的江河湖海之神也不少。《太上三五正一盟威錄》卷三太上正一州社令錄所召神鬼中包括河伯君、東海神、河神、河伯鬼、北海神、河丞、溪女、西海神等。《正一法文經護國醮海品》是祭海神的。道教水神中最具巴蜀特色的不外是「二郎神」，又稱「灌口二郎」，《都江堰功小傳》：

> 二郎為李冰仲子，喜馳獵，與其有七人斬蛟，又假飾美女，就婚孽鱗，以入祠勸酒。[註25]

[註20] 見朱越利《道經總論》，頁23，遼寧教育出版社1991年初版。

[註21] 見《四川民俗大典》，頁148。

[註22] 見楊家駱主編《太平經合校》，頁104，鼎文書局1979年初版。

[註23] 見彭文勤等纂輯《道藏輯要》，頁4877，考正出版社1972年初版。

[註24] 見朱越利《道經總論》，頁24。

[註25] 轉引自袁珂《中國神話傳說》，頁569。

《灌志文徵・李公父子治水記》曰：「二郎奉父命而斬蛟，其友七人助之，世傳梅山七聖。〔註26〕」《朱子語類》中曾說：「東川梓潼神，西川二郎神，此二神似乎割據著兩川。〔註27〕」可見水神在四川宗教信仰中的地位。李二郎即巴蜀治水神話中李冰的二兒子，據說他佐父治水有功，遂有「李冰父子擒孽龍」的傳說。袁珂《中國神話傳說》收錄一則流傳在川西平原，較爲完整的故事，大意如下：

> 秦滅蜀後，四川連年鬧水災，秦王便派李冰到四川治水，李冰的兒子二郎也一同前往。二郎身材魁梧高大，老虎見了也怕。父子二人到成都後，便開始尋找洪水的根源。二郎秋往春返，走了一村又一村，卻始終未尋獲。一天，二郎因在山林裡迷路，結識了七個獵人，七個獵人見二郎射死老虎，又雙手舉起死虎，甘拜下風，便與之同行去尋找洪水的根源。他們走到一條河邊，見一對年老夫婦悲泣不已，一問之下，得知他們的幼孫不久要被送去祭祀江神。

> 這江神，原是一條孽龍，住在灌縣城西鳳棲窩的深潭裡，每年都發下洪水危害人民。人民懼怕他，不僅蓋江神廟，年年還要以童男童女祭祀，稍不遂意，便要遭災。原來這就是洪水的根源。

> 李冰和二郎定下計策，一起趕到灌縣。祭江神的那天，二郎和七個獵人朋友各執兵器，埋伏在神殿兩旁。等孽龍一到，他們便齊殺孽龍，孽龍抵擋不住，驚惶跳入江中，他們也跟著跳入：孽龍敵鬥不過，又上岸，且戰且逃，最後力竭不支，爲二郎所擒。

> 二郎和七位朋友也疲憊不已，便在王婆崖下休息。不料，受傷的孽龍趁機逃跑，他們急忙追尋，最後才又在新津縣童子堰將之擒回，並用鐵鍊將牠拴在伏龍觀石柱下的深潭中。從此四川便不再遭洪水。〔註28〕

宋眞宗景德年間御賜「二郎神碑」，並在崇德廟（即今都江堰市二王廟）增塑二郎神像。道教裡稱二郎神爲「承機廣惠顯英王」，清代封爲「顯英普濟王」，每年陰曆六月二十四日爲二郎神廟會期，四川各地多有二郎廟。民間又將在

〔註26〕同上註。
〔註27〕見朱熹《朱子語類》卷三，頁86，正中書局1962年初版。
〔註28〕參見袁珂《中國神話傳說》，頁569～571。

四川嘉州治水有功的趙昱，稱爲趙二郎神。〔註 29〕宋人王銍託名柳宗元所著的《龍城錄》首記趙昱其事云：

> 趙昱，字仲明，與兄冕俱隱青城山，從事道士李珏。隋末，煬帝知其賢……拜嘉州太守。時犍爲有老蛟爲害日久，截沒舟船蜀江人患之……昱乃持刀沒水，頃江水盡赤，石崖半崩，吼聲如雷。昱左手持蛟首，右手持刀，奮波而出。州人頂戴視爲神。……太宗文皇帝賜封神勇大將軍，廟食灌江口，歲時民疾病禱之無不應。上皇（唐明皇）幸蜀，加封赤城王，又封顯應侯。〔註30〕

民國《蘆山縣志》記載：「壇神者，秦爲太守李冰，隋爲嘉州刺史趙昱也。昔皆治水有功，故西康人士多崇祀之，謂之慶壇。」都江堰市趙公山的「趙公廟」，即供此神。

（三）巴蜀樹神崇拜與道教

巴蜀的樹神崇拜早在三星堆時便以通天神樹展現了鮮明的色彩，繼承三星堆神樹精神的漢代搖錢樹也在四川大放異彩，這都證明了巴蜀先民擁有高度的樹神崇拜意識。然而一些研究中，有學者發現搖錢樹內容蘊藏著豐富的道教信仰，以爲搖錢樹乃早期道教遺物〔註31〕。王家祐先生亦指出：「搖錢樹可以說爲《太平經》思想的錢樹」，足見巴蜀樹神崇拜與道教有著密切關係。

先從搖錢樹的紋飾內容看來，有西王母、伏羲女媧、天馬、朱雀、龍虎、神仙羽人等，多爲道教仙境及仙化主題、人物，可見搖錢樹是以道教的神仙世界爲標誌而流傳於世。而搖錢樹在魏晉後逐漸銷聲匿跡，正因統治階級對太平道、五斗米道的鎮壓，早期道教組織分化瓦解，代表道教思想的搖錢樹被視爲米賊、米巫的象徵，故遭受打壓而逐漸消失。〔註32〕

再者，大陸學者鮮明從考古的角度來考證搖錢樹上的文字，他認爲新津縣出土的一株搖錢樹葉間的銅錢上，有六枚兩面鑄有「五五」字樣，另有四枚方孔圓錢兩面均有「五利後」。其中「五利」即指漢武帝時期著名的仙道方士代表人物「欒大」。

〔註29〕參見《四川民俗大典》，頁 149。
〔註30〕見柳宗元《龍城錄》卷下，頁 289～290，輯入《文淵閣四庫全書》總 1077，台灣商務印書館 1986 年初版。
〔註31〕見鮮明〈論早期道教遺物搖錢樹〉及〈再論早期道教遺物搖錢樹〉，分別載於《四川文物》1995 年第 5 期及 1998 年第 4 期。
〔註32〕見鮮明〈再論早期道教遺物搖錢樹〉，頁 32。

據《史記》中〈封禪書〉和〈孝武本紀〉所載，漢武帝迷信仙術，時有稱百歲神的李少君，「居久之，李少君病死，天子以爲化去不死，而使黃錘史寬舒受其方。求蓬萊安期生莫能得，而海上燕齊怪迂之方士多更來言神事也。（《史記·封禪書》，頁 508）」接著，又有齊人少翁以鬼神方見武帝，乃拜少翁爲文成將軍，賞賜甚多。後因少翁的通神術屢次不驗，事敗被誅。隨後，與少翁同師的欒大，由樂成侯推薦，向武帝言方。欒大自稱其師語曰：「黃金可成，而河決可塞，不死藥可得，仙人可致也。（《史記·封禪書》，頁 510）」並演示法術，獲得了武帝的信任與讚賞，武帝乃拜欒大爲「五利將軍」，後又佩「天士將軍」、「地士將軍」、「大通將軍」印，又以二千戶封「樂通侯」，妻以衛長公主，授以「天道將軍」印。雖然五利同樣因仙術無驗被誅，但他能在數月之間獲此榮耀，身配六印，聲名顯赫，貴震天下，其影響力自然在李少君和少翁之上。武帝曾問五利之後的一方道士曰：「得毋效文武、五利乎？」可見武帝對他的肯定。

鮮明又以爲欒大可能與東漢著名的學道者欒巴有關，不僅姓氏相同，又好仙術，俱是有名的道士。葛洪所著《神仙傳》中云：

> 欒巴者，蜀郡人也。好道，不修俗事。太守詣與相見，屈爲功曹，待以師友之禮。嘗謂巴曰：「聞功曹有神術，可使見否？」巴曰：「唯唯。」即平坐，卻入壁中去，冉冉如雲氣狀，須臾失巴。而聞壁外作虎聲，而虎走還功曹宅，乃巴耳。後入朝爲尚書，正旦大會，而巴後至，而頗有醉態。酒至又不飲，即西南噀之。有司奏巴大不恭。詔以問巴，巴頓首曰：「臣鄉里以臣能治鬼護人，爲臣立生廟。今旦者老皆入臣廟，不得即委之，是以頗有酒態。適來又觀臣本郡大火，故噀酒爲雨以滅之。詔原復坐。即令驛馬書向成都。果信云：『正旦日大火。雨自東北來滅之，而有酒氣焉。』」〔註33〕

就以上記載，鮮明推測：五利死後，後人輾轉遷徙至蜀郡成都，因志同道合而追隨張道陵入川。當張道陵父子創立道教，廣收門徒之時，五利的後代欒巴也因家學淵源而好道，並入朝爲官。欒巴有子姪輩仍追尋張道陵，作爲早期道教開創功臣之一，領導當時的平岡治（即今新津一帶），是以新津一帶信仰道教者，均奉五利爲神，故在搖錢樹上鑄銘文，大張旗鼓宣揚五利之後，

〔註33〕見張君房纂輯《雲笈七籤》卷一百九〈記傳部〉中輯《神仙傳》，頁 676，寧夏出版社 1996 年初版。

而曰「五利後」。〔註34〕

　　無論鮮明的論證是否屬實，搖錢樹紋飾宣揚道教思想的作用已獲學者們一致認同的。另外從神樹本身的作用看來，爲溝通人神之間的通天神樹；以搖錢樹殉葬，正是希望死者靈魂可以藉此飛昇成仙。搖錢樹正是依據神樹造型，吸收三星堆神樹的天梯功能而成爲送迎死者靈魂進入天國仙界的特殊工具〔註35〕。其思想正與道教羽化成仙、長生不老的內涵不謀而合。

（四）巴蜀動物神崇拜與道教

　　巴蜀的動物神崇拜，除了大批的蛇、虎神話外，第三章第三節尙提及魚、鳥、蠶、牛、馬、羊等，當然還是蛇、虎居多。道教信仰中，青龍、白虎、朱雀、玄武四象，爲四方神，原由二十八宿星象加以動物化而來，它們經常作爲大神的護從或齋醮中的一般保護神出現。〔註36〕《太上正一咒鬼經》中天師驅鬼時咒曰：

　　　　吾爲天地師，驅逐如風雨。左手執青龍，右手握白虎，胸前有朱雀，

　　　　背上有玄武。〔註37〕

此外，龍虎在闡述外內丹術的道經中普遍被用作爲精氣的代名詞，玄武則被尊爲玄天上帝而加以崇拜〔註38〕。道教中對龍的崇敬雖非直採自巴蜀的信仰，乃得自中原神話的精髓。然蛇（龍）神信仰應某部分受了巴蜀蛇神自然崇拜的影響，如《四川民俗大典》中提到「梓潼神」，原系氐羌龍族的族神，是蛇神。先民以其能驅邪，建立「亞子祠」，道教稱其神爲「涪丘伯」。到了東晉寧康二年，蜀人張育自稱蜀王，率民抗擊前秦符堅對東晉益州的入侵，英勇作戰死於綿竹山中，蜀人懷念他，在亞子祠附近建張育祠，久後兩者混爲一談。到唐宋時科舉取士，天上主祿之神文昌帝君受人崇拜。於是元仁宗延祐三年正式加封「梓潼神」爲「輔元開化文昌司祿宏仁帝君」。四川梓潼等地每年舉辦兩次梓潼會，即源於此。〔註39〕

　　道教中對虎的崇拜自然是受了巴蜀虎文化的影響，《神仙傳》中「欒巴」故事裡，欒巴能化爲虎，亦是一例。原始道教中溝通天地的工具爲蹻，晉葛

〔註34〕見鮮明〈再論早期道教遺物搖錢樹〉，頁30。
〔註35〕見邱登成〈漢代搖錢樹與漢墓仙化主題〉，頁23，《四川文物》1994年第5期。
〔註36〕見朱越利《道經總論》，頁25。
〔註37〕轉引自朱越利《道經總論》，頁25。
〔註38〕見朱越利《道經總論》，頁25。
〔註39〕見《四川民俗大典》，頁148。

洪《抱朴子》內十五篇中云：

> 若能乘蹻者，可以周遊天下，不拘山河。凡乘蹻道者有三法，一曰
> 龍蹻，一曰虎蹻，一曰鹿盧蹻。……乘蹻者須常齋絕葷菜、斷血食。
> 一年之後可乘此三蹻耳。〔註40〕

道教虎亦可做為蹻，以之為天地溝通的工具，同巴蜀先民對虎有一份崇高的敬拜。馬善疾走，漸漸亦可以成為蹻。四川產馬，尤以「天馬」為著，自然受到宗教者的青睞。四川松潘一帶羌人喪葬舉行「趕馬」升天儀式，便是馬作為巫蹻的遺存。《羌族社會調查》一書載：羌人死後要到松潘草地買馬，讓死者亡靈騎馬到西天。〔註41〕道教的馬蹻靈感或來自以「天馬」為名的四川，而道教的流傳又在一定程度上影響了四川及附近少數民族的宗教信仰。是以巴蜀的自然崇拜與道教有著互生互長的密切關係。

三、尚五觀念

段渝在〈先秦巴蜀文化的尚五觀念〉一文中指出古代蜀人的尚五觀念形成甚早，至少可追溯到距今 4000 年以前的古蜀文明起源時代——今成都郫縣三道堰古城遺址內「大房子」中的五座卵石台基，可反映出蜀人尚五觀念的延續。若往前追溯，段渝列出以下幾點：

1. 廣漢三星堆 1 號坑出土的金杖上圖案，人頭戴五齒高冠。
2. 2 號坑出土的青銅大立人，頭亦戴五齒高冠。（見附圖十二）
3. 2 號坑出土青銅太陽輪形器輪條為五條。（見附圖十三）
4. 2 號坑內出土的石邊璋上，射部和柄部兩面各陰刻兩組圖案，每一組均由 5 幅圖案組成，每一組圖案均刻有 5 個人物形象。
5. 四川彭縣竹瓦街商周之際 1 號窖藏、2 號窖藏和抗日時期川西發現的青銅罍，均以五件為組合，一大四小，形成蜀文化以五件為「列罍」的用罍制度。
6. 四川新都木槨墓是戰國時代的蜀王墓，墓中腰坑出土的青銅器，多數以五件為組合；五件為一組，五組為一式。
7. 開明王一至五世諡為五色帝，以五色為廟主。
8. 蜀王妃有五婦，民有五丁，石有五塊石，地有五婦山，墓有五丁冢。

〔註40〕見葛洪《抱朴子》，頁293～294，中國子學名著集成編印基金會1978年初版。
〔註41〕見何志國〈銅馬、銅馬式、天馬〉，頁26，《四川文物》1996年第5期。

9. 戰國中秦惠王作五石牛，計誘蜀王鑿道，亦是利用蜀人尚五觀念以欺之。

10. 秦始皇統一中國，數以六爲紀，在蜀所開鑿的道路卻爲「五尺道」，亦是擅用蜀人尚五觀念以服之。

11. 李冰「以五石牛以厭水精」，亦準確地抓住了古蜀文化的宗教觀念。〔註42〕

從以上十一點看來，蜀人尚五的觀念自古即以不同面貌表現在其文化中，以五爲廟制的宗廟祭祀制度，以五爲王器的青銅器組合，以五爲單位的社會組織形式，以五爲鎮邪驅惡的吉祥象徵等，尚五觀念在蜀地已然成爲一種規範意義的文化模式和行爲方式，支配著蜀人精神活動和社會功能。故段渝更進一步指出：「尚五觀念是古蜀文化的靈魂〔註43〕」。

段渝更深入研究，發現古蜀文化的尚五觀念亦極深地滲透到川東鄂西的巴文化中，成爲戰國時代巴文化精神力量的泉源之一。他舉出以下幾點例證：

1. 國家起源：《後漢書》載「巴子五姓」，巴國乃以巴氏爲核心的五姓所凝成，奠定了巴地大姓統治的基礎。

2. 王族來源：《山海經》提到「西南有巴國」，世系從太皞源起，經咸鳥、乘釐、後照，四代而後王，合而成五。

3. 巴國王都：《華陽國志・巴志》載巴國都城凡五遷，江州、墊江、平都、閬中、枳，是爲巴子五都。（頁9）

4. 巴王後裔：梁時載言《十道志》：「故老云：『楚子滅巴，巴子兄弟五人流入黔中，漢有天下，名曰酉、辰、巫、武、沅等五溪，爲一溪之長，故號五溪。』」以巴王氏兄弟五人之數，做爲巴文化的延續象徵和漢代巴文化分布地域的名稱。〔註44〕

如此可見，巴族古代文化最高層的核心——國家、王族、都城、王裔，無一不受尚五觀念的支配，其受古蜀文化影響之巨可見一斑。

發源於四川的原始道教自然尚五觀念的影響，並在某部分吸收了此種特有的宗教觀念。茲列以下諸點爲證：

〔註42〕以上十一點均參見段渝〈先秦巴蜀文化的尚五觀念〉，頁15，《四川文物》1999年第5期。

〔註43〕同上註，頁16。

〔註44〕以下四點均參見段渝〈先秦巴蜀文化的尚五觀念〉，頁17。

1. 原始道教最初名「五斗米道」，且蜀人「翕然奉事之以爲師〔註45〕」，正因這神秘的「五」，緊緊扣住蜀人的心靈。

2. 四川道教以五月初五爲天師會。閬中以五月十五爲瘟祖會，祀文昌（即梓潼神）。

3. 五岳丈人是四川道教特有的大神。

4. 北宋全眞道爲四川的主流道派時，「五祖」（北五祖——王玄甫、鍾離權、呂岩、劉操、王重陽。南五祖——張伯端、石泰、薛道光、陳楠、白玉蟾）備受崇祀。

5. 大陸學者鮮明以之爲道教遺物的搖錢樹——四川新津搖錢樹，葉間銅錢鑄有「五五」或「五利後」，即極奉道術的漢武帝所封的「五利將軍」，五利對原始道教的傳承有功，乃道教尊崇的偶像之一。

6. 1993 年秋，成都北郊天回山東漢磚室墓中出土一件搖錢樹，樹上鑄有「五斗星圖」，這五種星圖分別代表漢代的天象五官，亦即東南西北中五方星斗。〔註46〕

7. 四川道士作法是所戴的冠，有黃冠、五岳冠（只有受戒道士用）、五老冠（高功專用）、蓮花冠（法師用），星冠（拜北斗時用）等，〔註47〕其中用到「五」有兩者。

8. 四川道士用的圭簡（朝笏），爲長約五十厘米，寬約五厘米，厚約五毫米的狹長薄木片，〔註48〕似以「五」爲尊。

9. 道士用的法尺、法劍、法印、令牌正面均刻有「五雷號令」。〔註49〕

　　如上所列，可清晰地看出巴蜀尚五的觀念爲道教所繼承〔註50〕，在道教文化中展現了鮮明的巴蜀色彩，是巴蜀文化充實了道教的內涵，亦是道教繼承並且傳播了巴蜀文化的特色，兩者相生相長，壯實了彼此的生命力，綿延了兩種文化的向度與內蘊。

〔註45〕 見葛洪等《神仙傳、疑仙傳、列仙傳》卷4，頁7，廣文書局1989年初版。

〔註46〕 見鮮明〈再論早期道教遺物搖錢樹〉，頁31。

〔註47〕 見《四川民俗大典》，頁150。

〔註48〕 同上註。

〔註49〕 同上註。

〔註50〕 或有以爲道教尚五觀念是受五行觀念影響，然以道教發展的過程中不斷吸收各種思想的特性來看，其尚五觀念源頭絕非僅一處，故五行觀念和巴蜀尚五觀念均應包含其中，爲必然要素。不過本文就巴蜀神話與道教的關係來看，故僅就巴蜀尚五觀念與道教尚五觀念可能有的關係來論述。

　　道教在神仙思想、自然崇拜、尚五觀念均延續了巴蜀文化的精神特色，不僅如此，漢以後的巴蜀文化自然也在一定程度上接受了道教的影響，兩者因而產生彼此壯大的功能。尚值得一提的，道教的列仙中自然有不少巴蜀名人，是巴蜀人物豐富了道教內容，促其傳播的廣泛，亦是道教思想的傳播下，創造了巴蜀更多的神話傳說。茲舉例如下：

（一）李八百

《神仙傳》云：

> 李八百者，蜀人也。莫知其名，歷世見之，時人計之已八百歲，因名云李八百。或隱山林，或居塵市。知唐公房有志，而不遇明師，欲教授之。乃先往試之，爲公房作傭客，公房乃不知仙人也。八百驅使任意，過於他人，公房甚愛之。後八百詐爲病，困劣欲卒。公房乃命醫合藥，費用數十萬錢，不以爲損。憂念之意，行於顏色。八百又轉作惡瘡，周遍身體，潰爛臭濁，不可近也。公房乃流涕曰：「汝爲吾家，勤苦歷年，而得篤疾，吾甚要汝得愈，無所吝惜。而得正爾，當奈汝何？」八百云：「吾瘡可愈，須得人舐之。」公房令三婢舐之。八百又曰：「婢舐不能使疾愈，若得君舐應愈耳。」公房即自舐之。八百言：「君舐復不能使吾愈，若得君妻舐之，當差。」公房乃復使妻舐之。八百曰：「吾瘡已差，欲得三十斛旨酒以沐浴，乃當都愈耳。」公房即爲具酒三十斛，至於器中，浴瘡即愈，體如凝脂，亦無餘瘡。乃告公房曰：「吾是仙人，子有志心，故來相試，子定可教也。今眞相授度世之訣矣。」使公房夫妻及舐瘡三婢，以其浴餘酒澡洗，即皆更少，顏色美悅。以《丹經》一卷授公房，入雲台山中合作丹，丹成，乃服之仙去也。〔註51〕

（二）李阿

《神仙傳》云：

> 李阿者，蜀人也。傳世見之，不老如故。常乞食於成都市，所得隨多少，與貧窮者。夜去朝還，市人莫知其所宿。有古強者，疑阿是異人，常親事之。試隨阿還所宿，乃去青城山中。強後欲復隨阿去，然未知道，恐有虎狼，私持其父大刀。阿見而怒強曰：「汝隨我行，

〔註51〕見張君房編纂《雲笈七籤》卷一百九紀傳部，頁673。

那畏虎也？」取強刀以擊石，刀折敗。強竊憂刀折。至旦復出，阿問強曰：「汝憂刀敗也？」曰：「實愁父怒。」阿隨取刀以左右擊地，刀復如故。以還強。強逐阿還成都，未至，道逢人奔車，阿以腳置車下轢，其骨皆折，阿即死。強守視之，須臾阿起，以手抑腳，而復如常。強時年十八，見阿如五十許人，至強年八十餘，而阿猶如故。語人曰：「被崑崙召，當去。」遂不復還。〔註52〕

（三）涉正

《神仙傳》云：

涉正者，字玄真，巴東人也。說秦始皇時事，了了似及見也。漢末從數十弟子入吳，而正常閉目，雖行猶不開也。弟子隨之數十年，莫有見其開目者。目開時，其音如霹靂，而光如電，照於室宇。弟子，皆不覺頓伏，良久乃能起。正已復還閉目。正道成，莫見其所福實施行，而授諸弟子皆以行氣房室及服石腦小丹云。李八百呼正爲四百歲兒。〔註53〕

（四）范豺

《洞仙傳》云：

范豺者，巴西閬中人也。久住支江百里洲，修太平無爲之道。臨目噓漱，項有五色光起，冬夏爲單布衣。而桓溫時頭已斑白，至宋元嘉中，狀貌不變。其占吉凶，雖萬里外事，皆如指掌。或問：「先生是謫仙邪？」云：「東方朔乃點我，我小兒時，數與之狡獪。」又云：「我見周武王伐紂洛城頭，戰，前歌後舞。」宋文帝召見豺，答照稱我，或稱吾。元兇初爲太子，豺從東官過，指宮門曰：「此中有博勞鳥，奈何養賊不知？」文帝惡之，敕豺自盡。江夏王使埋於新亭赤岸岡，文帝令發其棺，看柩無屍，乃悔之。越明年，豺弟子陳忠夜起，忽見光明如畫，而見豺入門就榻坐，又一老翁後至，豺起迎之。忠問是誰？豺笑而不答。須臾俱出門，豺問忠：「比復還東鄉，善護我宅，即百里洲也。」〔註54〕

〔註52〕見張君房編纂《雲笈七籤》卷一百九紀傳部，頁673。
〔註53〕見張君房編纂《雲笈七籤》卷一百九紀傳部，頁675。
〔註54〕見張君房編纂《雲笈七籤》卷一百一十紀傳部，頁680。

（五）于滿川

《神仙感遇傳》云：

> 于滿川者，是成都樂官也。其所居鄰里闕水，有一老叟，常擔水以
> 供數家久矣。忽三月三日，滿川於學射山通眞觀看蠶市，見賣水老
> 人，與之語，云居在側近，相引蠶市看訖，即邀滿川過其家。入檀
> 竹徑，歷渠塹，可十里許，即見門宇殿閣，人物宣闐，有像設圖繪，
> 若宮觀焉。引至大廚中，人亦甚眾，失老叟所在，問人，乃葛璝化
> 廚中爾。云來日蠶市，方營設大齋，頃刻之間，以三日矣。賣水老
> 叟，自此亦不復來。〔註55〕

（六）王從玘

《神仙感遇傳》云：

> 王從玘者，宦官也。蜀王初節制邛蜀，黎雅爲永平軍，從己爲監軍
> 判官。自是收剋成都，罷鎮爲郡。從己棲寓蜀中十餘年，食貧好善，
> 不常厥居。至邛市有老叟，睨而視之曰：「將有大厄，濱於死所。」
> 探懷袖中小瓢，以丹砂十四粒與之，曰：「餌此旬日而鬣生，勿爲怪
> 也，可以免難矣。」服之三五日，鬣果生焉。月餘，詔諸宦官，從
> 己亦在其數，人或勸其遁去，答曰：「君父之命，豈可逃乎！」俯首
> 赴縶，太守哀，而上請蜀王，特乞宥之，視其狀貌，無復宦官矣。

〔註56〕

以上六例，可見道教在四川的發源和流傳爲巴蜀締造了更多的仙話，這些仙
話不僅強化了道教在巴蜀的流傳，更深化了當地人民的宗教信仰，如此道教
與巴蜀文化的相生相長之理更加明顯。

第二節　巴蜀神話對文學的影響

神話同文學的關係十分密切。從文學史的角度看，一般都以爲文學的源
頭是神話。但是初民在創造神話時，是爲解決生活知識的問題，多本於實用
的功利目的，並沒有審美的作用。神話的產生，原是一種意識型態，在社會
的變遷中，它參與了整個文化傳統的創造，影響了各民族的藝術、宗教、民

〔註55〕見張君房編纂《雲笈七籤》卷一百一十二紀傳部，頁688。
〔註56〕見張君房編纂《雲笈七籤》卷一百一十二紀傳部，頁688。

俗等方面，這些方面在文人的筆下，透過巧思轉換成了審美藝術，作為文學的一部分。所以神話一方面繼承和發展神話傳統，從神話中吸取養分；另一方面，神話也依賴文學得以保存和傳播，並從而締造出更完足生動的民間故事。

　　神話的豐富多彩為文人在創作上提供了廣泛的題材，蓋因神話浪漫綺境的超現實與脫俗，往往作為文人不滿現實時最易寄託精神的烏托邦；或因神話中不死的思想與仙化的追求，最能彌補現實生命有限的悲愴與遺憾，是以大量的神話素材深獲文人創作的青睞，他們把現實精神從不同的角度輸入神話中，創造出不同風格的作品。傅師錫壬曾指出神話對文學的影響有二：第一、神話具有浪漫色彩與神秘性，可以營造氣氛，增加文學的吸引力。第二、神話產生時就具有獨立的象徵與意義，可以作為典故，增加作品的說服力。〔註57〕就神話對作品的功能來說，「營造氣氛」、「作為典故」實為兩大作用。大陸學者魯剛就神話對文學的輻射作用分四方面：第一、神話觀念的應用，利用原始神話進行創造。第二、神話象徵意義的運用。第三、表現一種特殊的神話意境的創造。第四、神話進入民俗和其他藝術領域，然後又折射進入文學。〔註58〕此四點就神話本身的應用方式而言，事實上，就意義來說，第二點即傅師的「作為典故」，第三點亦同傅師的「營造氣氛」，第一點特別是在小說和民間故事中表現最多，第四點則說明神話、民俗、文學一脈相承，並相互影響的密切相關。

　　本文探討巴蜀神話對文學的影響，擬嘗試從以下諸點分別探討：

一、營造氣氛，增加文學的吸引力

　　李白〈蜀道難〉：

　　　噫吁戲！危乎高哉！蜀道之難難於上青天！蠶叢與魚鳧，開國何茫然！爾來四萬八千歲，不與秦塞通人煙。西當太白有鳥道，可以橫絕峨眉巔。地摧山崩壯士死，然後天梯石棧相鉤連。〔註59〕

此描寫蜀道的巍峨險阻，從蜀地最早的開國始祖蠶叢與魚鳧講起，因開國邈遠，事蹟難考，以四萬八千歲誇言其悠久，正呼應《蜀王本紀》所言蠶叢、柏灌、魚鳧「此三代各數百歲，皆神化不死」的記載。「西當太白有鳥道，可

〔註57〕見傅師錫壬《中國神話與類神話研究》，頁198，文津出版社2005年初版。
〔註58〕見魯剛〈神話與文學〉，頁25，《民間文學論壇》1989年第1期。
〔註59〕見王琦輯注《李太白全集》（上）卷三，頁162，華正書局1979年初版。

以橫絕峨眉巔」說明自古以來秦蜀之間被高山峻嶺阻擋，由秦入蜀，太白峰首當其衝，只有高飛的鳥可以從低缺處飛過。正因蜀道之難，迫使蜀地長久以來一直封閉的命運，「爾來四萬八千歲，不與秦塞通人煙」正營造出一種封閉久遠的氛圍，爲下文的開蜀道之難作下伏筆，若非開蜀道艱難無比，如何會四萬八千年來均未能與秦地接觸呢？末二句「地摧山崩壯士死，然後天梯石棧相鉤連」化用《華陽國志》所載蜀王遣五丁迎娶秦五女時，因與大蛇相搏，一時山崩地裂，壓死五丁力士及五女的慘狀。此以神話中地崩山摧的意象和壯士慘烈的犧牲，營造出怵目驚心的畫面與悲壯雄渾的氣氛，暗示蜀道環繞群峰的巍峨與開道的艱鉅。

　　陸游〈鵲橋仙——夜聞杜鵑〉：

> 茅簷人靜、蓬窗燈暗，春晚連江風雨。林鶯巢燕總無聲，但月夜、常提杜宇。催成清淚、驚殘孤夢，又揀深枝飛去。故山猶自不堪聽，況半世、飄然羈旅。〔註60〕

陸游四十八歲時，在南鄭的王炎幕府贊襄軍事，得以親臨前線，心情十分振奮，自認乘時立功、北定中原有日，沒想到半年後，王炎幕府解散，自己被調往成都，此後在西川淹留了六年，此詩便是作於這段期間，〔註61〕其心中的挫折沮喪可以想見。「茅簷」、「蓬窗」言住所的簡陋，「人靜」、「燈暗」則道出坐在昏黃的燈下，自己心情更加寂寥。此時沒有早春鶯燕活躍的叫聲，獨留月夜中凄楚的鵑啼聲，透過對杜宇神話的瞭解，便知那感念人民，欲歸不得的杜宇王心中所有的悲傷哀怨都化作子規鳥的啼聲，所以「但月夜、常啼杜宇」無非是因聽聞鵑啼更加深陸游心中凄楚的感受，使整闋詞的上片藉由鵑啼籠罩在愁苦不堪的氣氛中。「催成清淚」，見出啼聲一聲緊似一聲，就這樣還不停息，「又揀深枝飛去」，繼續牠的哀鳴。人在故鄉時尚且不忍聽杜鵑哀鳴，更何況人在異鄉，此生已虛度大半，志業未遂，功名失意之時。全詞藉杜鵑哀鳴的催啼聲，渲染出悽惻悲苦的氛圍，表達作者內心深切的痛楚，況古有「杜鵑啼血」之說，更強化這一哀怨悲啼的痛苦形象。類似的用法還有李白〈蜀道難〉：「又聞子規啼夜月，愁空山」〔註62〕和杜甫〈子規〉：「客

〔註60〕見陸游撰《陸放翁全集》卷五十《渭南文集》，頁314，河洛圖書出版社1975年初版。
〔註61〕參見張淑瓊主編《唐宋詞新賞10——陸游》，頁108，地球出版社1990年初版。
〔註62〕見王琦輯注《李太白全集》（上）卷三，頁164。

愁那聽此，故作傍人低」〔註63〕，都是藉鵑啼聲表達愁悶的情緒。

二、利用典故，增加作品的說服力

李白〈登峨嵋山〉：

> 蜀國多仙山，峨眉邈難匹。青冥倚天開，彩錯疑畫出。泠然紫霞賞，
> 果得錦囊術。雲間吟瓊簫，石上弄寶瑟。平生有微尚，歡笑自此畢。
> 煙容如在顏，塵累忽相失。儻逢騎羊子，攜手凌白日。〔註64〕

此詩寫極度渴望成仙的經驗。首聯即點出人間仙境峨嵋山的雄壯高偉，為蜀
中群山之冠。下聯「周流試登覽，絕怪安可悉」指初次登覽遍賞峨嵋山明媚
的風光，即因其萬壑疊巒、奇巖怪石之美而發出驚奇的讚嘆。下二聯進一步
說明，峻拔黛綠的青山宛如倚天而出，天光雲影、澗草山花，青紅紫翠猶如
一幅鮮綠的圖畫，李白不禁陶醉在飄然輕舉的夢中仙境。「錦囊術」用《漢武
內傳》載武帝「以紫錦為囊」之典，武帝將王母所授五嶽真形圖置於囊中，
此囊為道家極珍視的護身符，有昇仙的隱喻。「雲間」、「石上」指上天下地的
飄逸，「吟瓊簫」、「弄寶瑟」暗示仙境的歡愉與逍遙自在。李白沈浸在自我幻
設的天堂，歡愉逸樂的情景，彷彿完成了平生的微願；氳氤縹緲的神仙經驗，
讓世俗的塵累頓然全消。末聯「儻逢騎羊子，攜手凌白日」化用《列仙傳》
中所載葛由刻羊賣之，騎羊入西蜀，蜀中王侯貴人皆追隨葛由登上峨眉成仙
的典實，表達李白極欲追隨葛由入蜀地成仙的願望。全詩以「蜀國多仙山」
的傳說醞釀出迷離飄渺的仙境樣貌，再以峨眉居冠的比較法，讓人想見其中
的絕美脫俗，最後又以葛由騎羊成仙的典故，增加成仙可能的說服力，表達
了無盡神往的心境。

李白〈留別曹南群官之江南〉末四句：

> 登岳眺百川，杳然萬恨長，卻戀峨眉去，弄景偶騎羊。〔註65〕

此詩是李白在功業無成之時，興起以頓入化外為解脫煩惱安頓生命的方法，
故全詩幾乎皆以不同的神仙典故，塑造自己成仙的形象和仙隱逍遙的生活。
最後這四句同〈登峨嵋山〉的「儻逢騎羊子，攜手凌白日」句，套用《列仙
傳》中仙人葛由「好刻木作羊賣之，一旦乘木羊入蜀中」仙去的典故，暗示
李白在懷才不遇的傷痛中，極欲乘羊仙去的渴望。然而仙路、人間的兩失，

〔註63〕見楊倫編輯《杜詩鏡銓》，頁 854，華正書局 1979 年初版。
〔註64〕見王琦輯注《李太白全集》（下）卷二十一，頁 968。
〔註65〕見王琦輯注《李太白全集》（上）卷十五，頁 708。

更加深其心中無比的淒然。

杜甫〈秋興八首〉：「聽猿實下三聲淚，奉使虛隨八月槎」〔註66〕，後句用《博物志》「天河與海通」之典，當時嚴武鎮蜀，杜甫入其幕府，不久嚴武死，杜甫於是寓蜀不得歸。以「天河與海通」之典，象徵自己起先抱負遠大，以為此去可以一展長才，即以上天庭隱喻自己理想的實現；然用「虛隨」兩字，點出隨使節之事成虛空一場的幻滅之痛。

李商隱〈錦瑟〉：「莊生曉夢迷蝴蝶，望帝春心託杜鵑」〔註67〕下聯是用望帝（杜宇）魂化為鵑的典故，表現一種不死的春心。這不死的春心正象徵作者對理想的執著、對生命的堅持。正如德國哲學家恩斯特・卡希勒（Ernst Cassirer）認為神話在某種意義上，可以解釋為對死亡現象堅定而頑強的否定，變形神話就是一個註腳，企圖用形體的變化來證明靈魂不滅及生命移轉。原始人以這種交感的思維方式，相信他們創生的過程是從「存在」到「存在」，透過變化，死亡就是再生；亦即他們對死亡現象給予堅定而頑強的否定，認為人的生命在空間和時間中並沒有確切的界線。〔註68〕李商隱正是透過這樣的思維，藉杜宇神話寄託自己對生命情狀的癡戀與耽溺、死亦不悔的決心，甚且死後仍可重生的期盼。

杜甫〈題石鏡詩〉：

> 蜀王將此鏡，送死置空山。冥漠憐相骨，提攜近玉顏。眾妃無復歎，
> 千騎亦虛還。獨有傷心石，埋輪月宇間。〔註69〕

此詩無疑是杜甫登成都西北角的武擔山時，見石鏡有感而作。據《華陽國志・蜀志》及《蜀王本紀》的記載，可知石鏡的來由是因蜀王哀念美艷的王妃死去，令五丁力士為王妃所立之冢。杜甫運用此典，前四句敘述石鏡之由，後四句則是杜甫睹鏡所發之感，設想送葬之後，眾妃離去，千騎亦歸，山上獨留傷心石與月光相映為伴的蒼涼之景。然而此「傷心」是就蜀王的心情所作的刻劃，並非眾妃，也非千騎，且關於石鏡（武擔石）及五丁冢的神話故事中，均有諷刺當時蜀王好色卻不愛民惜才的寓意，是以仇兆鰲《杜詩詳注》

〔註66〕見張夢機、陳文華編著《杜律旨歸》，頁163，學海出版社1979年初版。
〔註67〕見劉學楷、余恕誠《李商隱詩歌集解》（中），頁1420，洪葉文化事業有限公司1992年初版。
〔註68〕參見卡西爾著、結構群審譯《人論》，頁132～133，結構群文化事業有限公司1991年初版。
〔註69〕見仇兆鰲《杜詩詳注》，頁1076，正大印書館1974年初版。

中以爲此詩主旨在譏古人好色〔註 70〕。故可視此詩爲杜甫見石鏡時，藉石鏡的來由諷刺蜀王好色，有提醒爲政者之深刻寓意。

三、運用神話觀念進行創造

李商隱〈海客〉：

> 海客乘槎上紫氛，星娥羅織一相聞。只因不憚牽牛妒，聊用支機石贈君。〔註 71〕

此詩混用《博物志》中「天河與海通」的故事和《荊楚歲時記》「張騫尋河源犯牛女」的傳說，打破牛郎織女愛情裡堅貞不奪的志節，使這一傳統的愛情構圖染上了曖昧不明的三角關係，破壞了原來美好的信心與期待。這是李商隱利用改造神話的手法，表達即使神話亦不能填補他在現實的空虛與挫敗，所以神話在李商隱的筆下，不再有原來的滿好與期待，他以一般人情重新詮釋，造成一般神話思維運作的違逆反命題。〔註 72〕

後世四川流傳的民間故事亦有相當多的篇幅是直接取材古籍所載的神話片段而加以改編的，例如都江堰市流傳的「杜鵑仙子」故事，便是以杜宇神話爲底本而改編。茲節錄如下：

> 蜀王熊耳山一帶西征，路過青城後山，蜀王愛百姓，百姓敬獻美酒。蜀王下令將酒倒入江中，要與三軍共飲。將士們喝著香甜的醪糟米酒，都讚不絕口。以後這條河就叫「味江」。蜀王獨自來到梳妝池，看到一位光著身子的仙女，由於身子被人看見，又知蜀王德行很高，答應嫁給蜀王，被封爲桂陽妃子。蜀王西征，國內王位被篡奪，蜀王趕緊回都，還沒進宮門就被殺了。桂陽妃子傷心地哭了好幾天，化成一棵幾丈高的羊角花樹，把枝葉伸向蜀國京城。蜀王的靈魂想念臣民和桂陽妃子，就化作一隻杜鵑鳥，飛到長坪山，呼喊「桂桂

〔註 70〕 見仇兆鰲《杜詩詳注》，頁 1076。

〔註 71〕 見《全唐詩》第十六冊，卷 540，頁 6198，北京中華書局 1960 年初版。

〔註 72〕 見歐麗娟〈李商隱詩之神話表現〉，頁 15，《國立編譯館館刊》第 24 卷第 1 期。所謂「神話思維運作違逆的反命題」乃指李商隱神話思維的運用不同於一般神話思維運作的模式，兩者相異如下：

一般神話思維運作之模式：

缺憾──→追求與超越──→改造與完滿（心靈補償作用）

李商隱運用神話的思維模式：

既有神話之完滿──→人情化之想像移轉──→缺憾

陽！桂桂陽！」天黑些在羊角花樹上，邊叫邊哭，鮮血滴在花瓣上，

人們把羊角花叫作「紅杜鵑」，把桂陽妃子稱爲「杜鵑仙子」。〔註73〕

另有一則由田海燕蒐集整理，流傳於成都的「杜鵑」傳說，故事的前半部同《華陽國志》所載，後半部則如下：

> 鱉靈繼承了王位，便稱作叢帝，領導蜀人興修水利，開墾田地，做了許多好事，老百姓過著快樂的生活，望帝也在西山過著無憂無慮的日子。
>
> 後來，情況慢慢地起了變化。叢帝有點居功自傲，變得不大傾聽臣民的意見，不大體恤人民的艱難了。老百姓愁起來了。
>
> 消息傳到了西山，望帝老王也著急得很，常常半夜起來，在房內轉著圈圈，想著勸導叢帝的方法。他想來想去，想出了自己進宮勸導叢帝的主意。便在第二天早晨，從西山動身進城去訪叢帝。
>
> 這個消息，立刻被老百姓知道了，一大群一大群地跟隨在望帝老王的後面，牽成了很長很長的一支隊伍。
>
> 這一來，把事情弄僵了，叢帝的心裡起了疑惑，認爲是老王要向他收回王位，或者是帶著人馬打他來了。叢帝立刻下令緊緊關住城門，不准老王和那些老百姓進城。
>
> 望帝老王靠著城門哭了一陣，無法進城，只好仍回西山，另外再想勸導叢帝的辦法。望帝老王想來想去，想到只有變化成鳥兒，才能飛進宮門，飛到高樹枝頭，把愛民的道理親自告訴叢帝。他想呀想的，忽然變成了一隻會飛會叫的杜鵑鳥兒。
>
> 那杜鵑鳥立刻撲翅一飛，飛到蜀宮御花園的楠木樹上，高聲叫道：「民貴呀！民貴呀！」叢帝聽了杜鵑的勸告，才明白老王的善意，知道自己的疑惑錯了。
>
> 但是，望帝已經變成杜鵑，再也無法變回原形了。以後，杜鵑總是畫夜不息地對千百年來的帝王叫道：「民貴呀！民貴呀！」但是因爲叫得久了，也沒有哪個帝王聽他的話，所以，他苦苦地叫出了血，把他的嘴巴染紅了。〔註74〕

〔註73〕見《四川民俗大典》，頁 207。
〔註74〕見陶陽、鍾秀編《中國神話》，頁 739～740。

杜宇故事從《蜀王本紀》中「望帝去時子規鳴，故蜀人悲子規而思望帝」和《華陽國志》裡「時適二月，子鵑鳥啼，故蜀人悲子鵑鳥鳴也」，這段記載並無太多神話色彩，然而到了《成都記》則進一步認爲杜宇死後魂化爲鵑。後世的民間傳說以此爲底本進行改造，多了桂陽妃子的潤色，此中瀰漫著杜宇和妃子間浪漫堅眞的愛情氛圍，更令人聞之動容，也賦予了美麗的杜鵑花一個淒美動人的傳說。而田海燕搜集的「杜鵑」傳說中，更深化了杜宇王愛民的精神，化其叫聲爲「民貴呀！民貴呀！」，無疑是孟子「君以民爲貴」思想的產物。至於杜鵑鳥的叫聲，從最早的「布穀！布穀！」到文人筆下的「不如歸去」，或民間故事中的「桂桂陽！桂桂陽」與「民貴呀！民貴呀！」，皆符合故事中主人翁的需求而進行創造，獲得文學足以抒發所欲所言、滿足願望的作用。

　　另舉一則「鱉靈與夜合樹」的民間故事，是以《蜀王本紀》中「荊有一人名鱉靈，其尸亡去，荊人求之不得。鱉靈尸隨江水上至郫，遂活」爲底本而進行創作的，故事情節如下：

> 鱉靈是湖北荊州城中一口井裡的團魚，出井變成人就死了。按當地習慣實行水葬，誰知鱉靈的屍體順著長江向上游鳧去，到了岷山腳下的郫城又活了。他去拜見望帝杜宇，獻上治水計策，望帝封他爲相，並派他去治水，瘟疫流行，鱉靈病倒了。他一病就是七七四十九天，喊不醒，搖不醒。鱉靈覺得自己沒有倒下，還在治水。又覺得自己變成團魚，順著長江往下飄，想往上游，游不動。水把他又沖向荊州城內的井頭。他看到井旁長了棵大樹，樹下有個姑娘邊梳頭邊唱歌：「天上光光，地上汪汪。蜀相鱉靈來找姑娘。找到姑娘，水旱除光。」鱉靈覺得奇怪，從井裡出來變成一個小伙子，聽老婆婆說明兩婆孫的身世，鱉靈覺得這姑娘很好，便當場提親，老婆婆要他先去治水，約定四十九後才許娶親。以後，白天鱉靈在井中，晚上出來在井旁樹下和姑娘擺談，商量如何治水。四十九天後，鱉靈回到郫城，姑娘也回江源。杜宇等久見鱉靈未醒，正在痛哭，忽然鱉靈坐起來直喊姑娘，清醒後才知是在望帝宮中。人們把姑娘接到郫城，水治好後，望帝傳位給鱉靈，稱爲叢帝，叢帝與姑娘結爲夫妻。後來大家把井邊的大樹叫作「夜合樹」，相好的青年男女也喜歡在晚上來樹下會合。〔註75〕

─────────────

〔註75〕見《四川民俗大典》，頁 207～208。

這個民間故事比原來底本內容更加豐富，在情節上生動的塑造了鱉靈神奇的出生，與女主角的相會、結合，均相當符合英雄神話的原型；再者，「夜合樹」象徵著民間文學中善於表達愛情、歌頌愛情的特色，也在某一層面上展現了巴蜀樹崇拜觀念的遺留。

四、進入民俗又折射回文學

杜甫〈禹廟〉：

> 禹廟空山裡，秋風落日斜。荒庭垂橘柚，古屋畫龍蛇。雲氣噓青壁，
> 江聲走白沙。早知乘四載，疏鑿控三巴。〔註76〕

因大禹治水的神話在四川流傳，禹神於是備受尊崇，禹王宮遍及川中許多地方，四川民間並以六月六日為大禹生日，當天必舉行祭禮，成為當地民俗的一部份。此詩乃是杜甫在唐代宗永泰元年出蜀途經忠州（四川忠縣），參謁這座禹廟時所作。〔註77〕「禹廟空山裡，秋風落日斜」寫出秋風蕭瑟、晚霞斜照時，只有禹廟巍峨獨峙在荒涼的山裡，起筆襲來一股森然、肅然的氣息，正如詩人當時登山入廟的心情。次聯「荒庭垂橘柚，古屋畫龍蛇」寫廟內荒蕪，房屋古舊，但庭中橘柚碩果垂枝，壁上古畫神龍舞爪。此句實為歌頌大禹之功，因大禹治水時，每能馴服龍蛇水怪，使之不再興風作浪，水患方得以弭平。三聯「雲氣噓青壁，江聲走白沙」寫廟外之景，雲霧團團，在長滿青苔的古老山崖峭壁間緩緩移動；江濤澎湃，白浪淘沙，向三峽滾滾奔流。二、三聯寫廟內和廟外之景，將神話和現實，大禹治理山河的偉大氣魄和大自然的磅礡氣勢融合在一起了。末聯「早知乘四載，疏鑿控三巴」，是杜甫對治水英雄大禹發出衷心的讚美，傳說禹治水到處奔波，水乘舟，陸乘車，泥乘橇，山乘檋，稱為「四載」；三巴指巴郡、巴東、巴西。傳說這一帶原為澤國，大禹疏鑿三峽後使控為陸地。〔註78〕意思即說：大禹啊！我早耳聞你乘四載、鑿三峽、疏長江、控三巴的英雄事蹟，今天親臨現場，目睹遺跡，越加感佩您的偉大！不過杜甫作此詩，在歌頌之外應還有更深的意義。唐自安史亂後，長期戰亂，人民飽受戰火的侵擾，苦不堪言，詩人即以此詩寄望當政者能發揚大禹「乘四載」、「控三巴」的艱苦奮鬥精神，早日重整山河，使國家恢復太平盛世。

〔註76〕見楊倫編輯《杜詩鏡銓》，頁836。
〔註77〕見張淑瓊主編《唐詩新賞7——杜甫》，頁343，地球出版社1992年初版。
〔註78〕參見張淑瓊主編《唐詩新賞7——杜甫》，頁344。

杜甫〈戲作俳諧體遣悶〉二首：

> 異俗吁可怪，斯人難並居。家家養烏鬼，頓頓食黃魚。舊識能爲態，
> 新知已暗疏。治生且耕鑿，只有不關渠。

> 西歷青羌坂，難留白帝城。於菟侵客恨，粔籹作人情。瓦卜傳神語，
> 畬田費火耕。是非何處定，高枕笑浮生。〔註79〕

這兩首詩寫出了杜甫當時所處夔州的人情風俗，並發抒了當地自處的心情感
受。夔州居三峽之險，古蹟又多，且居住許多彞人、獠人等少數民族，自然
存在著許多杜甫未經歷過的山川民俗風情，是以他發出「異俗吁可怪，斯人
難並居」的感嘆。兩首詩中道出令他驚訝的異地風俗有以下幾種：1. 養烏鬼、
2. 食黃魚、3. 人情淡薄、4. 於菟（虎）眾多、5. 粔籹的製作、6. 瓦卜的盛
行、7. 畬田耕作盛行，此七種風俗中，與神話有關而逐漸融入民俗的有二種，
即「養烏鬼」和「瓦卜的盛行」，分述如下：

（1）養烏鬼

「烏鬼」之說備受爭議，其中最受學者肯定的當爲鸕鷀及殺人祭鬼二說。
沈括《夢溪筆談》卷十六載：

> 克乃按《夔州圖經》，稱峽中人謂鸕鷀爲「烏鬼」。蜀人臨水居者，
> 皆養鸕鷀，繩系其頸，使之捕魚，得魚則倒提出之，至今如此。予
> 在蜀中，見人家養鸕鷀使捕魚，信然，但不知「烏鬼」耳。（見前文，
> 第三章第三節）

前文探討過魚鳧是一神話不死的漁人國，他們養魚老鴉（鸕鷀）作爲捕魚用，
因賴以維生，故對魚鳧相當崇拜，並曾以之爲圖騰。據沈括所言，杜甫此詩
「家家養烏鬼」正是這種風俗遺留的寫照。至於殺人祭鬼之說，見《蔡寬夫
詩話》：

> 元微之〈江陵詩〉：「病賽烏稱鬼，巫占瓦代龜。」自注云：「南人染
> 病，競賽烏鬼；楚巫列肆，悉賣龜卜。」巫鬼之名自見於此。巴楚
> 間常有捕得殺人祭鬼者，問其神明曰：巫野七神頭，則巫鬼乃所事
> 神明耳。或言養字，乃賽字之誤，理亦當然耳。蓋爲其殺人而祭之，
> 故詩首曰：「異俗吁可怪，斯人難並居。」〔註80〕

再從獠人的生活習俗記載看，《魏書‧獠傳》云：「其俗爲鬼神，尤尙淫祀。

〔註79〕見楊倫編輯《杜詩鏡銓》，頁 1197～1198。
〔註80〕見蔡啓撰、郭紹虞輯《宋詩話輯佚》卷下，頁 385，華正書局 1981 年初版。

所殺之人，美鬚髯者必削其面皮，籠之於竹，及燥，號之曰鬼。鼓舞祀之，以求福利。」〔註81〕是以夔州一帶的確有著殺人祭鬼之俗，犧牲者都是濃鬚密髮的人，故稱「烏鬼」。

　　筆者以爲杜甫「家家養烏鬼」中之「烏鬼」當指「鸕鷀」，一則與下文「頓頓時黃魚」形成順接因果關係，文意得以充足，試看此詩首聯「異俗吁可怪，斯人難並居」、頸聯「舊識能爲態，新知已暗疏」、末聯「治生且耕鑿，只有不關渠」上下句均各成順接關係而有一獨立文意，豈有獨頷聯上句「家家養烏鬼」和下句「頓頓食黃魚」無順接關係？至於殺人祭鬼之說，《蔡寬夫詩話》所言「巫鬼」未必等於「烏鬼」，又以「養」爲「賽」之誤，實屬揣測之詞，《魏書・獠傳》亦未明言所殺祭鬼之人即爲「烏鬼」，是以筆者較贊同「鸕鷀」之說。不過此二說一樣可以反映出巴蜀民俗在文學中的投射作用。

　　（2）瓦卜的盛行

　　「瓦卜傳神語」中「瓦卜」究竟何指？《杜詩鏡銓》引王洙曰：「巫俗擊瓦，觀其文理分析以定吉凶，謂之瓦卜。」又引《岳陽風土記》曰：「荊湖民俗，疾病不事藥醫，惟灼龜打瓦，或以雞子卜，求祟所在，使俚巫治之。」〔註82〕說明「瓦卜」是一種不論水、旱等天災，或傷病等人禍，均以擊瓦問卜，以求神助的民俗信仰。另外杜甫在〈雷〉一詩還提到：「暴尪或前聞，鞭石非稽古」〔註83〕，「暴尪」、「鞭石」是以曝曬病人、鞭打石頭的方法以祈求下雨或放晴的習俗，其中「鞭石」正是前面提及「陰陽石」神話化入民俗的具體證明，《水經注》載：

> （難留城）城，即山也。獨立峻絕。西南上里餘，得石穴。把火行百許步，得二大石磧，並立穴中，相去一丈，俗名陰陽石。陰石常濕，陽石常燥。每水旱不調，居民作威儀服飾，往入水中。旱則鞭陰石，應時雨。多雨則鞭陽石，俄而天晴。相承所說，往往有效。（詳前文）

難留城石穴中的「陰陽石」便是自古以來巴地鞭石習俗典故的來源。從神話到民俗，再到杜甫的詩中，間接的豐富了文學素材，擴大了文人寫作的領域，使得文學作品可以展現不同的風格面貌。

〔註81〕參見鮮于煌〈三峽少數民族「獠人」和杜甫詩歌創作之波瀾〉，頁 177～183，載於《中國古代、近代文學研究》1998 年 11 月。
〔註82〕見楊倫編輯《杜詩鏡銓》，頁 1198。
〔註83〕見仇兆鰲《杜詩詳注》卷二十，頁 1794。

第六章　結　論

　　中國神話的研究，至今仍是一片亟待開發的園地，尤其在西方神話學的傳入後，引進了不同的研究方法，使得中國神話的研究領域得以跳脫考證或專著、文學主題的領域，嘗試從不同的角度切入，神話研究的觸角可以延伸至社會學、人類學、心理學、哲學、民俗文化各方面，相互融合，而有可喜的成績。本文的研究成果茲可羅列如下：

一、突顯巴蜀神話的研究價值

　　筆者之前，巴蜀神話的研究仍是一片企待開拓的荒土，站在前人於神話學與巴蜀文化研究的基礎上，筆者嘗試以巴蜀爲一地域，研究此一地域神話的特色，其價值如下：

（一）首將巴蜀神話獨立探討

　　在中原神話已建立一個完整的體系後，楚地神話由於古籍中豐富的記載，也被獨立探討；加上各民族的自覺，少數民族神話爲彰顯其民族色彩亦展開大量的蒐羅工作與研究。在四川大批文物出土的同時，學者們均有感於在與中原融合之前的巴蜀古國，必有一套特殊的信仰與民俗，使之展現與中原迥然相異的獨特氣息。是以筆者大膽將巴蜀神話獨立探討，試圖爲神話的研究提供一嶄新的素材，開啓另一值得深入探究的扉頁。

（二）作為巴蜀社會學的參考資料

　　本文以社會學派觀點「神話是人類社會經驗的反射，生活的投影」爲出發點，在蒐羅巴蜀神話的同時，與巴蜀社會經濟型態進行比對，其中除了瞭解神話與族群的社會生活密不可分外，也爲四川農、漁、桑蠶、畜牧、竹林

等業的源頭找到了部分資料；除此之外，由巴蜀神話探析四川原始宗教信仰、民族精神的與眾不同，更加明瞭作為社會精神產物的神話在巴蜀先民心目中無可取代的地位。這些資料都值得提供日後研究巴蜀社會學者作為參考。

（三）作為巴蜀民俗學的參考資料

神話與民俗有其不可分割處，作為民族精神指標的神話經常藉由宗教、儀式不斷承傳，融入民俗成為生活的一部分。在探究巴蜀神話的同時，自然也發現流傳於後世或現在四川的一些民俗，正可以在神話的王國中找到它們的源頭，循線思考，神話、宗教、民俗的一脈相承昭然若揭。影響所及，作為古王國後裔的少數民族（如土家族為巴族後裔）也會在民俗中反映神話的蹤跡。故筆者在論述巴蜀神話中，經常援引知見的民俗作為映證，這些對日後研究巴蜀民俗學者在搜尋資料的過程中頗有助益。

（四）作為心理學派理論之佐證

榮格「集體潛意識」說，將神話視為內在心靈的投射，在某一層面上，喚醒了神話在心理學領域沈睡已久的靈魂；作為文學共相的「原型」理論，亦是人類藉由神話對其未知的心理狀態再度的甦醒。透過此派理論的研究，回到神話本身還給它本來面貌，瞭解神話原本是來自於人類深層的文化心靈，不僅存在原始社會，經過文明洗禮的現代人在其心理底層仍潛存著神話思維的遺子，即神話的文化型態早已是人類意識的一部分，深植於民族集體意識中。本文於第四章第一節將巴蜀神話置於「原型」理論中，更加肯定榮格理論的真實。作為集體潛意識的表徵，巴蜀神話足為此派理論之佐證。

（五）作為結構主義學派之佐證

神話作為一種思維方式，自有其法則，神話思維的探究奠定了神話的精神系統。對巴蜀神話思維的抽絲剝繭中，找出思維主體和對象的關係不離「一體感」和「渾沌感」，即這一有秩序的思維活動在神話中不斷進行著。除此，運行於巴蜀神話的思維絕非紊亂無序、天馬行空的，而是以主觀的類比推理為邏輯結構的。是以就論證的過程來說，本文第四章第二節、第三節是足以作為結構主義學派之佐證的，並為巴蜀神話哲學的研究開啟一扇小窗。

（六）開拓巴蜀文化的局部研究

巴蜀文化的研究從二十世紀三十年代開始至今，在史學、考古、文物、民族等方面均卓然有成，本文藉由「巴蜀神話研究」，嘗試將「神話」這一主

題從巴蜀歷史、考古文物、文學中獨立出來探討，期望在巴蜀文化「面」的研究上，轉換焦點在「線」、「點」之中；以更微觀的角度，作更深入局部的探求，如此更能彰顯巴蜀文化特出的一面。

（七）探訪道教源起的蹤跡

宗教與神話有其粘合處，同有神秘、信仰等特質，其相互依存的關係古今中外皆然。發源於巴蜀的道教取地利之便得以茁壯，當然是奠基於當地特有的神仙思想，這種神仙思想在神話中得到最充分的發揮，被視爲當地人民的精神食糧。是以順著巴蜀神話的路線，必可探訪道教緣起的蹤跡。

（八）開關巴蜀文學的另一源頭

神話爲文學的源頭，巴蜀神話自然也是巴蜀文學的源頭之一。巴蜀的文學成就自古以來成績斐然，文人眾多，作品富創新精神、浪漫氣息，歷代巴蜀知名文人均能獨領風騷，名盛一時。這一巴蜀特有地理環境、民族精神、文化風韻有著密切關係，當然巴蜀不同於中原的神話色彩，亦是另一關鍵性的因素。是以透過巴蜀神話的獨立探討，可以爲巴蜀文學提供另一蹊徑的源頭。

二、確立巴蜀神話與自然崇拜的關係

巴蜀神話表現於自然崇拜中，受地理環境與自然資源的影響，以石神、水神、樹神、蛇神、虎神五類居多，且最能表現地域色彩，分別說明如下：

（一）石神崇拜

收錄禹生石紐、石筍、石鏡、武擔石、五丁冢、石犀、石人、石柱、支機石、石乳水、白石神、陰陽石、壇神墩墩神話，綜合其所表現的特色有：（1）英雄崇拜與石崇拜結合的居多，反映出英雄神話的母題。（2）少數民族石崇拜神話多表現在民族起源神話中，扮演著保護神的角色，並強調「白色」的聖潔靈性。（3）四川缺乏「石神」型，「石祖」、「石人」有之，「石墓」、「靈石」居多，可見四川石崇拜神話其原始性不似少數民族神話強烈。（4）反映在民間信仰中，大多認爲這些靈石具有避邪招吉的保護神功用，說明了巴蜀先民心中深切的渴望。

（二）水神崇拜

收錄有大禹治水、鱉靈治水、李冰治水、文翁治水、雲華夫人、澤水神、江瀆神神話，綜合其所表現的特色有：（1）受地理環境的影響，治水神話居

大宗。（2）同石神崇拜，符合英雄神話的母題。（3）巴蜀水神神話中，所表現的氣質陽剛多於婉約，而婉約的氣質乃受楚地浪漫陰柔的神話所影響。（4）水神崇拜中，可以看到巴蜀漸受中原文化薰陶的一面，也可見與外地神話融合的一面，這說明了隨著時代的晚近，神話中所表現的巴蜀色彩會逐漸褪去。

（三）樹神崇拜

收錄三星堆神樹、搖錢樹、怒特祠神話，爲數不多，然而出土文物大量呈現樹神崇拜的風氣，綜合巴蜀樹神崇拜的特色有：（1）展現巴蜀自然崇拜最爲獨特的一面，植物的分布和神仙思想醞釀之早是關鍵性的因素。（2）綜合中原神樹的造型特徵，並將地位提昇爲最高，儼然是人民的精神領袖。（3）反映的內容思想豐富，三星堆神樹和漢墓搖錢樹兩者前後相承的身份，共同反映出蜀人對物質生活和精神生活的願望。（4）作爲神仙思想進入道教信仰階段的標誌。

（四）蛇、虎神崇拜

收錄巴蛇食象、赤蛇吉兆、邛都大蛇、郫縣小蛇、龍淵水、鄧遐斬蛟等蛇神話，及廩君虎神、開明虎神、少數民族虎神神話，綜其表現巴蜀蛇、虎神崇拜的特色有：（1）受自然物產影響，表現動物崇拜。（2）與歷史結合，反映圖騰崇拜，種族來源。（3）蛇、虎多吉兆，象徵正面意義。（4）投射出巴蜀與中原文化、少數民族文化融合的影子。巴蜀民族獨鍾蛇虎是與其地理環境與民族性有很大關係的，少數民族的蛇虎崇拜，一方面反映出神話「原型」，一方面也看出民族雜居過程中的影響。

三、辨明巴蜀神話與文化特徵的關係

作爲社會生活投影的神話，必然反映出民族文化的鮮豔色彩，巴蜀神話自然不在例外。本文於巴蜀神話與文化特徵的關係之研究上，綜論如下：

（一）神話與圖騰

「巴即蟒蛇」說明巴有一蛇圖騰崇拜部落，「廩君巴」代表另一虎崇拜部落，兩族同落居巴地，並先後取得統領的地位，其後錯雜而居，漸演變成多圖騰信仰。蜀地依統治者的不同，先後存在不同的圖騰信仰，「蠶叢」爲蠶圖騰，「柏灌、魚鳧、杜宇」爲鳥圖騰，「開明」爲虎圖騰。開明的虎圖騰可能透露「巴蜀同源」的訊息。

（二）神話與民族精神

巴地神話中，表現出巴族勁勇強悍的民族性以及質直好義的道德情操；蜀地神話中，表現出蜀民族純樸善良、積極進取及重禮教、尚名節的特性。兩地有共同性，同展現純樸善良的民風，並對良好的道德情操由衷嚮往。同中小異，巴人生性驍勇善戰，故重強悍勁勇；蜀人受禮教文明之化較深，積極進取、富大膽的創新精神，表現於文學創造上，均有佳績。較之鄰近楚地神話，同樣充滿想像力，不過楚地表現的民族性較為浪漫婉約，巴蜀則為陽剛正義之氣。

（三）神話與經濟型態

1. 漁業：有學者從語言學及地名學的角度探討，以為巴人讀「魚」為「巴」，而以「巴」為地名、族名或國名，反映巴人很早以前即開始漁業發展的經濟型態。另外，蜀地魚鳧時代，也是一捕魚為業的部落，反映在神話中，魚鳧神化不死，人民亦隨化而去。在巴蜀歷史演進的過程，神話中可見早期漁業發展的蹤跡。

2. 農業：蜀地杜宇神話中，教民務農的杜宇王反映出當時農業的發展在蜀地已相當盛行，人民甚至因此以杜宇為「農神」，至今不變。農業的興盛，帶來巴蜀的富饒，反映在神話中，處處可見巴蜀人民對農神的依賴、感念和高度崇敬。

3. 桑蠶業：嫘祖娘娘、蠶叢氏與蠶花娘娘的神話故事均一致反映出巴蜀桑蠶業的興盛，甚至是中國紡織業的源頭，是以這些神話都收錄在中原神話裡，然而這並不影響他們所透露出的巴蜀文化特色。對「蠶神」賦予崇高地位是從蜀地開始的，此乃巴蜀經濟盛譽於中原主要的因素之一，故蜀人對這些神話人物更加推崇備至。

4. 畜牧業：瀉金石牛、天馬、金馬碧雞、木羊、猳國馬化等神話故事反映出巴蜀先民的畜牧業，這些動物雖不是他們最尊崇的對象，然而正因與生活的息息相關，才會在神話中佔有一席之地。

5. 竹林業：竹王神話反映出四川的竹林業，雖然這是彝族神話，然而三星堆神樹的金竹葉和代表巴蜀青銅文化的柳葉劍，以及川民與竹朝夕相伴所延伸的習俗，均反映出竹崇拜在巴蜀人民心中的地位。一方面是竹林業盛行的關係，另一方面亦受了四川彝族神話的影響。

四、探析巴蜀神話的思想結構

以心理學派和結構主義的觀點嘗試為巴蜀神話進行思維哲學的探索，其研究成成果如下：

（一）巴蜀神話及「原型」

廩君、杜宇、神樹、馬頭娘神話均為「永生型」的母題，大禹、廩居、鱉靈神話符合「探求型」的母題，而巴蜀諸多神話中善與惡、神與魔、男與女、生與死、光明與黑暗的對立均同「衝突型」的母題。是以作為神話，巴蜀同世界各民族，透過共同的意象呈現出人類共同的記憶和類似的心理反應。

（二）巴蜀神話中思維主體和思維對象的關係

神話思維的有序表現在思維主體和對象的關係上，展現了「心物合一」和「虛實相生」的特性，亦即神話的一體感和渾沌感。表現在巴蜀神話的思維中，這種一體感和渾沌感無時不在神話中交叉進行著，也可以說正是這兩種思維特性構成了巴蜀神話心物不分、虛實莫辨的神秘色彩。

（三）巴蜀神話思維之邏輯結構

在神話的背後有一非常清晰的邏輯結構，其中最常被提到的無非是類比推理。巴蜀神話表現在邏輯結構的五種特性——型態類比、屬性類比、以類度類、以己度物、以已知度未知，均可找到豐富的例子。因此嘗試以邏輯概念為巴蜀神話進行解構，是足以證明神話背後所蘊藏豐富的哲學思維的。

五、明瞭巴蜀神話對後世的影響

神話的魅力表現在它對人心的共鳴與激盪，無疑地它的影響面是廣大而深遠的。本文於巴蜀神話對後世的影響研究成果如下：

（一）巴蜀神話對道教的影響

神話與宗教有著相互依存的關係，巴蜀神話所表現的神仙思想、自然崇拜、尚五觀念均為道教所繼承。其神仙思想正好作為孕育道教列仙的眠床，自然崇拜則成為道教思想的淵源之一，尚五觀念更毫無保留的體現在道教慶典習俗和法器中。

（二）巴蜀神話對文學的影響

神話不僅為文學的源頭，在文人創作的衝擊中，仍有可能創造出更多的後世神話。巴蜀神話明顯影響巴蜀原產作家及入蜀文人的創造，有以之營造

氣氛，增加文學的吸引力；有以之爲典故，增加作品的說服力。更有以之爲創作素材，運用神話觀念進行改造；就連落入民俗的神話，也可再度折射回文學，使文學煥發出地域的色彩。當然神話中想像力的高度發揮、現實生活的折射，無疑是文學生命的泉源，因此神話對文學的影響，可以說是無所不在。

綜上所敘，蓋爲本論文之研究成果。就整個學術領域而言，雖爲滄海一粟，不足爲貴；然就巴蜀神話的論究而言，是足爲鳳毛麟爪，有開創之功的。作爲開創之作，遺漏不足之處甚夥，尚有多處可作爲後續研究之未來展望：

一、本文受限於地域阻隔，無法進行田野調查，並不能網羅所有的巴蜀神話，是一大缺憾。期後續研究在田野調查便利之許可下，不限於傳世文獻，將所有的巴蜀神話收錄齊全。

二、限於筆者哲學思維訓練之薄弱，未能對巴蜀神話哲學思維作更深入的探究，本文「巴蜀神話之思維結構」僅爲一粗略的概論，期後續研究以他派學說作更深入而多面的研究，找出巴蜀神話思維結構的地域特色。

三、本文於「巴蜀神話對後世的影響」僅爲概略式說明，其中仍有諸多議題值得深入詳加探究，如巴蜀神話與道教的關係在思想上應還有共通之處，而巴蜀神話對文學的影響，本文僅作舉例式的說明，難以周全。期後續研究對巴蜀文學作品作廣泛蒐羅之後，歸納出更爲細部的影響以及巴蜀神話運用在文學作品的不同特色。

學術的研究如歷山間小徑，要在崎嶇的土石中沈穩腳步，在狹隘重阻的荊棘中另闢蹊徑，並試著在躓跛難行的山路中保留足夠體力，以期於長遠的步行之後，保有攀越顛峰的毅力，著實辛苦。然而沿途秀山美景盡收眼底，清新的空氣滌慮靜思、洗塵去俗，悅耳的澗潺鳥鳴縈繞耳際，一旦攀至峰頂，更可飽覽千巖競秀、美壑絕倫的造物之賜，或靜聽跫音，或坐看雲起。埋首於學術的研究之後，得以一窺學術殿堂之富麗堂皇，願將途中拾取的花苞，點綴於殿堂一隅，以期綻放出更絢爛的花朵。

參考書目

一、專著

（一）古籍（依著作朝代先後為序，同朝代以書名首字筆畫為序）

1. 《左傳》，十三經注疏本，藝文印書館印行。
2. 《竹書紀年》，上海商務印書館，1937 年初版。
3. 《周易》，輯入《十三經注疏》，藍燈文化事業公司出版。
4. 《尚書》，輯入《十三經注疏》，藍燈文化事業公司出版。
5. 《禽經》，（周）師曠撰、張華注，台灣商務印書館，1986 年初版。
6. 《史記》，（漢）司馬遷，鼎文書局，1983 年初版。
7. 《抱朴子》，（漢）葛洪，中國子學名著集成編印基金會，1978 年初版。
8. 《神仙傳、疑仙傳、列仙傳》，（漢）葛洪等，廣文書局，1989 年初版。
9. 《淮南子》，（漢）劉安著、高誘注，華聯出版社，1973 年初版。
10. 《漢書》，（漢）班固撰、顏師古注，泰盛書局，1976 年初版。
11. 《說文解字》，（漢）許慎著、段玉裁注，書銘出版公司，1986 年四版。
12. 《三國志》，（晉）陳壽著、裴松之注，藝文印書館 1958 年初版。
13. 《玄中記》，（晉）郭璞，北京出版社，2000 年初版。
14. 《帝王世紀》，（晉）皇甫謐，上海商務印書館，1937 年初版。
15. 《拾遺記》，（晉）王嘉，台灣商務印書館，1986 年初版。
16. 《博物志校注》，（晉）張華撰、范寧校證，明文書局，1981 年初版。
17. 《搜神記‧搜神後記》，（晉）干寶等，木鐸出版社，1985 年初版。
18. 《昭明文選》，（梁）蕭統編、李善注，藝文印書館，1991 年 12 版。

19. 《昭明文選》，（梁）蕭統編、李善注，華正書局，1990 年初版。

20. 《李太白全集》，（唐）李白撰、（清）王琦輯注，華正書局 1979 年初版。

21. 《龍城錄》，（唐）柳宗元，台灣商務印書館，1986 年初版。

22. 《太平寰宇記》，（宋）樂史，文海出版社，1963 年初版。

23. 《吳船錄》，（宋）范成大，台灣商務印書館，1986 年初版。

24. 《事物紀原》，（宋）高承，台灣商務印書館，1971 年初版。

25. 《茅亭客話》，（宋）黃休復，台灣商務印書館，1986 年初版。

26. 《陸放翁全集》，（宋）陸游，河洛圖書出版社，1975 年初版。

27. 《雲笈七籤》，（宋）張君房，寧夏出版社，1996 年初版。

28. 《蜀檮杌》，（宋）張唐英，上海商務印書館，1936 年初版。

29. 《路史》，（宋）羅泌，台灣中華書局，1966 年初版。

30. 《夢溪筆談》，（宋）沈括，台灣商務印書館，1956 年初版。

31. 《朱子語類》，（元）朱熹，正中書局，1962 年初版。

32. 《全蜀藝文志》，（明）周復俊，台灣商務印書館，1986 年初版。

33. 《蜀中名勝記》，（明）曹學佺，學海出版社，1969 年初版。

34. 《文始》，（清）章太炎，廣文書局，1970 年初版。

35. 《世本》，（清）張澍，上海商務印書館，1937 年初版。

36. 《古今圖書集成》，（清）陳夢雷等，學生書局，1989 年初版。

37. 《四川通志》，（清）楊芳燦等，台灣商務印書館，1986 年初版。

38. 《四川通志》，（清）楊芳燦等，華文書局，1967 年初版。

39. 《全上古三代秦漢三國六朝文》，（清）嚴可均，北京中華書局，1958 初版。

40. 《杜詩詳注》，（清）仇兆鰲，正大印書館，1974 年初版。

41. 《杜詩鏡銓》，（清）楊倫，華正書局，1979 年初版。

42. 《後漢書集解》，（清）王先謙，中華書局，1984 年初版。

43. 《景印文淵閣四庫全書》，（清）紀昀，台灣商務印書館，1986 年初版。

44. 《輿地紀勝》，（清）王象之，文海出版社，1961 年初版。

45. 《繹史》，（清）馬驌，台灣商務印書館，1968 年初版。

（二）今人著作（以書名首字筆畫為序）

Ⅰ. 國內

1. 《三星堆文化》，屈小強、李殿元、段渝主編，四川人民出版社，1993 年初版。

2. 《三星堆尋夢》，樊一，四川民族出版社，1998 年初版。

3. 《三星堆傳奇》，屈小強，香港中天出版社，1999 年初版。

4. 《三星堆——長江上游文明中心探索》，陳德安等，四川人民出版社，1998 年初版。

5. 《山海經校注》，袁珂，里仁書局，1982 年初版。

6. 《太陽英雄神話的奇蹟》（四），蕭兵，桂冠圖書股份有限公司，1991 年初版。

7. 《中華民族故事大系》，劉魁立等編，上海文藝出版社，1995 年初版。

8. 《中國小說史略》，魯迅，明倫出版社，1969 年初版。

9. 《中國古史的傳說時代》，徐旭生，仲信出版社，1980 年初版。

10. 《中國民間故事全集》，陳慶浩、王秋桂主編，遠流出版社，1989 年初版。

11. 《中國各民族宗教神話大辭典》，學苑出版社，1990 年初版。

12. 《中國的神話與傳說》，王孝廉，聯經出版事業公司，1977 年初版。

13. 《中國社會的神話思維》，鄭志明，谷風出版社，1993 年初版。

14. 《中國虎文化研究》，汪玢玲，東北師範大學出版社，1998 年初版。

15. 《中國神話》，陶陽、鍾秀編，上海文藝出版社，1990 年初版。

16. 《中國神話大詞典》，袁珂，四川辭書出版社，1998 年初版。

17. 《中國神話史》，袁珂，時報文化出版社，1991 年初版。

18. 《中國神話的思維結構》，鄧啓耀，重慶出版社，1992 年初版。

19. 《中國神話傳說》，袁珂，里仁書局，1987 年初版。

20. 《中國神話學》，潛明茲，寧夏人民出版社，1993 年初版。

21. 《中國神話與類神話研究》，傅錫壬，文津出版社，2005 年初版。

22. 《中國道教史》，任繼愈，桂冠圖書股份有限公司，1991 年初版。

23. 《中國圖騰文化》，何星亮，中國社會科學出版社，1992 年初版。

24. 《巴文化與蜀文化》，宋治民，四川大學出版社，1998 年初版。

25. 《巴風土韻——土家文化源流解析》，董珞著，武漢大學出版社，1999 年初版。

26. 《巴楚文化》，林永仁等，北京華文出版社，1999 年初版。

27. 《巴楚文化研究》，彭萬廷、區定富主編，中國三峽出版社，1997 年初版。

28. 《巴蜀文化》，袁廷棟，遼寧教育出版社，1991 年初版。

29. 《巴蜀古史論述》，蒙文通，四川人民出版社，1981 年初版。

30. 《巴蜀史探索》，鄧少琴，四川人民出版社，1983 年初版。

31. 《巴蜀歷史、民族、考古、文化》，李紹明、林向、徐南洲，巴蜀書社，1991 年初版。

32. 《日落三星堆》，陳立基，三星堆博物館，1997 年初版。

33. 《水經注校釋》，陳橋驛，杭州大學出版社，1999 年初版。

34. 《水與水神》，王孝廉，三民書局，1992 年初版。

35. 《水與水神》，王孝廉，漢忠文化事業公司，1998 年初版。

36. 《北川縣志》，黃尚毅，台灣學生書局，1968 年初版。

37. 《古代的巴蜀》，童恩正，重慶出版社，1998 初版。

38. 《四川上古史新探》，任乃強，四川人民出版社，1986 年初版。

39. 《四川民俗大典》，四川文聯組織，四川人民出版社，1999 年初版。

40. 《四川苗族社會與文化》，郎維傳，四川民族出版社，1997 年初版。

41. 《四川神話選》，四川民間文學叢書編輯委員會，四川民族出版社，1992 年初版。

42. 《四川歷史研究文集》，賈大泉主編，四川省社會科學院出版社，1987 年初版。

43. 《四川簡史》，四川簡史編寫組，四川省社會科學出版社，1986 年初版。

44. 《民間文學論集》，金榮華，三民書局，1997 年初版。

45. 《全漢賦》，費振剛、胡雙寶、宗明華輯校，北京大學出版社，1993 年初版。

46. 《成都民間文學集成》，四川人民出版社，1991 年初版。

47. 《成都府南兩河史話》，馮舉、譚繼和、馮廣宏主編，四川民族出版社，1998 年初版。

48. 《曲折的回歸——四川酉水土家文化考察札記》，李星星，上海三聯書店，1994 年初版。

49. 《西南石崇拜——生命本原的追思》，章海榮，雲南教育出版社，1995 年初版。

50. 《宋詩話輯佚》，蔡啓撰、郭紹虞，華正書局，1981 年初版。

51. 《巫山縣志》，巫山縣志編輯委員會，四川人民出版社，1991 年初版。

52. 《李商隱詩歌集解》，劉學楷、余恕誠，洪葉文化事業有限公司，1992 年初版。

53. 《杜律旨歸》，張夢機、陳文華，學海出版社，1979 年初版。

54. 《汶川縣志》，巴蜀書社，1992 年初版。

55. 《羌族文學史》，林忠亮、王康編著，四川民族出版社，1994 年初版。

56. 《金堂縣續志》（一），王暨英修、曾茂林等纂，學生書局，1967 年初版。

57. 《長江通考》，宋西尚，中華叢書編審委員會，1963 年初版。

58. 《南方民族考古》，張勛燎，四川大學出版社，1987 年初版。

59. 《政治結構與文化模式——巴蜀古代文明研究》，段渝，上海學林出版社，1999 年初版。

60. 《重修什邡縣志》(一)，王文昭修、曾慶逵等纂，學生書局，1967 年初版。

61. 《原始文化研究》，朱狄，生活、新知、讀書三聯書店，1988 年初版。

62. 《唐宋詞新賞 10——陸游》，張淑瓊主編，地球出版社，1990 年初版。

63. 《唐詩新賞 7——杜甫》，張淑瓊主編，地球出版社，1992 年初版。

64. 《神祇與英雄——中國古代神話的母題》，陳建憲，上海生活·讀書·新知三聯書店，1994 年初版。

65. 《神話新論》，馬昌儀、劉魁立編，上海文藝出版社，1987 年初版。

66. 《神話與民族精神》，謝選駿，山東文藝出版社，1986 年初版。

67. 《神話與時間》，關永中，台灣書店，1997 年初版。

68. 《神話與詩》，聞一多，華東師範大學出版社，1997 年初版。

69. 《神話論》，林惠祥，台灣商務印書館，1968 年初版。

70. 《荀子集釋》，李滌生，學生書局，1979 年初版。

71. 《袁珂神話論集》，袁珂，四川大學出版社，1996 年初版。

72. 《現代四川文學的巴蜀文化闡釋》，李怡，湖南教育出版社，199 年初版。

73. 《從比較神話到文學》，古添洪、陳慧樺，東大圖書公司，1977 年初版。

74. 《探索非理性的世界》葉舒憲，，四川人民出版社，1988 年初版。

75. 《符號：語言與藝術》，俞建章、葉舒憲，久大文化事業公司，1990 年初版。

76. 《華陽國志校注》，劉琳，新文豐出版公司，1988 年初版。

77. 《黑馬——中國民俗神話學文集》，蕭兵，時報文化出版社，1991 年初版。

78. 《楚國神話原型研究》，張軍，文津出版社，1994 年初版。

79. 《道經總論》，朱越利，遼寧教育出版社，1991 年初版。

80. 《圖騰層次論》，楊和森，雲南人民出版社，1987 年初版。

81. 《榮格》，劉耀中，東大圖書公司，1995 年初版。

82. 《聞一多全集》，聞一多，上海開明書店，1948 年初版。

83. 《論巴蜀文化》，徐中舒，四川人民出版社，1982 年初版。

84. 《增修灌縣志》，鄭珶山，學生書局，1968 年初版。

85. 《廣雅詁林》，徐復，江蘇古籍出版社，1992 年初版。

86. 《彝族文學史》，李力主編，四川民族出版社，1994 年初版。

87. 《彝族祖靈信仰研究》，巴莫阿依，四川民族出版社，1994 年初版。

88. 《繪圖三教源流搜神大全》，聯經出版事業公司，1980 年初版。

89.《霧中的王國——三星堆文化染談》，劉少匆，三星堆博物館，1998 年初版。

II.國外

1.《心理學與文學》，卡爾・古斯塔夫・榮格原著，馮川、蘇克編譯，久大文化股份有限公司，1990 年初版。

2.《史記會注考證》，瀧川龜太郎，洪氏出版社，1986 年出版。

3.《金枝》，弗雷澤著、汪培基譯，九大、桂冠，1991 年聯合出版。

4.《原始思維》，列維・布留爾著、丁由譯，北京商務印書館，1995 年初版。

5.《神話與文學》，（美）約翰・維克雷編、潘國慶等譯，上海文藝出版社，1995 年初版。

6.《探索心靈奧秘的現代人》，榮格著、黃奇銘譯，北京社會科學文獻，1987 年初版。

7.《圖騰崇拜》，（蘇）海通著、何星亮譯，上海文藝出版社，1993 年初版。

二、論文

（一）博碩士論文

1.〈中國上古神話與民間信仰——一個神話思維的考察〉，金洪謙，東海大學中文研究所碩士論文，1995 年。

2.〈李白詩中神話運用之研究——以仙道神話為主體〉，楊文雀，輔仁大學中文研究所碩士論文，1991 年。

3.〈杜甫巴蜀詩「生活」題材研究〉，李欣錫，台灣師範大學國文研究所碩士論文，1999 年。

4.〈帝女神話中人神之戀研究〉，謝聰輝，台灣師範大學國文研究所碩士論文，1994 年。

5.〈春秋戰國之巴蜀文化〉，鄭月梅，政治大學中文研究所碩士論文，1986 年。

6.〈華陽國志校注〉，蒲志烜，文化大學中文研究所碩士論文，1980 年。

（二）期刊論文

1.〈三星堆神禖文化探秘〉，譚繼和，《四川文物》，1998 年第 3 期。

2.〈三峽少數民族「獠人」和杜甫詩歌創作之波瀾〉，鮮于煌，《中國古代近代文學研究》，1998 年 11 月。

3.〈山海經巴人世系考〉，田敏，《四川文物》，1998 年第 5 期。

4.〈中國洪水神話的類型分類〉，陳建憲，《民間文學論壇》1996 年 3 月。

5. 〈巴民族性格初探〉，趙冬菊，《四川文物》，1996 年第 1 期。

6. 〈巴族之「巴」字涵義〉，楊華，《四川文物》，1994 年第 2 期。

7. 〈巴族之巴字涵義〉，楊華，《四川文物》，1994 年第 2 期。

8. 〈巴蜀先民的分布與農業的起源試探〉，郭聲波，《四川文物》，1993 年第 3 期。

9. 〈巴蜀銅兵器上虎紋與巴族〉，李明斌，《四川文物》，1992 年第 2 期。

10. 〈古代巴蜀的虎崇拜〉，楊甫旺，《四川文物》，1994 年第 1 期。

11. 〈古蜀國魚鳬世鉤沈〉，高大倫，《四川文物》，1998 年第 3 期。

12. 〈四川古代搖錢樹及其一般性文化內涵〉，史占揚，《四川文物》，1999 年第 6 期。

13. 〈四川古代漁業述論〉，姜世碧，《四川文物》，1995 年第 6 期。

14. 〈四川治水神話中的夏禹〉，楊明照，《四川大學學報》，1959 年第 4 期。

15. 〈四川的宗教信仰〉，葛維漢，《民間文學論壇》，1989 年第 6 期。

16. 〈石神與神石的民俗文化學研究〉，馬昌儀，《民俗研究》，1993 年第 3 卷。

17. 〈西南文化〉，饒宗頤，《中國上古代待定稿》，中央研究院歷史語言研究所，1985 年。

18. 〈先秦巴蜀文化的尚五觀念〉，段渝，《四川文物》1999 年，第 5 期。

19. 〈再論早期道教遺物搖錢樹〉，鮮明，《四川文物》，1998 年第 4 期。

20. 〈有關禹的傳說信仰〉，鹿憶鹿，《東吳中文學報》，2000 年 5 月。

21. 〈巫山神女傳說與三峽文化〉，楊天桓，《民間文學論壇》，1993 年 1 月。

22. 〈李商隱詩之神話表現〉，歐麗娟，《國立編譯館館刊》，第 24 卷第 1 期。

23. 〈長江三峽地區野生動物的歷史分布與變遷〉，楊偉兵，《四川師範大學學報》（社會科學版）第 26 卷第 1 期，1999 年 1 月。

24. 〈洪水神話淺探〉，楊知勇，《民間文學論壇》，1985 年 2 月。

25. 〈苗族的洪水故事與伏羲女媧的傳說〉，芮逸夫，中央研究院《人類學集刊》第一集，1937 年。

26. 〈泰山石敢當〉，衛聚賢，《說文月刊》第二卷，1941 年。

27. 〈神話研究趨勢綜論〉，鄭志明，《鵝湖月刊》，第 21 卷第 9 期。

28. 〈神話與文學〉，魯剛，《民間文學論壇》，1989 年 1 月。

29. 〈從石崇拜看禹羌關係〉，李紹明，《四川文物》，1998 年第 6 期。

30. 〈略論古代的巴〉，楊權喜，《四川文物》，1991 年第 1 期。

31. 〈略論四川漢代的漁業生產〉，巴家云，《四川文物》，1993 年第 4 期。

32. 〈黑虎女神〉，鄧廷良，《四川文物》，1998 年第 1 期。

33. 〈搖錢樹為早期道教遺物說質疑〉，周克林，《四川文物》1998 年第 4 期。

34. 〈蜀人淵源考〉，孫華，《四川文物》，1990 年第 5 期。

35. 〈蜀王開明氏考〉，伏元杰，《四川文物》，1998 年第 1 期。

36. 〈試析巴蜀青銅器上的虎圖像〉，吳怡，《四川文物》，1991 年第 1 期。

37. 〈道教鳥母與崑崙山文化的探索〉，王家祐，《成都文物》，1996 年第 1 期、第 2 期。

38. 〈漢代搖錢樹與漢墓仙化主題〉，邱登成，《四川文物》，1994 年第 5 期。

39. 〈漢代搖錢樹與漢墓仙化主題〉，邱登成，《四川文物》，1994 年第 5 期。

40. 〈蒲江新出土巴蜀圖語印章探索〉，龍騰，《四川文物》，1999 年第 6 期。

41. 〈銅馬、銅馬式、天馬〉，何志國，《四川文物》，1996 年第 5 期。

42. 〈論巴蜀樹神崇拜〉，鍾仕倫，《文明探索叢刊》，1996 年第 7 期。

43. 〈論早期道教遺物搖錢樹〉，鮮明，《四川文物》，1995 年第 5 期。

44. 〈釋巴蛇食象〉，楊華，《四川大學學報》（哲學社會科學版），1996 年第 4 期。

45. 〈彝藏民族走廊的石文化〉，任新建，《歷史月刊》，1995 年 10 月。

附　圖

巴蜀區域圖

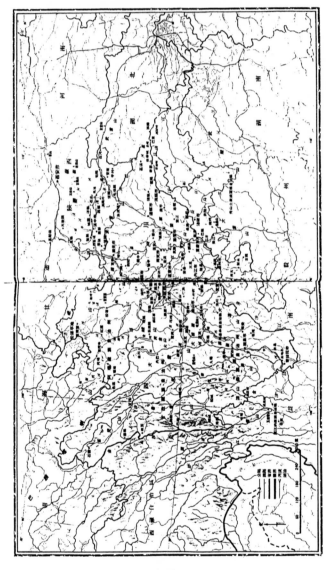

附圖一

（《天府巴蜀》，錦繡文化事業出版公司 1991 年再版）

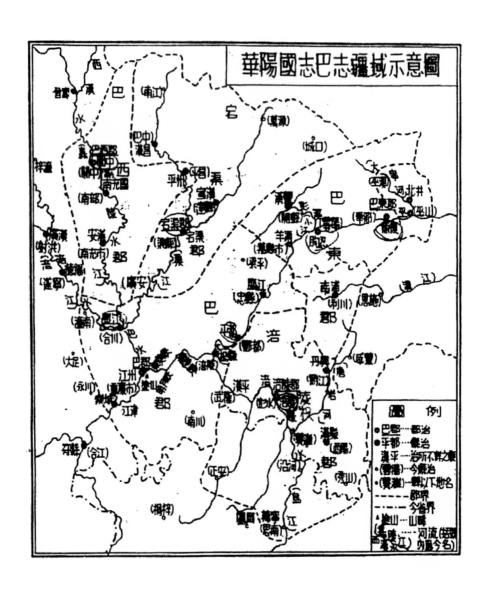

附圖二

（《華陽國志校注》，新文豐出版公司 1988 初版）

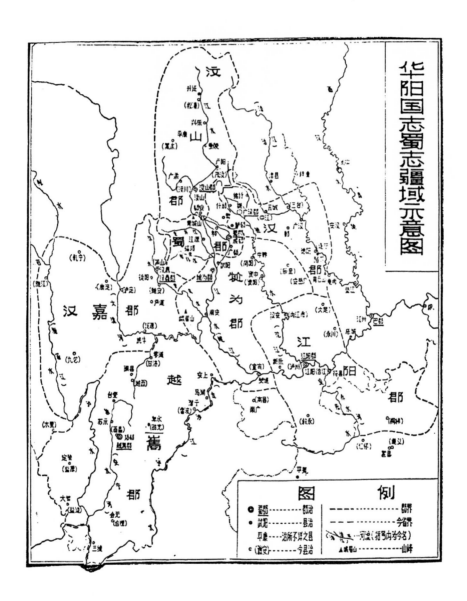

附圖三

（《華陽國志校注》，新文豐出版公司 1988 初版）

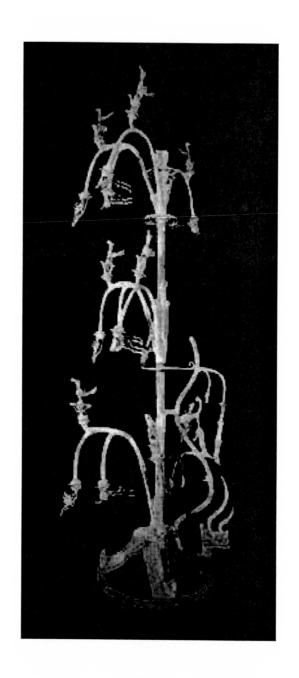

附圖四　青銅神樹　高384cm

（《三星堆——長江上游文明中心探索》，四川人民出版社1998年初版）

附圖五　虎形飾　長 12cm　殘高 11cm

(《三星堆——長江上游文明中心探索》，四川人民出版社 1998 年初版)

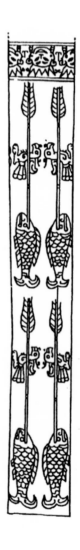

附圖六　金杖及其紋飾圖案　長 142cm　直徑 2.3cm

（《三星堆——長江上游文明中心探索》，四川人民出版社 1998 年初版）

陶勺鳥頭把
長 14.3cm

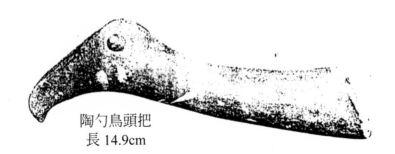

陶勺鳥頭把
長 14.9cm

附圖七　鳥頭把勺

（《三星堆──長江上游文明中心探索》，四川人民出版社 1998 年初版）

銅樹枝上花蕾及銅鳥
高23cm

銅鳥
高28cm

人頭鳥身像 高12cm

銅鳥形飾
高15.4cm

附圖八　銅鳥

（《三星堆——長江上游文明中心探索》，四川人民出版社 1998 年初版）

附圖九　縱目人面具

（《三星堆——長江上游文明中心探索》，四川人民出版社 1998 年初版）

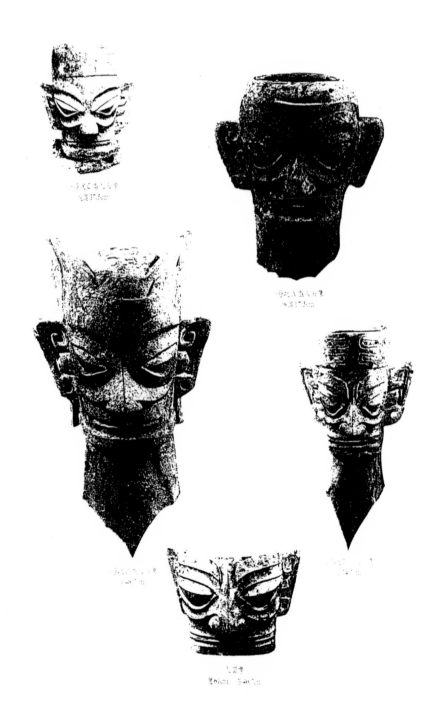

附圖十　縱目人像

（《三星堆——長江上游文明中心探索》，四川人民出版社 1998 年初版）

附圖十一　金竹葉　長 18cm　寬 2.3cm

（《三星堆傳奇——古蜀王國的發祥》，香港中天出版社 1999 年初版）

附圖十二　巴蜀圖語中狀竹的單體符文

（《三星堆傳奇——古蜀王國的發祥》，香港中天出版社 1999 年初版）

附圖十三　立人像　台座高 80cm　人像高 172cm

(《三星堆——長江上游文明中心探索》，四川人民出版社 1998 年初版)

附圖十四　銅太陽形器　直徑 85cm

（《三星堆——長江上游文明中心探索》，四川人民出版社 1998 年初版）